EL AMANTE JAPONÉS

阿爾瑪與日本情人

伊莎貝・阿言德
ISABEL ALLENDE

張雯媛◎譯

U0030714

〈導讀〉
嫣紅與潔白：悸動人生中的溫柔慰藉

陳小雀

智利作家伊莎貝・阿言德（Isabel Allende, 1942-）生於祕魯，當時父親是駐祕魯外交官。在她三歲時父母離異，繼父也是外交官，她隨著母親與繼父遷居玻利維亞、貝魯特等地，直到十六歲才回到智利。十七歲時，與弗利亞斯（Miguel Frías）結婚，育有寶拉（Paula, 1963-1992）與尼可拉（Nicolás, 1966-）兩名子女。因父親與繼父的職業關係，伊莎貝自幼即跨越新舊大陸之間，培養出宏觀的國際視野，對爾後的寫作風格助益頗多。翻閱伊莎貝的作品，讀者可隨情節發展穿梭於智利聖地牙哥、亞馬遜叢林、美國洛杉磯等地，隨歷史脈絡正視政變、戰爭、生態等嚴肅議題，而這些都是引起讀者共鳴的要素之一。

早年即以記者為志業，編寫雜誌，嘗試童話及戲劇創作，更以英國偵探小說家阿嘉莎・克莉絲蒂（Dame Agatha Mary Clarissa Christie, 1890-1976）為榜樣，冀望未來在寫作之路有所耕耘。果然，伊莎貝榮獲多項國際文學大獎，其中包括智利國家文學獎，堪稱當今西語文壇中擁有最多讀者的作家，作品被迻譯成三十五國語文，全球銷售量逾六千五百萬冊。

伊莎貝有一位大名鼎鼎的堂伯，即前智利總統薩爾瓦多．阿言德（Salvador Allende, 1908-1973）。阿言德於一九七〇年當選總統後，立即成立左翼聯合政府，有意仿效古巴進行一系列社會主義改革，卻因改革過於急促，造成人民不滿情緒逐日升高，三軍總司令皮諾契特（Augusto Pinochet, 1915-2006）藉機於一九七三年發動政變，以強大火力轟炸總統府，阿言德最後飲彈自盡。政變後，皮諾契特建立右翼軍政府，並實施恐怖軍事獨裁，鎮壓左派勢力，殘害人權。

皮諾契特執政的十七年間，是令生者與死者備受煎熬的年代，遭迫害的異己及無辜百姓約三萬五千人；其中，兩萬八千多人受到酷刑，三千餘人被殺，逾千人失蹤。另外，有二十萬人選擇流亡，包括伊莎貝在內。一九七五年，她與丈夫攜帶兩名幼子流亡至委內瑞拉。政變、獨裁與流亡所造成的時代悲劇，蠹蝕著智利的社會，不少作家於是以歷史傷痕為背景，藉書寫撫慰那被壓抑的靈魂。

流亡委內瑞拉時，伊莎貝開始認真寫作，而於一九八二年出版首部小說《精靈之屋》（*La casa de los espíritus*）。在情愛的包裝下，這部小說以大宅第內的家族故事為主軸，藉小說人物的悲歡離合影射動盪的大時代，並將阿言德總統在政變中壯烈犧牲的史實化為小說橋段，虛構情節與真實歷史巧妙結合，充滿魔幻寫實意象，頗有馬奎斯（Gabriel García Márquez, 1927-2014）之風。《精靈之屋》一問世立即成為暢銷書，伊莎貝因此躋身知名作家之列。

伊莎貝的第二部小說《愛情與陰影》（*De amory de sombra*）再度運用魔幻寫實手法，敘述一段刻骨銘心的愛情。惟有愛，一切才得以永恆；惟有愛，人生才得以燃起希望；惟有愛，失蹤者才得以永遠活在親人的記憶中。披著愛情故事的外衣，《愛情與陰影》儼然潘朵拉的盒子，打開塵封的痛苦記憶，掀開皮諾契特的恐怖獨裁內幕：一群被捕的異議分子在遭刑求後被祕密處決，從此自人間蒸發，成為四處漂泊的受虐幽靈。

在文學創作裡，「愛」是最扣人心弦的題材，永遠不褪色，同時永遠談不膩，正如人生少不了愛情的滋潤一般，聶魯達（Pablo Neruda, 1904-1973）曾寫下最動人的詩句：「愛情這麼短，遺忘卻如此的長。」（Es tan corto el amor, yes tan largo el olvido）拉美作家除了歌詠愛情外，亦藉愛情議題凸顯對愛的渴望、對人生的焦慮、對社會國家的憂心。

伊莎貝同樣喜歡寫「愛」，透過女性的細膩觀察與溫柔筆觸，愛情呈現多樣貌，是救贖，也是毀滅；是純潔，也是墮落；是動力，也是阻礙；是希望，也是幻影。例如：《精靈之屋》裡的不倫戀情，反射出拉美紛擾政治，以及自我封閉的心靈；《愛情與陰影》裡的激情，則刻畫出一個獨裁社會，以及受宰制的生靈。除了愛情之外，最偉大的愛莫過於母愛。

伊莎貝的女兒寶拉在二十八歲時罹患罕見疾病紫質症，在女兒陷入昏迷之際，心痛的母親只能孤單無助地坐在病床旁，為她寫下一封封的書信，企盼藉母愛喚醒女兒。在女兒辭世後，這些書信成為《我女寶拉》（*Paula*）一書中最動人的內容。

至於伊莎貝本身的愛情極具戲劇性，彷彿一部魔幻寫實小說。與弗利亞斯的愛情不再，她於一九八七年毅然離婚，隔年嫁給美籍律師兼作家戈登（Willie Gordon），帶著兩個小孩隨他定居美國，並於二〇〇三年取得美國籍。伊莎貝與戈登彼此鼓勵，她還從戈登的家族得到創作靈感，而寫下《無盡的計畫》（*El plan infinito*）。然而，與戈登的婚姻維持了二十七年，終究劃下句點。即便進入暮年，她仍渴望愛情，於是，結合了「愛」與「老」這兩者看似無關，卻又息息相關的議題，在二〇一五年為讀者出版一部精采之作《阿爾瑪與日本情人》（*El amante japonés*）。

「老」是生命必經的過程，「老」也是大家喜歡談、又頗忌諱的議題，或許貧窮與孤獨總是伴隨著老人。如今老年人口大幅增加，各國政府無不針對老年化社會所衍生的相關問題提出因應之道，伊莎貝順勢拋出「老」這個議題，無疑喚起大眾對老人的重視，甚至支持安樂死，為長者保留最後的尊嚴。《阿爾瑪與日本情人》一開卷，即以老人安養院為場景，藉凱瑟琳・霍普醫生、阿爾瑪・貝拉科斯、「法國佬」等老人，凸顯老人的歷練、睿智、剛強、自負，以及有體驗新事物的進步精神。

高齡者是世界上最好玩的人。活得夠久，想說什麼就說什麼，根本不在意別人的想法。

雖然「老」是《阿爾瑪與日本情人》中的重要議題，但「愛」才是全書的重點。小說以全知的第三人稱為敘事者，鋪陳了兩段愛情故事，一段是持續半世紀之久的雋永愛情，一段則為後生晚輩才剛萌生的純情之愛。對比兩者，更彰顯「老」的可貴，惟有走過曲折的人生歲月，才能締造出如此令人動容的祕密愛情。來自羅馬尼亞的二十三歲年輕女孩伊琳娜，基於好奇，意圖探索八十一年歲老嫗深藏內心的私密世界，在探尋過中，逐漸勾勒出老嫗一生的形象：悲傷憂鬱的小女孩、才華洋溢的藝術家、精力充沛的少婦、氣質優雅的貴婦、習於發號施令的女王、獨立自主的長者。老嫗取名為「阿爾瑪」，其西班牙文「Alma」，即「靈魂」之意，象徵一個人的精神特質，如此命名，不由令人想起《精靈之屋》裡的阿爾芭（Alba，黎明之意），一個擁抱未來的理想主義者。

令人興味的是，伊琳娜在挖掘阿爾瑪的祕密時，她也被阿爾瑪雕琢成一個可以融入貝拉科斯家族的女孩，兩個女人的互動超越了雇主與祕書之間的關係，時而像祖孫、時而如姐妹、時而似朋友。與其說伊琳娜有意探知阿爾瑪的祕密，不如說阿爾瑪故意藉伊琳娜重建她與日本情人之間的故事。

因為熾熱的「愛」，阿爾瑪在殘生中覓得短暫的活力，於是，她以堅強的意志重新為自己塑造第二個人生，在虛擬實境中重溫舊夢，在幻象中找尋希望。捎來訊息的黃色信封、象徵幸福的行李箱、代表愛情的梔子花……惟有陶醉在幻象中，才能留住當下，遇見未來，愛情因而不朽。

伊莎貝愛花，有時她會在個人簽名旁畫上一朵花。當年，她曾帶著智利老家花園裡的一把泥土流亡至委內瑞拉，到了委內瑞拉後，她那把泥土放入花盆裡，並種下一株勿忘我，藉花思念祖國。在《阿爾瑪與日本情人》裡，日本園丁默默耕耘愛情，以櫻花和梔子花傳遞花語。櫻花常被視為日本的象徵，櫻花綻放時的短暫嫣紅，宛如最濃烈的愛情，而落英繽紛彷彿為垂死的愛人留下最璀璨的身影。梔子花原產於中國、日本、台灣等地，潔白花朵散發濃郁香味，讓人感到朝氣蓬勃，為愛情的信物，是一生守候的承諾。嫣紅與潔白，是阿爾瑪與福田一命的愛情寫照，在悸動人生中相互慰藉。

自一九三〇年以降，魔幻寫實成為拉美小說家慣用的寫作風格，伊莎貝也不例外，她的小說被歸類為魔幻寫實，因此有「穿裙子的馬奎斯」之稱，這個封號看似暗示她未能超越前輩，卻顯示她有廣為國際稱頌的本事。《阿爾瑪與日本情人》是伊莎貝的第二十一部小說，明顯褪下魔幻彩衣，但依舊流洩出離奇、懸疑、神祕、詭異等元素，譜寫出精采的戲中戲，情節或交相融合、或互相呼應、或輪番上陣，層層疊疊，呈現明暗表裡、先後遠近的層次感。慘絕人寰的納粹屠殺、日軍偷襲珍珠港事件、不為人知的美國集中營、廉價汽車旅館的幽會、不能公開的男同性戀……令讀者難以抗拒那暗藏其中的誘惑，而隨著故事脈絡推理演繹、發掘祕密、尋求真相。

《阿爾瑪與日本情人》雖為典型的愛情小說，卻有幾分偵探小說的雛形，小說高潮迭起，等待讀者探尋。

（本文作者為淡江大學西班牙文系、拉丁美洲研究所教授
淡江大學外國語文學院院長）

〈專文推薦〉

回憶裡永遠有妳——浪漫的變形展演與不死的愛情

鍾文音

年過七十的阿言德，一反過去的華麗雕琢，這本《阿爾瑪與日本情人》聚焦在上個年代美、日之間的跨種族戀情，異國情調的現代版是注入了更多的人性線索，將生死與傷逝訣別埋藏在愛情底層下，因此千萬不要被表面的「情人」給誤導了，阿言德真正要言說的是更靠近我們《詩經》裡的生死契闊，只是卻無法執子之手的悲劇，當愛情成為橫阻在現實的難題時，往往只能將真愛帶進墳墓裡嗎？阿言德不這麼認為，她在小說裡闡述的是人生對摯愛的勇敢追尋（且這種追尋還不會傷及無辜，能夠圓滿自己也能利及他人）。

阿言德藉由通俗小說的故事性，以及小說的全面性技藝，將描寫、敘述、抒情等小說之必要寫作技藝，通過一個跨越時空的愛情故事款款流洩而出，逐步抽絲剝繭，藉由一個個人物的逐一上場，滲透著讀者的好奇心，混雜的人物關係，歷史時空的變異……自由調度時空，將不在場的人物由在場的人物說出故事，《阿爾瑪與日本情人》從頭到尾都是靠著幾個人物的描述與回憶而逐漸立體起來的，這樣的寫作手法，一改羅曼史的浪漫元素，倒有點像是英國古典文學的傳統脈絡，因此阿言德想要說的其實比表面的愛情還暗藏更多的東西，比簡而言之的浪漫要大，比通俗小說還要遼闊。

阿言德碰觸的更多是我們每個人都會遇到的境況，那就是「老後」問題，老後涵蓋著人的生命尊嚴、遺憾、渴望、延續、承諾、回憶、死後世界的想像等等。

小說一開場的空間是一家名為「雲雀之家」的安養院，東歐移民年輕少女伊琳娜的出現，使得許多老男人重新無視於自己的病體而有了活下去的熱情，小說一開始就充滿戲劇張力，伊琳娜貫穿這本小說，她的獨特純真氣質與無所求的坦蕩，引起雲雀之家的孤僻女人阿爾瑪的注意，從而聘她為祕書，自此伊琳娜走入阿爾瑪的神祕世界，揭開她的日本情人與家族紐帶祕辛。

有意思的是阿言德安排小說出現另一個喜歡伊琳娜的年輕人賽斯，賽斯正好是阿爾瑪的孫子，他喜歡寫作，阿言德讓這個角色近乎言明她自己的寫作渴望，比如寫作具有著不可抗拒的魔力（阿言德年過七十還寫作，證明了寫作的魔力）。由於賽斯需要寫作素材，而阿爾瑪也意識到如果沒有人將這一切寫下來，那麼自己曾經存在於世嗎？阿言德為了證明寫作與述說的必要性，安排伊琳娜與賽斯不斷挖掘潘朵拉的盒子，還有家族的糾葛，終於使日本情人逐步浮出檯面，但也因此挖掘了一些難堪的往事。年輕的阿爾瑪徘徊在墮胎與否與情人之間的種種抉擇，而生命太無常，時間在和生命賽跑。果然結尾阿爾瑪死了，但故事卻留下來了，伊琳娜甚至見到日本情人「福田一命」來探望阿爾瑪，但整個空間卻只有伊琳娜見到一命，其他人都沒見到，是鬼魂來了或者是伊琳娜的一廂情願，或者這是作家的書寫幻覺……重點是讀者也感受到那股愛情的意志力了。

這本小說讓我想起最負盛名的法國作家瑪格麗特莒哈絲與中國情人的小說《情人》，但莒哈絲完全是自我的回憶錄，小說充滿哀傷絕望與反純真書寫，她不承認對中國情人的愛，但年老時卻又不禁思念起對方的一切。阿言德的《阿爾瑪與日本情人》則是充滿對日本當年珍珠港事件造成一般日本老百姓承受無比壓力的同情，移民者伊琳娜的角色也是阿言德對移民的同情與理解的投射，因為她自己就是這樣的角色，流亡美國，心向祖國。至於對阿爾瑪的回憶書寫，也可說是阿言德對自己生命的借屍還魂，以及她對於自己死去多年的女兒的懷念之鏡，我最喜歡她的小說《精靈之屋》裡的精靈，在這本書裡化為愛情的救贖，魔魅不除，情絲糾纏。

這書也隱喻著世界是充滿複雜被切割的人生。《阿爾瑪與日本情人》一開始的時空是讓小說裡的老人住在「安養院」，小說以「伊琳娜」女孩的眼光來看這座安養院和外界現實世界的互動，但小說又不全然是愛情小說，相反的這小說倒有點像是家族小說和老後小說，阿爾瑪是主述人物，她念茲在茲的日本情人則是穿針引線的重要元素，成長的愛情幻滅，不同族群的標籤，世故化的世界都無法去除阿爾瑪和一命的愛情，關於這一點在現代眼光看來也許會覺得阿言德似乎太浪漫了，太靠近通俗讀者所想要的浪漫世界，但我則相信很多老年人埋藏著一個個未曾告白過的愛情祕密或是再也無法重逢的缺憾，這其實不浪漫，這是一種椎心的苦楚。

兩個女性，伊琳娜與阿爾瑪，年輕與年老劃開故事與人生的邊界，但因為兩人都深具敏感特質，因此彷彿是彼此的影子。故事肌理豐富，空間如時間長河盪開一個個的漣漪，從伊琳娜的非主流目光，我們幾乎看見了老人的回憶與生命困境。小說感傷但卻不絕望，甚至常有黑色幽默與魔幻語法出現，這一點很有阿言德的小說特色。她總是能自嘲，懂得幽默，敘述時輕時重，在沉重時給了許多輕鬆片段，在輕鬆時也不忘給閱讀者沉重一擊。

結尾以日本情人一命寫給阿爾瑪的書信作結，這是阿言德有意安排的「愛情不死」。愛情會老，但愛情不死。故結尾充滿希望的光，照射黑暗之心。表面看這本小說是愛情故事，其實是生死學的變形，故事只是一個包裝，裡面躲藏著抵抗際遇的頑強力。

這本小說是一本以女性觀點寫成的故事，兩個女性，兩種命運，堅強而富有同情心，兩人都是怪咖，但也都可愛。人性善惡交織，老年人也曾年輕，而年輕人也在邁入老境。

藉著抽絲剝繭日本情人這個角色而逐步帶出的故事，將整個小說呈現立體畫面，很好看的故事，很能不斷咀嚼的文字，很有生命力的人物心靈，人心對未來幸福的種種渴望等描寫，都豐富了小說的視角。

這都是我喜歡閱讀這本小說的主因，小說的每個角色都各有各的缺憾，但又可以互補彼此的圓滿，最成功的角色應是「阿爾瑪」，這人物支撐了這本小說的重要樑柱，錯過真愛但又在最後以另一種形式擁抱真愛……。

穿過苦痛，對愛情永不倦怠與幻滅的渴望仍攜來了溫暖的可能。小說如同日本情人的書信所寫的：「相愛是我們的命運，我們在前幾輩子相愛，在未來幾輩子也會繼續相遇。又或許不存在過去也不存在未來，一切都是瞬間發生在這宇宙無盡空間裡。那種狀況下，我們就是不斷地在一起，永永遠遠。活著真是神奇。我們依舊只有十七歲，我的阿爾瑪。」

自此，阿爾瑪不再是獨守祕密的黑夜傷懷者，她不必一個人面對無常與真愛的去，因為接下來，伊琳娜會替她活下去，而賽斯會幫她寫下來。

活著真是神奇。

而怎麼樣才能保有這種神奇？

那就是學習阿言德的精神，到老都要說故事，到老都要寫下去，到老都要愛下去……那麼也就沒有「老」這件事了，老只是時間，老是可以變成回憶的資產，化為故事的生命力。

這是一本老後的啟示錄。

活著，然後神奇地愛著。

（本文作者為小說家）

〈譯者序〉

我行路，那就是一切

張雯媛

因緣的牽扯

閱讀，是消遣，是生活，是對意義的追求。自幼困頓於無人引領的文字堆疊，眼見一切皆是閱讀屏障，感受不到閱讀的樂趣，體悟不了意義的傳遞，青少年的苦澀自不在話下。曾幾何時，母語或官方語言的問題尚未安置得當，竟跑出另一個語言攔路相逼，相處過程也是坎坷難言。隨後和一個頗有姿色的語言相遇，鑒於過往慘痛經驗，惜之愛之，視之為契機，期待一個圓滿的結果。啊！真是漫長的契機。倒是，這個美妙語言出現了，我也把握了它。綜觀同是習之的多數他人，怎地盡是歡天喜地，提及無不拱之於天、捍衛到底，而我和它的相處磨合卻是五味雜陳、愛恨情仇道不盡，足以寫下一部血淚史。除了感嘆八字不同，只能感謝蒼天，必是知我之不足，特別給予磨練。

隨著時間的移轉，因緣際會得了翻譯的機緣，換我細細嚼字，扛下精確轉述的重任。

對於慢熟的我而言，格外感謝這種「慢讀、精讀、細讀」的難得機會，不僅因此養成讀書該有的態度，也藉由轉譯一本本小說時的深入探討和一次次的細微觀察，得以看見不同作者文字背後的關鍵暗示，及其內心的意識流向。文字於我，是一種修煉。既要懂得作者的文字藝術與象徵手法，也得懂得拿捏目標語言於恰到好處，見一份文本，雙份磨練，其過程如同過招，必須摸清楚對方的脾性，終能達成較佳演繹效果。同樣關係著能否正確闡述原著深層意義的，還有譯者的人生歷練。日子一天天地過，不管是悠閒還是擠壓，只要有反思和起而行的實踐，生命必有成長，迻譯工作每每讓我深入閱讀作者的人生觀點，讓自己的視野加寬，甚至迸出不可思議的文字效果。若偶遇似乎無法契合的作者，當感謝機緣也勉勵自己讀懂作者，找出與之契合的模式，最後終究可以拯救一部翻譯小說的命運。

確切說來，譯者誠摯的心聲，是最基本的翻譯品質保障，至於譯者那麼真實存在的心情波濤，無疑也是影響最終作品面貌的質素。我得感謝作家已經處理最複雜的小說結構，翻譯過程中，我咀嚼的是作者的心，磨的是文字的精準度、聲音的懇切性和思維的清晰度，習得的是和作品、人世相處的圓融態度。善哉！

生死的相遇

對於不那麼熟悉看見死亡的我們這一代，倏忽也到了對生死盡早解套的需求，否則走一個，割心一次，怎受得了。少年時期四年目睹兩次親人的死亡，問母親為何把我帶來這個世界。不惑歲月，遇到至親往生，痛如永無止境的千刀萬剮，像是手臂上一塊血淋淋的肉永遠晃掛、天天滴血，守喪期，每見一位親人，皆聯想未來又得割一次肉。眼見弔唁龐大族人，我的未來盡是痛苦？

和我有著轉譯因緣的小說，多是與歷史、戰爭、死亡糾纏不清的議題。身為譯者，只得跟著糾纏，說來，這些題材倒也給了我對死亡有較細膩的觀察。阿言德在這部《阿爾瑪與日本情人》裡給了一個歷史平台，溯及二戰的歷史記憶，讓猶太人的宿命、日本人的坎坷一併糾結在主角的身上，結集一世紀兩家族的生老病死，勾勒出一則多舛的愛情故事。對陌生的戰爭歷史，譯者有了注視的契機，當了讀者，也當了轉述人。自己無法信服的翻譯段落，只能不斷與中文的聲音與意義建立對話，直到理解雙邊語言結構的奧祕、掌握實質內涵。除此，也一如往常投身作品谷底，和阿言德的人物一起面對生老病死，一起找著人生的答案。找著「何必此生」的答案。

長年探討人性本質的阿言德心裡是有答案的。面對著人生課題、歷史對待，她再再顯露以柔克剛的智慧，在負面事件中找出人性的溫暖。終究，既有人身，才有錘鍊的機會，也唯有錘鍊，此生才有價值。她讓人物經歷苦難，邊學邊活，於是隨著時間流逝，書中智者一一浮出。愛情受到打擊的一命，猶如苦行僧在日本遊走後學得放下放空。永久遭受病痛干擾的凱西唯一的忍受辦法，是知道但不去在意，是了解「一切都是暫時的」。隨著幾次重逢，在一命的東方思維影響下，阿爾瑪面對人生的態度逐漸改變，也因經歷丈夫情人的生離死別，而接觸了不同的環境和人物，放下不需要的東西，甘心「為死亡做準備」。情人一命的信件更是簡樸智慧的流露，以第一人稱的書信語氣，透露出深刻的自省、不喧嘩的關愛，是僅只給她一人的話語。她每每重複閱讀，除了重溫情人的文字感染力，信中的定住智慧與態度，讀之猶如智者的耳提面命，既是摯友又是情人的這種情感，讓她持續生活在純然的關懷中。這些書信在小說結構上，猶如一樁樁人世故事夾縫間的插入提醒，呼應著人生內容，肯定走過的足跡，令人讀來驚呼連連：「我們在變化。唯一的不同是，現在我們稍微更接近死亡。而那有什麼不好呢？愛情和友誼是不會衰老的。」

當下的自在

幾年前，我練習氣功，也開始為自己的死亡做準備。學習把天馬行空的不實際想法丟掉，覺知自己衰變的肉身。學著放下各種執著，逐漸移除行進的障礙，輕鬆往前走。每日進行當下的覺知修煉，鍛鑄不強求、不逃避的智慧，落實面對與接受事實的人生態度。幾年功夫下來，生死有了解套辦法，心靈也變得更寬更深。應用在閱讀上，更能辨識作品中的洞見與偏見，而在翻譯上，這樣的閱讀對轉述過程助益良多，得以更寬廣的心揣摩作者賦予人物的情緒與性格。

十年前與阿言德給青少年的三部曲之一《怪獸之城》相見歡後，此回巧遇她據說已在世界各地賺人熱淚的長篇小說。不巧的是，這部作品遇到的卻是修煉得成天嘻嘻哈哈、鮮少滴得出淚水的中文譯者。翻譯成果如何，不得而知。譯者僅知作者以簡潔平直的手法鋪陳動人的故事，筆下盡是人性的洞察，書中流露的人生智慧與目前心境契合，讀來直是心有戚戚焉。或許某幾樁愛情的迸發背景可以更厚實更具說服力，但不矯情的愛和自在的情感正是書中誠懇人生的訴求，作者左右烘托的感染筆力亦足以深化後續的發展過程。

幾個月下來，譯者無疑是牽掛著讀者，得以在作品中的每個角落細細遊走一遭，鍛鍊文字，精進思維，對真理也多了一些體悟。讀者全書閱畢，不管是否心生喜悅、淚水潸然，譯者都由衷感激一路的閱讀。從中抽離的時刻已到，暫時的因緣已盡，踏過的足跡也已轉為養分，走了，還有下一刻的生命和責任得執行，還有每一剎那的當下得自在活著，若能心情愉悅，好上加好。翻譯如此，任何一份工作如此，人生也如此。真的，誠如阿言德讓一命寫下的那句話，世上沒有任何祕密，「我行路，那就是一切」。

寫於二〇一六年十月，台北

媒體好評

一個豐富多彩的靈魂賦予《阿爾瑪與日本情人》生命，她的著作在全世界售出六千五百萬冊……很榮幸為您推薦這本小說。

——華盛頓郵報

阿言德用《阿爾瑪與日本情人》提醒我們，不是每個人都擁有真愛，我的擁有的愛都是真的。無論是激情的愛、家人的愛、不求回報的愛或永恆的愛，在我們生命中不變的就是愛。阿言德頌揚所有的愛，精采出色。

——今日美國

淒美、強大……一個沒有明天與昨天的永恆世界。

——波士頓環球報

不朽之作……命運、戰爭與至死不渝愛情的多代史詩。

——哈潑時尚

一個美麗童話。像阿言德筆下所有創作一樣，角色大量且生動鮮明。

——紐約時報書評

阿言德是個令人讚嘆的說書者，她的幽默機智偶爾有點邪惡，還有一雙洞見社會多變流行的眼睛。她可以為成人寫童話，會是那類型中最頂尖的，令人無法抗拒。

——美聯社

打開小說第一頁就像遇到一位可親可愛的朋友。故事開頭就帶出一些引人入勝的細節，你很快就會被她的故事與角色迷住。伊莎貝·阿言德說故事的能力無與倫比，沒翻到最後一頁之前，我們都無法擺脫她的魔咒。

——邁阿密先驅報

阿言德引人入勝的故事橫跨世界歷史喧囂的七十年，但你會得到一個強有力的訊息：愛，各種類型的愛，會生根發芽的愛，在最悲慘情況下堅持的愛。

——時人雜誌每週選書

阿言德魅力十足的新作涉及世界史，並且深深紮根於灣區歷史，跨越時間，跨越幾大洲，探討當代加州兩個截然不同女性的內心世界。

——舊金山紀事報

阿言德魔幻且全面的故事聚焦在兩個遭遇分離與失去的倖存者。無可救藥的浪漫靈魂在此展露無遺——一命寫給阿爾瑪的深情書信穿插全書——能長存的就是愛。

——出版者週刊星號書評

文學天后的史詩。

——Elle

《阿爾瑪與日本情人》是個詩意且深刻的沉思，思索愛情的力量：很常見的主題，沒錯，但是在阿言德妙手下卻有了全新的風貌。

——Bustle

持久的激情、友誼、老年回憶、人如何面對環境挑戰，都是阿言德最新大作裡最吸引人的東西，從現代舊金山回溯到夢魘的二戰年代。她像往常一樣生動地說故事，馬上拉著讀者進入她筆下人物的世界。這個故事有許多感動的時刻，讀者會迫不及待要讀這本書。

——書單

阿言德一如既往地帶來向前進且滿懷希望的靈魂。

——柯克斯評論

阿言德的作品範圍極廣，但是她豐富細膩的新作《阿爾瑪與日本情人》可能是她最遼闊的作品。

——圖書館雜誌

阿言德帶來一個關於種族、年老、失去與和解的生動故事。

——聖荷西信使報

一個動人、易讀的小說。這本書像一顆完美的洋蔥，慢慢撥出阿爾瑪過去的祕密，而這個祕密主要圍繞著她與日本園丁長達數十年的祕密戀情。

——Goop

馬奎斯繼任者的最新作品。這是個包羅萬象的愛情故事，從納粹占領的波蘭到今天的舊金山。你不會想要放下這本書。

——theSkimm

如果你是馬奎斯的粉絲，就該讀這本書。

——蘿倫・康蕾德秋季閱讀書單十大

有豐富的抒情式散文與引人入勝的情節轉折。阿言德最好的小說。

——Purewow.com

《阿爾瑪與日本情人》架設出愛情與偏見兩個主題，彼此撞擊出一個出色的感情故事。最重要的，小說裡精心設計的角色即使遭受他們無法控制的阻礙仍在為愛情的價值奮鬥，令人十分難以抗拒。

——哈佛大學校園報

戰爭與日裔美國人遭到非法待遇的幽靈永遠不會找不到讀者……阿言德是個精細敏銳的作家……這是她說的美麗且有意義的愛情故事。

——BookReporter

故事諷刺有趣，而且總是有極為有趣的愛情論點。

——聖路易郵報

「非常傑出！」闔上書時我這麼說——最棒的文學小說。

——The Missourian

她風格穩健，不斷在清醒的現實與迷人的謠傳中間找到平衡，這也歸功於極其聰明的架構讓故事一步步推展，又熟練地用上穩定的順敘與倒敘手法，製造出獨特且迷人的張力，一直將人吸引到救贖且令人暖心的大結局。

——黑森廣播電台

扣人心弦，有娛樂性，樂善好施的信念貫穿全書，每個人都會心地對他人施予關懷。

——薩克森報

給我年邁的睿智雙親，潘奇妲和拉蒙

駐足吧，我孤傲摯愛的身影，
我至愛魔法的形像，
我為之快樂死去的美麗夢幻，
我為之痛心存活的甜蜜泡影。

——璜娜．茵內思修女（Sor Juana Inés de la Cruz）

雲雀之家

二〇一〇年，伊琳娜．巴濟利進入位於柏克萊郊區的雲雀之家工作，她剛滿二十三歲，心裡沒什麼願景，因為從十五歲開始，她老是一個城市換過另一個城市，在工作上四處碰壁。她無法想像會在那家老人安養院找到適合她的理想工作，也無法想像接下來三年她會像自己命運脫序以前的童年那般幸福。有尊嚴地供低收入老人居住的雲雀之家成立於一九〇〇年代中期，由於不詳的原因，一開始便吸引有進步主義思維的知識分子、堅定的祕教者，以及沒什麼分量的藝術家。隨著時間推移，院方好幾方面都已改變，但仍然按每位住戶的收入訂定收取費用，期待在理論上可發展某種社會種族的多元性。實際上，他們都是中產階級的白種人，多元性則在於自由思想者、追求靈魂道路者、社會運動者、生態捍衛者、虛無主義者和在舊金山海灣區僅存的少數幾個嬉皮之間的細微差異。

第一次面談時，那個社群的院長漢斯．沃伊特讓伊琳娜清楚知道，要擔任責任如此重大的職位她太年輕了，但是他們急需在行政和養護部門補一個缺額，她可以代班到他們找到合適的人。伊琳娜想，說她的那些話同樣可以用在他身上：他看起來像個微胖、早禿的小夥子，那家機構的領導工作肯定對他是重了些。隨著時間過去，女孩將證實沃伊特的外表在某種距離以及不佳光線下會騙人，因為事實上他已經滿五十四歲，是個表現出色的行政人員。伊琳娜有把握地對他說，她學歷上的不足可以用她在出生國摩爾達維亞與老人相處的經驗補強。

工作申請人的靦腆微笑軟化了院長的心，他忘了向她要一張推薦函，便開始細數崗位的職責；那些職責可以如此概述：讓第二級和第三級住宿者的生活更便利。第一級的人不是由她負責，因為他們生活可以自理，像是一棟公寓大樓的租戶，第四級的人也不歸她管，這級恰如其分叫來是天堂，因為他們正在等候通往天上的道路，大部分時間都是打著瞌睡度過，不需要她該提供的服務。伊琳娜負責陪伴住戶前往看醫生、拜會律師和會計師，幫助他們填寫醫務和所得稅表格，帶他們去購物或辦理類似的事。她和天堂住戶唯一的關係是安排他們的喪禮，她將得到詳細的指示依照個案辦理，沃伊特對她說，因為死者的願望不見得和家屬的願望一樣。雲雀之家的住民有各種不同的信仰，他們的喪禮近似於有點複雜的普世儀式。

他對她解釋，只有家務人員、照護和護理人員才必須穿制服，但是對其他員工則有一種不成文的衣著規定，合乎體統和好品味是服裝的準則。例如，伊琳娜身上印著 Malcolm X 的汗衫就不適合這個機構，他強調地說。事實上那個人像並不是麥爾坎・X，而是切・格瓦拉，但是她沒向他澄清，因為她猜沃伊特未曾聽說過這位游擊隊員，切的英雄事蹟過了五十年，依舊在古巴受到尊崇，也受到她居住的柏克萊少數激進分子的敬愛。那件汗衫是她在一間舊衣店裡花了兩塊錢買的，幾乎全新。

院長警告她：「這裡禁止吸菸。」

「院長，我不抽菸也不喝酒。」

「妳身體健康嗎？這點在照顧老人時很重要。」

「健康。」

「有什麼我該知道的事情嗎？」

「我是電玩迷，也是奇幻小說迷。您知道的，托爾金、尼爾・蓋曼、菲力普・普曼。另外，我有份工作是幫小狗洗澡，但是不會占用我很多時間。」

「下班時間做什麼是您的事，小姐，但是上班時不能分心。」

「當然。院長，如果您給我一次機會，會看到我對年長的人很有一套。您不會後悔的。」

年輕女孩以偽裝的沉著回應。

面試一結束，院長開始介紹她認識各個單位，那裡容納兩百五十位平均年齡八十五歲的人入住。雲雀之家曾經是一位巧克力大亨的龐大地產，他把這份財產捐給這座城市，並留下一份優渥捐款資助這份地產。那兒有一棟主要豪宅，是辦公室所在的一間浮華小宮殿，還有公用區域、圖書館、食堂和工作室，以及和公園非常相襯的一排令人心曠神怡的木製屋頂建築，那座公園看來像荒野，但事實上是由一群園丁細心照顧。獨立型公寓大樓與第二級和第三級住宿者的安養大樓之間，彼此有附加屋頂的寬敞通道相通，天氣不好時方便輪椅通行，兩側也有玻璃帷幕可以欣賞大自然這安撫任何年齡傷痛的最佳慰藉。天堂是一棟獨立的水泥建築，要不是完全被攀緣的蔓藤遮蔽，肯定會和其他建築很不協調。圖書館和遊戲間任何時間都開放；美容院有彈性的時間，工作室則提供從繪畫到天文各種不同課程給那些對未來仍渴望驚奇的人。門上掛牌的「失物商店」是由志工婦女負責看店，她們賣衣服、家具、珠寶，以及住民丟棄或死者留下的其他寶藏。

沃伊特說：「我們有個很棒的電影社團。每周在圖書館放映三次電影。」

「哪種片子？」伊琳娜問他，期待是吸血鬼或科幻片。

「有個委員會負責選片，他們偏好犯罪影片，超愛塔倫提諾。這裡的人有點迷戀暴力，但是您別嚇到了，他們知道那是虛構的，也知道演員會在其他影片裡健康又良善地再度出現。姑且說它是種排氣閥。我們好幾個住民會幻想謀殺某個人，通常是家人。」

「我也會。」伊琳娜毫不猶豫地回答。

沃伊特以為年輕女孩在開玩笑，滿意地笑了起來；他對員工的幽默感幾乎像對他們的耐心一樣重視。

種有老樹的公園裡，松鼠和不尋常數量的鹿放心地跑來跳去。沃伊特向她解釋，母鹿在那裡生下並養育小鹿，直到小鹿可以自力更生，那塊地也是一座鳥類聖堂，特別是雲雀，安養院的名字就是這麼來的，雲雀之家。那裡以策略考量所架設的好幾架攝影機是用來監視大自然裡的動物，順便也監視可能迷路或發生意外的老人，但是雲雀之家沒有保全設施。白天，那些大門敞開，只有兩位沒帶武器的保全人員巡邏。他們是退休警察，分別是七十和七十四歲；也不需要更多了，因為沒有任何壞人會浪費時間對沒有收入的老人行搶。

與院長和伊琳娜錯身而過的有兩位坐在輪椅上的女人、帶著畫架和顏料箱準備上寫生課的一支隊伍，和幾個溜著像主人一樣不堪的小狗的住民。那塊地與海灣相鄰，潮水上漲時可以划獨木舟出海，幾個還沒被小病痛打敗的住民喜歡去那裡泛舟。「我真希望能這樣過活。」伊琳娜嘆息地說，吸著松樹和月桂樹的一陣陣甜美芳香，比較著眼前宜人的環境和她十五歲起漂泊過的那些污穢獸穴。

「巴濟利小姐，最後，我必須提到兩個鬼魂，因為那肯定會是海地員工警告您的第一件事。」

「我不相信鬼魂，沃伊特先生。」

「恭喜您。我也不相信。雲雀之家的鬼魂是一個穿著粉色薄紗洋裝的年輕女人和一個大約三歲的小男孩。那是巧克力大亨的女兒艾蜜麗。可憐的艾蜜麗四〇年代末期死於悲痛，當時她兒子在游泳池溺斃。事情過後，大亨丟下這房子並創立基金會。」

「男孩是在您剛剛帶我看到的游泳池溺斃的？」

「就是那個游泳池。據我所知，再也沒有人在那裡過世了。」

伊琳娜很快就會修正自己對鬼魂的看法，因為她將發現很多老人長期由自己死去的親人陪伴；艾蜜麗和她兒子不是住在那兒僅有的鬼魂。

隔天一大早，伊琳娜穿著她最好的牛仔褲和一件正經的汗衫出現在工作崗位。她確認雲雀之家的氛圍輕鬆但不至於馬虎；比較像是間大學書院而不是老人安養院。那裡的食物和加州任何一間有聲望餐廳的食物一樣：盡可能是有機食材。服務效率好，照護和護理的服務也是在這種養生村裡可以期待的那麼友善。不出幾天，她記住了同事以及她負責住民的名字和癖好。她記得住的西文和法文句子讓她贏得員工的賞識，那些員工幾乎都來自墨西哥、瓜地馬拉和海地。以沉重的工作來說，他們領的薪資並不很高，但是很少人擺出臭臉。「對這些阿嬤要寵愛，但是不能失於尊重。對那些阿公也是一樣，但是不能太相信他們，因為他們會耍壞。」露碧妲・法里亞斯給她建議。露碧妲是清潔組組長，是個有張奧爾梅克雕刻臉型的矮胖小女人。因為在雲雀之家工作了三十二年，又能夠進出房間，露碧妲知道每位房客的隱私，熟知他們的生活，猜得出他們人不舒服，並在他們難過時給予陪伴。

「伊琳娜，注意他們沮喪的情緒。在這裡很常見。如果妳發現有人孤伶伶的，很傷心，無緣無故躺在床上或者不吃飯，趕快跑來通知我，知道嗎？」

「露碧妲，那種情況下妳會怎麼做？」

「不一定。我會撫摸他們，他們通常會心存感激，因為年紀大的人沒人摸他們，我也會讓他們迷上電視劇；沒看到結局之前沒人想死。有些人靠著祈禱會好轉，但是這裡有很多無神論的人，不祈禱的。最重要的是別讓他們一人獨處。如果找不到我，通知凱西，她知道該怎麼辦。」

凱瑟琳・霍普醫生是第二級的住戶，也是以這個群體名義第一個歡迎伊琳娜的人。她六十八歲，是住戶中最年輕的。自從她坐上輪椅，就選擇雲雀之家供給她的養護和陪伴，在那裡已住了兩年。那段時間她已成為養生村的靈魂人物。

「高齡長者是世界上最好玩的人。活得夠久，想說什麼就說什麼，根本不在意別人的想法。在這裡妳永遠不會無聊。」她對伊琳娜說：「我們的住戶是有教養的人，如果身體健康，會繼續學習和體驗新事物。在這社區裡有刺激，可以避免老年最糟糕的災難：寂寞。」

伊琳娜了解雲雀之家老人的進步主義精神，這種精神因曾多次成為新聞而家喻戶曉。那裡有一張得等上好幾年的入住候補清單，而且要不是很多申請人沒輪到入住就往生，名單還可以更長。年紀大儘管有所設限，卻不會妨礙開心過日或參與熱鬧的生活，那些年長者便是這個事實的鐵證。他們之中好幾個是「老人捍衛和平運動」的活動分子，利用星期五早上到街上抗議世界——特別是北美帝國——的失常和不公平，他們覺得自己對北美帝國有責任。包括一位一百零一歲女士的那些活躍分子，他們相約在小規模警察局前面的區域廣場一處街角，拿著拐杖、行動輔助器或坐著輪椅，高舉反對戰爭或全球暖化的牌子。觀眾會從車子裡面按喇叭支持他們，或者在那些義憤填膺的曾祖父母遞到面前的申請書上簽署。那些騷動者不只一次出現在電視上，警察難堪地拿催淚瓦斯威脅要驅散他們，但從來沒有落實過。沃伊特非常激動，指著放置在公園內一塊紀念一位九十七歲音樂家的牌子給伊琳娜看，音樂家在二〇〇六年抗議伊拉克戰爭時急性腦溢血，在大太陽底下抗爭到最後一刻才辭世。

伊琳娜在摩爾達維亞一個住滿老人和小孩的村莊裡長大。那裡人人缺牙，老人是因為用久了掉牙，小孩是因為正在換乳牙。她想起外祖父母，又像最近這幾年一樣，再次為了丟下他們感到懊悔。雲雀之家給她機會對其他人付出她無法給外祖父母的東西，她腦海秉持那種意念，準備好好照顧她所負責的住民。她很快就贏得大家的心，也贏得第一級好幾個自理型住戶的心。

一開始阿爾瑪．貝拉斯科就引起伊琳娜的注意。阿爾瑪貴族般的舉止以及把她區隔於其他凡人之外的磁場，讓她在其他女人中顯得很突出。露碧姐有把握地說，貝拉斯科女士和雲雀之家很不搭調，不會待很久，用賓士轎車把她帶來的同一個司機隨時會來載她走。但是好幾個月過去了，事情沒那樣發生。伊琳娜只在遠處觀察阿爾瑪．貝拉斯科，因為沃伊特命令她專心負責第二級和第三級的住戶，不要為自理型住戶分心。照顧她的顧客——不叫做病患——和學習新工作的細節夠她忙的了。研究最近幾次喪禮的錄影內容是她必要的部分訓練：那是一位信奉佛教的猶太女人和一個懊悔的不可知論者的喪禮。阿爾瑪．貝拉斯科呢，要不是情勢在短時間內把伊琳娜變成群體裡最有爭議的人物，她根本不會注意到伊琳娜。

法國佬

在女人居多數的雲雀之家沉悶氛圍裡，雅克·迪凡被視為明星，他是安養院裡二十五位男人中唯一的紳士。大家叫他法國佬，並不是因為他出生於法國，也不是因為他高雅的城市性格——他總是讓女士優先通行，幫她們拉開椅子，而且從不敞開褲襠遊蕩——而是因為他還能跳舞，儘管他的背部是被支撐起來的。多虧裝在脊椎上的支桿、螺絲和螺絲帽，到了九十歲他還能直挺走路；他捲曲的頭髮還剩一些，也會靈活設計圈套玩牌。除了大家都有的關節炎、高血壓和生命冬末免不了的重聽，他的身體算很健康，也相當清醒，但是還沒清醒到可以記住吃過飯沒；因此他住在第二級，在那裡可以擁有必要的照料。他和第三任老婆一起到雲雀之家，她只在那裡住了三個禮拜就被一個心不在焉的單車騎士在街上撞倒過世。

法國佬的一天很早就開始：他在海地照護員尚·丹尼爾的幫助下淋浴、穿衣、刮鬍子，拄著拐杖穿過停車場，注意看著單車騎士，到街角的星巴克去喝每天五杯咖啡的第一杯。他離過一次婚，兩度成為鰥夫，從沒缺過他用魔法師伎倆勾引過來愛戀他的女人。不久前有一回，他算出來曾經戀愛過六十七次；為了不要忘掉那數字，他在筆記本記錄下來，因為那些幸運女人的臉孔和名字慢慢地模糊不見了。他有好幾個自己承認的小孩，還有某次和他不記得名字的女人的地下情所生下的一個兒子，也有不少甥姪，這些人全都是些忘恩負義的人，數算日子等著看他離開去另一個世界，等著繼承他的財產。傳說他有一筆大膽且不怎麼審慎就到手的小財富。他本人也毫無悔意地坦承曾經在監獄裡待過一段時間，在那裡留下手臂上因消瘦、斑點和皺紋已變得模糊的海盜刺青，也利用守衛的存款謀取私利，賺進一筆可觀的數目。

儘管雲雀之家好幾個女士看護雅克．迪凡，讓他少有空間可以要情愛花招，他從第一時間看到伊琳娜拿著記錄板、搖擺翹臀來回踱步，就盯上她了。老男人第一杯馬丁尼喝下肚後很有把握地認為，這女孩一滴加勒比海血液都沒有，所以她那混血女孩才有的翹臀是得天獨厚，他覺得很奇怪，竟然沒有其他人注意到這點。人生最風光的那幾年他在波多黎各和委內瑞拉做生意，他在那裡迷上從女人背後欣賞她們。那種壯觀的翹臀永遠印記在他的眼底；他夢見翹臀，到處都看見翹臀，甚至在像雲雀之家這種不太對的地方，或是在像伊琳娜這麼瘦的女人身上都看得見。他的老年生活沒有計畫也沒有野心，卻突然被那一份遲來卻完全征服他的愛情填滿，弄亂了他日常的平靜。認識伊琳娜不久後，他用一只黃玉和碎鑽鑲成的金龜子別針向她表達真情，那是他幾任過世太太留下的少數一項珠寶，也是他從繼承人的掠奪中拯救出來的。伊琳娜不想收下，但是她的拒絕讓戀愛中男人的血管壓力上升到如雲端一般高，害得自己得在急診室陪他一整晚。雅克的靜脈裡插接著一袋生理食鹽水，在嘆息和責備聲中向她告白他毫無所求的柏拉圖式情感。他只渴望她的陪伴，希望她的年輕美貌讓他的眼睛吃冰淇淋，期待聆聽她清亮的聲音、想像她也愛著他，儘管就像個女兒的愛。她也可以像對個曾祖父那般愛他。

隔天下午回到雲雀之家後，雅克正在享受慣例的馬丁尼，伊琳娜的雙眼卻因整晚未眠而布滿血絲還有黑眼圈，她對露碧妲坦承這件麻煩事。

「那不是什麼新鮮事，小朋友。每隔一段時間我們都會撞見有住民躺在別人的床上，不只是阿公，也有女士。因為缺乏男士，可憐的女人得將就現有的男人。大家都需要伴。」

「露碧妲，迪凡先生的個案是柏拉圖式的愛情。」

「我不知道那是什麼，但是如果是我所想像的，妳別相信他。法國佬的雞雞上裝了假體，那是一條塑膠香腸，是用掩飾在蛋蛋下面的唧筒充氣的。」

「露碧妲，妳在說什麼呀！」伊琳娜笑了起來。

「就妳聽到的呀。我沒看到，但是法國佬秀給尚．丹尼爾看過。很壯觀。」

那個好女人為了伊琳娜好還補充說，她在雲雀之家工作多年所觀察到的事實是：年齡本身不會讓任何人更好或更有智慧，只會凸顯每個人一向的特質。

「吝嗇鬼不會因為年紀大而變慷慨，伊琳娜，只會變得更吝嗇。迪凡肯定一直是個花心大少，所以現在是個老不休。」她下結論。

看到沒辦法把金龜子別針歸還給她的追求者，伊琳娜把別針拿給沃伊特，院長當下告訴她絕對不准收受小費或禮物。這條規定並沒應用在雲雀之家從死者身上收到的財物，也沒運用在為了讓家人排在入院候補名單前面而在桌下完成的捐贈，但是這些他們都沒提。院長收下可怕的黃玉甲蟲，他承諾要還給法定的主人，同時把別針放到他辦公室桌子的抽屜裡。

一星期後，雅克給伊琳娜一疊二十元鈔票共一百六十元，這回她直接告訴露碧妲，對方主張簡單的解決方法：把錢放回紳士存放現金的雪茄盒裡，她確信老人不會記得曾經把錢拿出來過，也會不記得有多少錢。伊琳娜就這樣解決了小費的問題，卻無法解決其他問題：雅克的熱情書信、昂貴餐廳共進晚餐的邀約、一連串的藉口把她叫到房間、告訴她從沒發生過的誇張成功事蹟，以及最後的結婚提議。熟悉誘惑手法的法國佬變成了青春期少年，肩上背負著靦腆的痛苦重擔，他不是親自在面前告白，而是給她一封字跡完美清晰的信，因為信是用他的電腦書寫的。信封裡折起來的兩面信紙充滿拐彎抹角、比喻和重複的字眼，可以簡化為幾個重點：伊琳娜讓他重新恢復活力和活下去的渴望，他可以給女孩非常舒適的生活，例如在永遠有和煦陽光的佛羅里達，而且當她守寡了，經濟上也會有保障。他寫著，不管怎麼看他的提議，她都是贏家，因為年齡的差異絕對對她有利。他的簽名是像蚊子般的塗鴉。年輕女孩怕被開除喝西北風而沒告訴院長。她沒有回信，希望這件事在追求者的腦海裡消失，但是這次雅克的短期記憶奏效了。他因戀情變得年輕了，繼續寄給她越來越緊急的信件，她卻試圖迴避他，向帕拉斯基娃（Parescheva）聖女祈禱，希望讓老人把注意力轉移到追求他的十來位八十多歲婦女身上。

情勢越來越高升，要不是一件預料之外的事讓雅克的人生畫下句點，也順便結束伊琳娜的窘境，事情一定演變到不可能隱瞞的地步。那個星期，法國佬沒做任何解釋便搭計程車出門兩次，那對他而言並不尋常，因為他會在街上迷路。伊琳娜其中一項責任是陪同他，但是他偷偷摸摸出門，沒說出意圖。第二次的外出大概是在測試他的能耐，因為他回到雲雀之家時非常消沉又虛弱，司機根本是從計程車把他抱下來，像個大布袋般把他交給櫃檯小姐。

櫃檯小姐問他：「迪凡先生，您怎麼了？」

他回答她：「我不知道，我人不在那裡。」

輪班醫生檢查過並確認動脈血壓正常後，認為沒必要再次把他送回醫院，並命令他在床上休息兩天，但是也通知沃伊特，雅克的腦部狀況並不適合繼續待在第二級住所，把他送到第三級的時候到了，在那裡他可以得到整天的照護。隔天院長準備通知迪凡轉級，這種工作總是讓他的舌頭留下苦澀的滋味，因為沒有人不知道，第三級就是通往沒有退路的天堂的前廳。但是這件事被海地籍員工尚・丹尼爾打斷了，他帶來消息時臉色不對勁，他說，去協助雅克穿衣服時，發現他身體僵硬冰冷。醫生建議解剖驗屍，因為前一天幫他做檢查並沒發現任何症狀能解釋這離奇的結果，但是沃伊特反對；何必懷疑九十歲的人會去世這種可預料之事。剖驗屍體可能會玷汙雲雀之家無瑕疵的名譽。獲知消息後，伊琳娜哭了好一會兒，因為儘管她很不舒服，自己還是對那個悲哀的羅密歐有好感，但是她無法避免因為不會再受對方糾纏而感到欣慰，也無法避免因為感到欣慰而引起的難為情。

法國佬離世使得他那愛慕者俱樂部宛如遺孀般聚合起來同調哀慟，不過她們沒從辦理喪禮中得到慰藉，因為死者親人選擇快速火化大體的簡便方法。要不是法國佬的家人引發一場風暴，他應該早就被遺忘，甚至被愛戀他的女人遺忘。他的骨灰被毫無情緒波動地拋灑完畢後不久，假定繼承人確認了老人的全部財產已經遺贈給一個叫伊琳娜．巴濟利的女人。根據附在遺囑上的簡短注意事項，伊琳娜在他漫長人生的最後階段給予他溫柔的照料，因此得以繼承他的財產。雅克的律師解釋，他的客戶透過電話吩咐他更動遺囑，之後在他的辦公室現身兩次，第一次為了修改文件，後來是為了在公證人面前簽字，他也解釋，客戶看起來很確信自己要的是什麼。子孫們控告雲雀之家的行政部門忽視了老人的精神狀況，也控告那個伊琳娜．巴濟利背信棄義拐騙老人。他們揚言決定反駁遺囑，告發律師無能、公證人是共犯、雲雀之家造成傷害和損失。沃伊特以多年領導機構所養成的冷靜和禮貌，接待那些湧入的惱怒親人，但他心中怒火中燒。他沒想到伊琳娜．巴濟利會做出這種詐騙行為，他以為女孩根本沒能力殺一隻蒼蠅，但是人總是學不會不可以相信任何人。私下他問律師大約有多少錢，結果是位於新墨西哥州的幾塊乾旱土地，和好幾間公司價值尚待估算的股份。現金總額沒多少。

院長要求對方給他二十四小時，讓他商談出一個比起訴更廉價的出路，他刻不容緩召來伊琳娜。他本來想以圓通柔軟的手段處理糾紛，因為和那隻狐狸精鬧翻對他沒什麼好處，可是看到她在面前，他就失控了。

「我想要知道，妳是用什麼鬼方法拉攏老人的！」院長對她嚴厲斥責。

「沃伊特先生，您是在跟我說哪個人？」

「還有哪個人！當然是法國佬！在我面前怎麼可能發生這種事？」

「抱歉，我沒說出來是不想讓您擔心，我以為事情會自己解決。」

「解決得可真好！我該怎麼向他家人解釋？」

「沃伊特先生，他們沒有必要知道這件事。老人會談情說愛，您也知道的，但是外面的人卻很難理解。」

「妳和迪凡上床嗎？」

「沒有！您怎麼會這麼想？」

「那麼我就完全不懂了。他為什麼任命妳為全部遺產的繼承人？」

「您說什麼？」

沃伊特非常訝異，他弄清楚伊琳娜並不知道男人的意圖，同時也是對遺囑最感到驚訝的人。他本來要警告她想拿到一點錢都很難，因為法定繼承人會爭吵到最後一毛錢，但是她出其不意地告訴他，她什麼都不要，因為那是來路不明的錢，會帶給她不幸。雅克喪失了理智，她說，雲雀之家裡隨便一個人都可以作證；事情最好是低調處理。請醫生做個老年失智診斷就沒事了。伊琳娜得要重複再說一次，目瞪口呆的院長才聽懂。

小心保密沒什麼用。所有人都知道了，而且在旦夕之間，伊琳娜變成院方最有爭議的人物，她受到住戶崇拜，受到服務部門拉丁裔和海地籍員工的批評，對他們而言，拒絕金錢是一種罪惡。露碧妲裁定：「別對天上吐痰，會掉到自己臉上的。」伊琳娜在羅馬尼亞文找不到這句黑色諺語的翻譯。來自地圖上難以找到的國家的那位謙虛移民慷慨無私的行為讓院長驚懾，他把女孩轉任為正式員工，每週工作四十個小時，薪資高於她的前任職員；此外，他也說服雅克的子孫給伊琳娜兩千美金聊表感謝之意。伊琳娜沒收到應允的金額，但是既然她無法想像那筆金額，款項很快就在腦子裡被刪除了。

阿爾瑪

雅克・迪凡驚人的遺產事件讓阿爾瑪注意到伊琳娜，等流言風波平息下來，她便叫來伊琳娜。她在自己斯巴達式的住處接待女孩，以帝王之姿僵硬地坐在一座杏黃色的小扶手椅上，膝上抱著她的黑色斑紋貓阿喵。

「我需要一位祕書。我要妳為我工作。」她向伊琳娜提出建議。

那不是建議，而是命令。兩人如果在走廊上擦肩而過，阿爾瑪通常鮮少回應伊琳娜的招呼，因此伊琳娜有點錯愕。而且，由於一半的社區住民靠著養老金節儉過日，有時還得靠家人資助，許多人得將就著可用的服務，因為即使是額外的一餐，也有可能揮霍掉他們的微薄預算；沒人可以奢侈到聘雇一個私人助理。貧窮問題就和孤獨問題一樣，總是圍繞著老年人。伊琳娜向阿爾瑪解釋，她的時間很少，因為雲雀之家下班後，她還在一家咖啡廳工作，也到府幫小狗洗澡。

阿爾瑪問她：「小狗是怎麼一回事？」

「我有個同夥叫提姆，他是我在柏克萊的鄰居。提姆有輛小貨車，裡面裝了兩個浴盆和一條長軟管；我們會到狗狗家裡去，我的意思是，到狗狗的主人家裡去。我們接上管子，在庭院或街上幫客戶也就是小狗洗澡。我們也幫牠們清理耳朵、剪指甲。」

「幫小狗？」阿爾瑪問，掩飾著微笑。

「對。」

「妳每小時賺多少錢？」

「每隻狗二十五元，但是我和提姆平分，也就是說，我拿十二塊半。」

「我先試用妳三個月，時薪十三塊。如果我滿意妳的工作，再幫妳加薪到十五塊。雲雀之家下班後，妳下午和我一起工作，一開始每天兩個小時。時間可以有彈性，看我的需求和妳的時間而定。同意嗎？」

「貝拉斯科太太，我可以放棄咖啡廳的工作，但是我沒辦法丟下小狗，牠們都認得我，也在等我。」

她們那樣約定，就此開始一段不久後漸漸變成友誼的合作關係。

在新崗位的前幾星期，伊琳娜躡手躡腳，有點茫然，因為阿爾瑪展現威權對待，對細節嚴格要求，指示卻模模糊糊。但是她很快就不再怕對方，而且成為對方不可或缺的幫手，就像在雲雀之家裡無人能取代她。伊琳娜像個動物學家陶醉地觀察阿爾瑪，宛如觀看一隻不朽的蠑螈般。那女人不像任何她認識過的人，特別不像任何第二級或第三級的老人。她看重自己的獨立性，既不多愁善感也缺乏對物質的依戀，除了孫子賽斯之外，在感情上阿爾瑪像是解脫了，她對自己如此有自信，不尋求上帝的支持，也不尋求雲雀之家某些住戶的甜蜜天福。那些住戶自認有靈性，到處宣揚達到更高自覺層次的方法。阿爾瑪腳踏實地。伊琳娜認為她的高傲是對他人好奇心的防禦，而她的簡樸是很少女人可以模仿又不被當作邋遢的氣質。她留著又白又粗的頭髮，剪成她可用手指爬梳的不等長髮縷。她對虛榮的唯一退讓是塗紅色口紅，使用佛手柑和橘橙味道的男性香水；她經過時那股清新香氣會除去雲雀之家裡消毒劑、老年和偶爾聞到的大麻味道。她的鼻子堅硬，嘴巴高傲，骨頭削長，雙手粗大如苦工的手；她有一雙棕栗色眼睛，暗色濃眉，還有讓她看來像失眠，連黑色鏡框眼鏡也無法遮掩的紫色眼圈。她迷樣的光環給予人距離感，沒有員工會以經常用來對待其他住戶的威權語氣和她說話，直到伊琳娜進入她的私密堡壘前，沒人可以吹噓自己了解她。

阿爾瑪和她的貓住在一間沒什麼家具和個人物品的公寓裡，出門開市面上最小型的轎車，不遵從任何她認為可有可無的交通規則（伊琳娜的工作之一是繳交罰款）。她有禮貌是來自彬彬有禮的習慣，但是在雲雀之家交到的唯一朋友是園丁維克多，她和他長時間在種著蔬菜和花卉的高架箱旁工作。凱瑟琳・霍普醫師也是她的朋友，在醫師面前她單純就是無法反抗。她和其他工藝師分攤一間倉庫，租了一間由木板隔間的工作室。她就像六十年來那樣在絲綢上畫畫，但是現在她不是因藝術靈感而作畫，而是為了不要提早死於無聊。每星期她的助手克絲汀陪伴她在這工作室度過好幾個小時，助手的唐氏症並不妨礙她履行工作。克絲汀熟知配色，也熟悉阿爾瑪使用的工具，她準備布料、維持工作室的整潔並清理畫筆。兩個女人工作和諧，不需要言語，猜測得出彼此的意圖。當阿爾瑪雙手開始顫抖，無法精準下筆，她雇來兩個學生，把她畫在紙上的圖案複製到絲綢上，她忠誠的助理則以獄吏的猜疑心監視他們。克絲汀是感受溫柔衝動時，唯一可以以擁抱問候阿爾瑪，或者可以在她臉上以親吻和舌舔打斷她的人。

阿爾瑪並沒有認真打算成名，卻以她原創設計和大膽色彩的和服、頭巾、絲巾和薄圍巾獲得名聲。她自己不使用這些東西，總是穿著寬鬆的長褲和黑、白、灰色的麻料上衣，根據露碧妲的說法就是窮人的抹布，但並不知道那些抹布的價格。她畫好的布料在藝廊裡以天價銷售，那些錢則轉給貝拉斯科基金會。她的作品靈感來自環遊世界的旅行——塞倫蓋提（Serengeti）國家公園的動物、鄂圖曼帝國的陶器、衣索匹亞文字、印加的象形文字、希臘的淺浮雕品──一旦作品被競爭對手模仿，她就會予以更新。她拒絕賣斷品牌或者和時尚設計師合作；她的每件原創作品都是在她嚴格的監督下限量複製，每件作品都經由她親自簽名才出品。她的巔峰時期有半百的人為她工作，在舊金山市場大街南邊一個大工業倉庫生產，產量可觀。她從不廣告，因為她不需要靠賣東西維生，但是她的名字已變成獨家和優質的保證。滿七十歲時，她決定降低產量，那對倚賴那筆收入的貝拉斯科基金會而言是嚴重損失。

她的公公，神祕的伊薩克·貝拉斯科於一九五五年創立基金會，該會致力在多事近鄰造綠地。此初衷最初的目的不外乎是美學、生態和休閒，卻產生了沒預料到的社會福利。有花園、公園或廣場的地方犯罪率降低了。以前為了一小撮海洛因或三十平方公分的領地隨時準備廝殺的那些狐群狗黨和吸毒者，卻聚集起來照顧城市裡那個屬於他們的角落。他們在某些角落的牆上作畫，在其他角落豎立雕塑和幼兒遊戲設施，所有角落都聚集了藝術家和音樂人以取悅觀眾。貝拉斯科基金會在每個世代都是由家族的長子帶領，那是女性解放運動沒能改變的不成文規定，因為沒有一個女兒費神質疑這項規定；有一天會輪到賽斯，創立人的曾孫。他一點也不想要那份榮譽，但那是他得收受的部分遺產。

阿爾瑪・貝拉斯科如此習於命令和保持距離，而伊琳娜如此慣於接受命令並且低調，要不是阿爾瑪最喜愛的孫子賽斯・貝拉斯科出面並打定主意打破兩個女人間的藩籬，她們永遠不會珍重彼此的。賽斯在他祖母在雲雀之家安定下來後沒多久就認識了伊琳娜，年輕女子馬上擄獲他的心，雖然他無法說出為什麼。儘管伊琳娜這樣的名字，她卻不像最近十年來男性俱樂部和模特兒經紀公司襲取的那些東歐美女：她沒有長頸鹿的骨架、蒙古顴骨，也沒有女奴的無精打采；從遠處看，伊琳娜會被誤認為邋遢的小男孩。她是那麼透明，不容易被看見，得要很注意才能發現她的存在。她寬鬆的衣服和壓到眉毛上的羊毛帽無助於凸顯自己。賽斯被她的智慧奧祕吸引，還有她下巴處深邃的美人溝、有如心形的女鬼臉蛋、膽怯的淺綠色雙眼、加深她脆弱氣息的瘦長頸項，以及她在黑暗中發光的白皙皮膚。甚至她那雙指甲被啃咬過如幼童般的手，也讓他深受感動。他感受到想保護她和充分照顧她的一種陌生渴望，一種嶄新又令人不安的感覺。伊琳娜穿著這麼多層衣服，令人無法判斷她身體的其他部分，但是幾個月後，夏天強迫她脫掉遮住身軀的背心，儘管她不修邊幅，看得出來身材相當勻稱又極富魅力。羊毛帽被吉普賽女人的絲巾取代，無法完全遮蓋她的頭髮，因此她某些近乎白子的金色髮縷散落在她臉上。

一開始祖母是賽斯唯一可以和女孩建立起關係的橋梁，因為他慣用的手法沒有一樣能派上用場，但是之後他發現書寫的不可抗拒魔力。他告訴她，藉由祖母的幫助，他正在重建貝拉斯科家族以及舊金山一個半世紀從建立到現在的歷史。從十五歲起，那部長篇小說就在他的腦海裡，那是一股吵雜的洪流，充滿影像、軼聞、想法、話語以及更多話語，如果這道洪流不傾倒在紙上的話，會把他淹死。那樣描寫很誇張；所謂洪流不過是條貧血的小溪，卻擄獲了伊琳娜的想像，因此，賽斯除了開始寫作沒有其他選項。除了探視提供口傳內容的祖母，他開始在書本和網路上收集資料，例如收集照片和在不同年代書寫的書信。他贏得伊琳娜的崇拜，但是沒有贏得阿爾瑪的讚美，她責備孫子空有想法，做法卻雜亂無章，對一個作家而言那是很差勁的組合。如果賽斯花時間省思，應該早就承認祖母和小說是他來看伊琳娜的藉口。那個從北歐神話拉出來的生命，出現在最意想不到的地方：一間老人安養院裡。但是就算他徹底省思，也無法解釋她施加給他的不可抗拒魅力：她孤兒般細小的骨架和如癆病患者的蒼白，與他心目中的理想女人背道而馳。他喜歡健美、開朗、古銅色皮膚，也沒有複雜問題的女孩，在加州和他的過去，到處都是那種女孩。伊琳娜好像沒發現自己在他身上造成的影響，而以通常保留給他人寵物的那種漫不經心的好感對待他。伊琳娜客氣的漠不關心，在以前他會解釋為挑釁，現在卻讓他癱瘓在一種恆久的靦腆狀態下。

他祖母致力在追憶裡刨挖，好幫助孫子寫出依他自己坦承十年來不斷開始又放棄的那本書。那是一項有野心的計畫，沒有人比阿爾瑪更有資格幫忙他，她有時間，也還沒經歷老年失智症狀。阿爾瑪和伊琳娜回到貝拉斯科家族在海崖區的住處翻找她的箱子，那些箱子從她離去之後沒人碰過。她舊有的房間一直關著，為了打掃才有人進去。阿爾瑪幾乎把一切所有物都分配完畢：除了保留給賽斯未來妻子的一只鑽石手鍊，珠寶全給了她的媳婦和孫女；書本捐給醫院和學校；衣服和皮草捐給慈善機構，那些皮草沒人敢在加州穿上，因為害怕一時衝動會拿刀襲擊的動物捍衛者；其他東西她給了想要的人，只留下她唯一在意的東西：信件、生活日記、剪報、文件和照片。「我必須整理這些東西，伊琳娜，我不要等我年紀大了有人插手管我的隱私。」一開始她試著自己一個人整理，但是隨著對伊琳娜的信任增加，她開始授權給伊琳娜做。女孩最後負責全部事務，除了偶爾以黃色信封寄達而且阿爾瑪會馬上讓它消失的信件。她收到嚴厲指示，不准碰那些信。

為了讓孫子盡可能有更多時間留下，她把記憶一個接一個貪心地交付給孫子，因為她怕要是他開始厭倦在伊琳娜身邊盤旋，上述手稿會再度回到被遺忘的抽屜，而她也會更少看到這位年輕人。和賽斯相聚時，現場不能少了伊琳娜，若不是這樣，他會漫不經心地等候她。如果貝拉斯科家族的繼承人賽斯和一個以照顧老人和幫小狗洗澡維生的移民配成對，阿爾瑪一想到家人的反應便偷偷笑了起來。她不覺得那個可能性不好，因為伊琳娜比賽斯大部分有如運動員的短期女友來得聰明；她是塊未加工過的寶石，尚待琢磨。阿爾瑪打算讓她接受文化的洗禮，帶她去聽演奏會、參觀美術館，讓她閱讀成年人的書，而不是她很喜歡的那些奇幻世界和超自然生物的荒謬長篇小說，並且教導她禮儀，如桌上餐具的合宜用法。那些都是伊琳娜在摩爾達維亞未曾從她鄉下爺爺奶奶身上、也未曾從她德州酗酒的母親身上接收到的東西，但是她非常機伶也懂得感恩。讓她變高雅並不難，那也是感謝她把賽斯吸引到雲雀之家的一種細膩的償還方式。

隱形人

為阿爾瑪．貝拉斯科工作一年後，伊琳娜第一次懷疑這女人有個情人，但是她對這件事不以為意，直到後來發覺得告訴賽斯。一開始，在賽斯讓她染上八卦那些懸疑情節的惡習之前，她並沒有暗中監視阿爾瑪的意圖。她漸漸深入阿爾瑪的私密世界，但彼此都沒意識到。她在整理從海崖區房子陸續帶過來的箱子時，在審視阿爾瑪房間裡——她本人會用一條清理布塊定期擦拭的——一幀男人銀框相片時，認為阿爾瑪有情人的想法慢慢成形。除了她放在客廳裡的一張較小的家人照片外，套房裡沒有其他相片了。這一點引起伊琳娜的注意，因為雲雀之家其他住戶周圍都是照片，像是一種陪伴。阿爾瑪只告訴她那是童年的一個朋友。伊琳娜鮮少膽敢多問，阿爾瑪也總是更換話題，但是終究套出他叫福田一命，一個日本名字，也是客廳那幅奇怪畫作的創作者，那是一片天色灰沉的淒涼覆雪景色，許多陰暗平樓建築，電線桿和電線，而唯一的生命跡象是半空中飛翔的一隻黑鳥。伊琳娜不了解為什麼阿爾瑪在貝拉斯科家族為數眾多的藝術作品裡，挑選出那幅令人沮喪的圖畫來裝飾自己的住處。相片中，福田一命是個年齡難以辨識的男人，他歪著頭像是詢問的態度，因為面對太陽而瞇著眼睛，但是眼神坦誠且直率；他性感飽滿雙唇的嘴角掛著一絲微笑，頭髮直硬又濃密。伊琳娜覺得無法避免被那張像是叫著她或試圖要告訴她什麼重要事情的臉吸引住。她單獨在套房裡深入研讀他，開始想像福田一命的完整身形，開始賦予他質量，並為他編造一個生命：他的肩背結實，個性孤獨，懂得掌控情緒且任勞任怨。阿爾瑪迴避不談他，更點燃伊琳娜想認識他的渴望。在箱子裡，她找到同個男人和阿爾瑪在海灘上的另一張相片，兩人捲起褲管，手上拿著休閒鞋，腳泡在水裡，嬉笑著，互相推擠著。兩人在沙上玩耍的模樣暗示情愛與親密的性關係。她猜那時他們兩人單獨在一起，請某個經過的陌生人拍下那張照片。伊琳娜算了算，如果一命和阿爾瑪的年齡相仿，應該也是八十來歲了，但是如果看到他的話，她一點也不懷疑會認不出是他。只有一命可能是阿爾瑪失序行為的原因。

伊琳娜可以預測她老闆的失蹤，因為幾天前阿爾瑪陷於失神又憂鬱的沉默，接著是一旦決定離開的那種突然又無法控制的興奮。她一直在等著什麼，而當事情來的時候，她變得很快樂。她把幾件衣服丟入一個小手提箱，通知克絲汀不用去工作室，並把阿喵交到伊琳娜手上。那隻貓已經老了，有數不清的固有習性和病痛；一長串建議和解決方法清單貼在冰箱門上。阿喵是阿爾瑪的第四隻貓，她養過的貓都很像，都擁有相同的名字，陪伴她度過不同的生命階段。

阿爾瑪離開時就像情人般急迫，沒說要去哪裡也沒說想要什麼時候回來。沒有她消息的兩三天過去了，突然，就像消失時那般意外，她光鮮亮麗地回來，而她的玩具車汽油也用罄。伊琳娜負責管理她的帳目，曾看到旅館收據，也發現過那幾趟短暫旅行她會帶走唯有的兩件絲質睡衣，而不是平常穿的棉質睡衣。女孩自忖，為什麼阿爾瑪有如要去犯罪般溜走；她無拘無束，大可在她雲雀之家的公寓裡接待任何她想接待的人。

無可避免地，伊琳娜對相片上男人的懷疑也感染到賽斯。年輕女孩小心翼翼不提自己的疑惑，但是他在經常性探訪中，開始注意到奶奶好幾次人不在。如果他質疑阿爾瑪，她總是用他們之間慣用的挖苦語氣回答，她是去和恐怖分子演練、去喝死藤水，或者回以任何無厘頭的解釋。賽斯認為要釐清那個謎，他需要伊琳娜協助，但這並不容易達成，因為年輕女孩對阿爾瑪忠誠如堅石。他只能說服她，他祖母有危險。對她那年紀而言，阿爾瑪看起來很硬朗，他對伊琳娜說，但是事實上她很虛弱，患有高血壓，心臟不太好，還有早期的帕金森症，所以她的雙手才會抖動。他無法給她更多細節，因為阿爾瑪拒絕接受該有的醫療檢查，但是他們得監視她並避免她發生危險。

「任何人都想給親人安全，賽斯。但是，自主性是人人想擁有的東西。你祖母永遠不會接受我們介入她的私生活，儘管是為了保護她。」

賽斯聲稱：「為了同樣理由，我們得這麼做但不讓她知道。」

根據賽斯的說法，二〇一〇年初，不過就兩個小時的光景，有件事突然改變了他祖母的個性。身為一個成功的藝術家及負責任的楷模，她卻遠離了世界、家人和朋友，軟禁在一間和她不搭調的養老院裡，而且就像她媳婦朵麗絲的看法，還選擇穿得像西藏難民一樣。朵麗絲補充說，她腦子短路了，還有什麼其他可能的原因呢。在一頓正常的午餐後她宣布要去睡午覺，這是他們最後一次看到舊有的阿爾瑪。下午五點鐘，朵麗絲敲婆婆房門，要提醒她晚上的餐宴，卻看到她站在窗旁，視線飄失在霧裡，光著腳，穿著內衣。她耀眼的長禮服昏躺在一張椅子上。「告訴賴瑞我不參加晚會，還有，在我剩餘的生命裡，別要我配合做任何事。」她聲音裡的堅決不容許反駁。媳婦悄悄關上門，前去告訴她先生這個訊息。那晚大家要為貝拉斯科基金會募款，是一年中最重要的夜晚，也是證明這個家族召集能力的時刻。服務生已擺好餐盤，廚師忙著宴席，室內樂樂團的樂師也正在安置他們的樂器。每一年阿爾瑪都會簡單談話，差不多都是一樣的內容，會擺姿勢和最重要的捐贈者拍照，並且和媒體聊天；餐會對她的要求也只不過是那些，其他的事就交給她兒子賴瑞來處理。她不出席，他們得自己想辦法。

隔天就出現了巨變。阿爾瑪開始整理行李，認定自己擁有的東西裡極少數在新生活用得上。一切得簡化。首先，她去買東西，之後和她的會計師和律師碰面。她拿走一份微薄的退休金，把剩餘的錢交給賴瑞，沒有指示該如何分配，並宣布她要住到雲雀之家去。為了跳過後補名單，她向一位女性人類學家買下名額，為了那筆恰當的數額，女學者願意再多等幾年。沒有任何一位貝拉斯科成員聽說過那個地方。

「那是柏克萊一間休憩的房子。」阿爾瑪含糊地解釋。

「一間老人收養院？」賴瑞驚訝地問。

「差不多。剩下的歲月我要簡單沒煩惱地度過。」

「煩惱？我想不是指我們吧！」

「那我們該怎麼對其他人說？」朵麗絲唐突地問。

「就說我老了，也瘋了。這和事實差不了多少。」阿爾瑪回答。

司機把她和貓以及兩只皮箱一起載走。一周後，阿爾瑪把好幾十年來她並不需要的駕駛執照換新，還買了一部檸檬綠的微型都會車，車子又小又輕巧，有一次車停在街上，三個頑皮的小孩把它推倒，輪子四腳朝天，像隻朝天烏龜。阿爾瑪挑選那輛車的理由是，醒目的顏色可以讓其他駕駛人看得到，那個大小則保證，要是不幸軋到人也不會讓人不治身亡。那就像是駕駛介於腳踏車和輪椅之間的一種交通工具。

賽斯對她說：「伊琳娜，我想我奶奶健康上有嚴重問題，為了面子她把自己關在雲雀之家，不讓任何人知道。」

「如果是真的，她早就死了，賽斯。而且，沒人是關在雲雀之家的。這是一個開放的社區，人們可以依自己的意願自由進出。所以這裡不接受阿茲海默症病患，因為他們可能逃走或迷路。」

「這就是我擔心的。我奶奶出遊可能會發生那種事。」

「她都有回來呀。她知道自己去哪裡，我不認為她是一個人去。」

「那麼，跟誰呢？和一個紳士？妳該不會想我奶奶是和情人到旅館去吧！」賽斯開玩笑，但是伊琳娜嚴肅的表情打斷他的笑容。

「為什麼不呢？」

「她是個老人呀！」

「一切都是相對的。她年紀大，但不是老人。在雲雀之家裡，阿爾瑪可以被看為年輕人。而且，在任何年紀都可以有愛情。根據沃伊特的說法，老年很適合談戀愛；對健康有利，可以趕走沮喪。」

「老人都怎麼做的呢？我是說，在床上。」賽斯問。

「不疾不徐，我猜。你該去問你奶奶。」她回覆。

賽斯終於讓伊琳娜變成他的盟友，一起彙集情資。每星期都會有個送貨員把一只裝有三朵梔子花的箱子放在櫃台給阿爾瑪。上面並沒有署名是誰或是哪家花店寄的，但是阿爾瑪沒表示驚訝也沒覺得好奇。她也常在雲雀之家收到一只沒有寄件人的黃色信封，從裡面拿出另一只更小的信封後她會丟掉大的，小的也是寫她的名字，但是那是手寫的海崖區地址。貝拉斯科家族或員工裡沒有人曾收過那些信封，也沒人把信封寄到雲雀之家。賽斯提到這些信件前，沒人知道有這些信的存在。兩位年輕人無法查清楚誰是寄件人，為什麼同一封信需要兩個信封和兩個地址，也不知道那不尋常的信件會在哪裡停駐。由於伊琳娜沒在公寓裡找到線索，賽斯在海崖區也一無所獲，他們想像阿爾瑪是把信件藏放在銀行她的某個保險箱裡。

阿爾瑪，又與妳度過值得回憶的一次蜜月！好久沒看到妳這麼幸福又悠閒。一千七百株開了花的櫻花樹的神奇景觀在華盛頓迎接我們。我在京都看過相同的景致，那是好幾年前的事了。我父親在海崖區種下的櫻花樹仍然開花嗎？

妳撫摸著越戰紀念碑深色石塊上的名字，告訴我那些石塊會說話，可以聽到石塊的聲音，死者被困在那道牆裡，他們因為犧牲而憤怒地叫著我們。我不斷想著那件事。四處都有靈魂，阿爾瑪，但是我想他們無拘無束，沒有懷恨。

一

一九九六年四月十二日

波蘭女孩

為了滿足伊琳娜和賽斯的好奇心，阿爾瑪開始用保留給生命中重要時刻的清醒神志回憶她第一次看見福田一命的情景，隨後她慢慢陸續回憶自己其餘的人生。一九三九年春天，她在海崖區豪宅華麗的花園認識他。那時她是個比一隻金絲雀胃口還小的小女孩，白天沉默，晚上窩在房間裡一個三面鏡衣櫃裡哭泣。那是姨媽和姨丈為她準備的藍色色調房間：窗簾是藍色，附有華蓋床鋪的紗簾、比利時地毯、壁紙上的小鳥和有金色框架的雷諾瓦複製畫都是藍色；當霧氣散去時，窗戶的視野是藍色，藍海和藍天。阿爾瑪·孟德爾為了她永遠失去的一切哭泣，儘管她的姨丈姨媽強烈堅稱她和父母親與哥哥是暫時分開，一個直覺力較差的小孩應該會相信他們。她保留下的父母親最後身影是一個年紀大、留絡腮鬍、一身黑色、穿著長大衣、戴著帽子的嚴厲男人，以及一個比他年輕許多、正在哭泣的畏縮女人，他們佇立在但澤碼頭，揮著白色手巾替女兒送行。航向倫敦的船以一聲驚嘆的呼叫遠離，他們變得越來越小越模糊，她握緊著船舷，無法回應他們的揮別。穿著旅行便服的阿爾瑪在顫抖，茫然無助地置身聚在船尾看著故鄉土地漸漸消失的人群裡，她試著維持父母從她出生起教導她的鎮靜。隨著隔離他們的距離漸遠，她感受到父母親的傷痛，那傷痛加深了她無法再次看到他們的預感。她父親做了一個很奇怪的動作，用一隻手臂圍住她母親的雙肩，像是防止她跳入水中。她母親用一隻手拉緊帽子不讓風吹走，另一隻手瘋狂地揮著手巾。

三個月前，為了送別大她十歲的哥哥塞謬爾，阿爾瑪和父母去過同樣那個碼頭。她母親掉了很多眼淚才順從先生送兒子到英國的決定，這麼做是為了預防萬一戰爭謠言真的成真。男孩在英國可以免於被召募到軍隊，或免於被嚇唬自願入伍。孟德爾夫婦無法想像，兩年後塞謬爾會在皇家空軍裡對抗德國。阿爾瑪看著她哥哥以展開人生第一次冒險的吹噓態度上船，預先嚐到家庭受到威脅的徵兆。哥哥是她生命的燈塔，曾經照亮過她的黑暗時刻，並以他得意洋洋的笑聲、客氣的玩笑和鋼琴上彈奏的歌曲趕走她的畏懼。自從塞謬爾把剛出世的阿爾瑪抱在懷裡，就酷愛這個妹妹，那時她是有痱子粉味道、像貓一樣喵喵叫的粉紅色肉球；他對妹妹的熱情在往後七年裡不斷加深，一直到他們必須分開。知道塞謬爾將離開她身邊時，阿爾瑪在生命中第一次捶胸頓足。她開始又哭泣又喊叫，接著躺在地上喘息，最後在她母親和家庭教師無情地把她浸泡在冰冷的水裡結束。塞謬爾離去讓她傷心欲絕，如坐針氈，因為她懷疑那是世界要翻天覆地的序曲。她曾聽到父母親談到莉莉安，那是母親住在美國的一個妹妹，她和某個重要人物伊薩克．貝拉斯科結婚；他們每次提到他的名字，都會補充說明這個人很重要。到那時候為止，女孩都不知道那個遙遠的阿姨和那個重要的男人的存在，爸媽突然強迫她用最完美的字跡寫明信片給他們，她覺得事有蹊蹺。她也覺得家庭教師把加州納入歷史和地理課程是壞預兆，那是地球儀另一端地圖上一處柳橙色的斑點。她的父母親等到年尾節慶過後才告訴她，她也得要到國外唸一段時間的書。和她哥哥不同的是，她會繼續和親人住在一起，和她的姨丈伊薩克、阿姨莉莉安和她的三個表哥表姐們在舊金山生活。

從但澤到倫敦、從倫敦搭乘跨大西洋輪船到舊金山的航行持續了十七天。孟德爾夫婦委派英國家庭教師漢妮康小姐負責把阿爾瑪平安無恙送達貝拉斯科夫婦的家。漢妮康小姐是個未婚女子，發音裝模作樣，舉止過度修飾，言語表達尖酸刻薄，她以藐視態度對待她認為社會地位較低的人，對上面的人表現出溫柔的亦步亦趨，但是為孟德爾夫婦工作的一年半裡，她已贏得他們的信任。她不投任何人的緣，更別說阿爾瑪了，但是在選擇幼年在家裡教育她的女家庭教師或導師這件事，小女孩的看法是不被考慮的。為了確保女家教心甘情願執行任務，她的男女主人對她承諾，一旦阿爾瑪在姨丈姨媽家裡安定下來，她在舊金山就會收到一筆可觀的津貼。漢妮康小姐和阿爾瑪乘坐船上最好的一個客艙，兩人一開始暈頭轉向，後來備感無聊。這位英國女人與頭等艙乘客不相稱，但是她寧願跳海也不要和她自己社會階層的人混在一起，因此在這超過兩星期的時間裡，她只和她年幼的學生說話。船上有其他小孩，但是那些安排好的兒童活動沒有一項阿爾瑪有興趣，因此沒交任何朋友；她跟家庭教師生氣，偷偷哭泣，因為那是她第一次和母親分開，她讀著童話故事，寫著傷感的信，並偷偷把信件直接交給船長，請他在某個港口投遞，因為她怕要是把信交給漢妮康小姐，最後會被拿去餵魚。那次緩慢的跨洋旅程唯一難忘的時刻是度過巴拿馬運河以及一次化妝舞會。在舞會裡，有個人打扮成阿帕契族的印地安人，他把身上掛著床單扮成希臘護火貞女的漢妮康小姐推進游泳池裡。

貝拉斯科姨丈姨媽和表兄姐在熙熙攘攘的舊金山港等候阿爾瑪，身邊那一大群圍繞在船隻旁的亞洲籍勤奮碼頭工人，讓漢妮康小姐擔心她們是搭錯船抵達了上海。莉莉安阿姨穿著灰色阿斯特拉罕羔羊皮大衣、圍著土耳其纏頭巾，她給外甥女一個令人窒息的擁抱，這時伊薩克．貝拉斯科和司機正試著把兩位旅者的十四箱行李和提箱匯集起來。瑪莎和莎拉兩位表姊在剛到的表妹臉頰上貼了一個冰冷的親吻打過招呼後，馬上忘記她的存在，她們並不是壞心眼，而是正值找男友的年齡，而那個目標讓她們無視於世上其他人的存在。儘管貝拉斯科夫婦有財富和聲望，她們要找到心目中的理想丈夫並不容易，因為她們遺傳了父親的鼻子和母親矮胖的身材，卻沒怎麼遺傳到父親的智慧或母親的和藹。納坦尼爾表哥是唯一的男孩，比他姐姐莎拉晚出生六年，搖搖晃晃像隻瘦長鷺鷥探叩青春期之門。他臉色蒼白，又瘦又長又不自在，身體的手肘過大、膝蓋瘦骨嶙峋，但是他擁有大狗沉思的眼睛。他向阿爾瑪伸出手時，眼睛定神看著地面，含糊吐出父母親命令他說出口的歡迎。她把那隻手當作救生圈掛在上面，男孩試著脫手卻不得其願。

阿爾瑪就這樣開始住在海崖區那間大房子，她在那裡度過了七十年，其間鮮少離開。一九三九年初幾個月，她幾乎把所有的淚水倒空，之後便很少哭泣。她學著有尊嚴地自己啃噬傷痛，深信沒人會在意他人的問題，也深信沒說出的痛苦最終將會沖淡。她記取父親的人生觀：她父親是個嚴格的人，擁有堅定不移的信念，以所有事都仰賴自己且不虧欠任何人自豪；但那並不完全是真的。孟德爾先生從小孩在搖籃裡便徐徐灌輸以簡單的成功模式：從不抱怨、從不要求任何東西、努力保持名列前茅且不相信任何人。阿爾瑪背負這個裝石塊的沉重包袱好幾十年，直到愛情幫她丟棄掉一些石塊。她淡泊的態度造成自小就有神祕的氣息，遠比她要隱藏的祕密更早存在。

三〇年代大蕭條期間，伊薩克・貝拉斯科得以避開經濟大災難的最壞影響，甚至還增加了家產。當別人失去一切，他卻是在自己的律師事務所每天工作十八個小時，並投資商業交易。這些交易當時看來很冒險，但長期下來卻是很亮眼。他為人正派，說話有分寸，心地溫和。對他而言，那種溫和個性近乎於懦弱，因此他執意給人不妥協的強勢印象，但是只消和他接觸兩次就可以猜到他的好心腸。他富有同情心的名聲在他的律師事業上成為絆腳石。後來，他成為加州最高法院的法官候選人卻失去遴選，因為競選對手控告他過度慷慨地寬恕，有損公平和眾人的安全。

伊薩克以最大的誠意在家裡收養阿爾瑪，但是小女孩的夜間哭泣很快便開始影響到他的神經。那沉悶、忍下來的嗚咽，透過衣櫃雕琢的桃花心木厚實的門幾乎聽不到，但是卻傳到走廊另一邊他的寢室讓他無法閱讀。他想小孩子就像動物，擁有天然的適應能力，也想小女孩離開父母的悲痛很快就會得到舒緩，或者他們將會移民到美洲。困於對女人事情的難為情，他覺得沒有能力幫助她。如果他不了解妻子和女兒的平常反應，更無法了解那個未滿八歲的波蘭女孩的反應了。他有種迷信的懷疑，懷疑外甥女的淚水宣告著災難性的禍害。一次大戰的疤痕仍然在歐洲隨處可見；土地被戰壕四分五裂的記憶猶新，數以百萬的死者、寡婦和孤兒，腐壞的分屍馬匹，致死的瓦斯，蒼蠅和饑餓。沒人想要另一次像那樣的動亂，但是希特勒已經併吞奧地利，控制部分的捷克斯拉夫，他建立上等種族帝國的煽動性召喚無法像一個瘋子的荒唐言行置之不顧。一月底，希特勒已經提出解放世界免於猶太人威脅的建議；驅逐他們不夠，他們該被殲滅。某些小孩具有靈異能力；伊薩克想著，阿爾瑪在噩夢裡看到可怖的東西、提前經歷一場可怕的災難並不奇怪。他的連襟夫婦倆要等到怎樣才肯離開波蘭？他一年來白費功夫對他們施加壓力要他們離開，要他們像那麼多正在逃離歐洲的猶太人那樣；他對他們提出款待的善意，儘管孟德爾夫婦多的是資源，並不需要他的救助。巴如·孟德爾回覆他，波蘭的完整性有大不列顛和法國保證。他自認為安全，也相信受到他的錢和商業關係的保護；在納粹宣傳的逼迫下，他唯一做的讓步是把小孩送到國外。伊薩克不認識孟德爾，但是透過信件和電報，很明顯他姨子的丈夫非常高傲、惹人厭，也非常頑固。

幾乎過了一個月，伊薩克才決定干涉阿爾瑪的情形，那時他甚至不準備要親自干涉，因此他認為問題應由妻子處理。晚上只有一扇永遠半掩的門隔開這對夫婦，但是莉莉安耳朵不靈敏，並且使用鴉片酊入睡，因此要是她先生沒叫她注意的話，她從來不會知道衣櫥裡的哭泣。那時漢妮康小姐已經沒和他們在一起了。抵達舊金山時，那女人領取了承諾的津貼，兩天後就返回出生國，她討厭美國人粗俗的舉止、無法聽懂的腔調和民主，她這麼說，完全不顧慮那樣的批評會得罪待她相當尊重的高貴的貝拉斯科夫婦。另方面，莉莉安受姊姊一封信的提醒，在阿爾瑪旅途穿的大衣內裡尋找孟德爾夫婦放置的幾顆鑽石，因為不是價值連城，所以履行傳統的意味比給她女兒保障的目的大。但這時鑽石卻不見了。嫌疑馬上落在漢妮康小姐身上，莉莉安提議派先生事務所的幾個調查員去追英國女人，但是伊薩克認定那不值得。世界和家人都相當緊張，不宜穿越大海和大陸去追捕家庭教師；多幾顆或少幾顆鑽石並不會在阿爾瑪的生活上有什麼輕重之別。

「我玩橋牌的那些女牌友告訴我，舊金山有個很棒的兒童諮商心理師。」得知外甥女的情況時，莉莉安告知她的先生。

男主人問：「那是什麼？」眼睛飄離報紙一會兒。

「就是那個名詞所說的，伊薩克，你別裝傻。」

「妳那些牌友有人認識有人有小孩心理不平衡到得找諮商心理師？」

「肯定有，伊薩克，但是她們死也不承認。」

「童年是生命中自然的不幸階段，莉莉安。小孩應該幸福的故事是華德・迪士尼編造來賺銀子的。」

「你真頑固！我們不能讓阿爾瑪沒有安慰一直哭下去。得做點什麼事呀。」

「嗯，莉莉安。其他方法都失敗時，我們再訴諸那個極端手段。現在可以給阿爾瑪幾滴妳的甜藥水。」

「我不知道，伊薩克，我覺得那是一種雙面刃。我們最好不要這麼早讓小女孩吸食鴉片上癮。」

他們那麼談著，爭論著諮商心理師和鴉片的利弊，同時他們注意到衣櫃已經三個晚上安靜無聲。他們再花兩個晚上聆聽，確認小女孩已莫名其妙地安靜下來，不僅順利入睡，而且開始像個正常小孩般吃飯。阿爾瑪沒忘記父母和哥哥，依舊渴望她的家人可以很快團聚，但是她的眼淚快要哭盡，她開始和剛萌生友誼的兩個人玩在一起，那是她生命中唯有兩份情愛：納坦尼爾．貝拉斯科和福田一命。前者就要滿十三歲，是貝拉斯科夫婦的么兒，後者和她一樣要滿八歲，是園丁的么兒。

貝拉斯科夫婦的兩個女兒瑪莎和莎拉活在和阿爾瑪完全不同的世界，她們只關心時尚、派對和可能的男朋友。她們在海崖區豪宅的崎嶇高地或在飯廳少有的正式晚餐碰見她，會因為無法記起來那小女孩是誰，或為什麼在那裡而嚇一跳。反之，納坦尼爾卻無法把她丟在一旁，因為阿爾瑪從第一天就黏著他的腳跟，決定用那個膽怯的表哥替代她崇拜的哥哥塞謬爾。雖然相差五歲，他是貝拉斯科家族年齡和她最相近的成員，因為靦腆和窩心的個性，也是最容易接近的成員。女孩讓納坦尼爾有一種混合著迷惑和驚慌的感覺。阿爾瑪像是從達格雷照片抓出來的，有從小偷家庭教師那裡學來的優雅英國腔調，她如掘墓人的嚴肅，像塊木板般有稜有角，聞起來有她旅行箱的萘的味道，額上有一撮喧賓奪主的白髮，和黝黑頭髮和橄欖色皮膚形成對比。一開始納坦尼爾試著逃避，但是沒有東西可以澆滅阿爾瑪笨拙的親近意圖，而他後來慢慢讓步了，因為他遺傳到父親的好心腸。他猜測表妹用高傲掩飾沉默傷痛，但是他以各種藉口迴避幫忙她的義務。阿爾瑪是個乳臭未乾的小女孩，納坦尼爾和她唯一的共同點是一絲微薄的血緣，她在舊金山是過客，和她建立友誼是浪費感情。三個星期過去，表妹的來訪沒有結束的徵兆，他那個藉口耗盡，乾脆去問母親他們難道想領養她。「我希望我們不用走到那個地步。」莉莉安打了個寒噤回答他。歐洲的消息令人非常不安，她外甥女變成孤兒的可能性開始在她的想像裡成形。從那個回答的語調，納坦尼爾推論阿爾瑪會無限期留下來，因此他屈服於本能去愛她。他睡在房子另一側翼，沒有人告訴他阿爾瑪在衣櫃裡哭泣，但是他不知怎麼發現了，好幾個晚上他躡腳過去陪她。

把福田那家介紹給阿爾瑪的是納坦尼爾。她從窗戶看過他們，但是一直到初春氣候變好，她才出來到花園裡。某個週六，納坦尼爾矇住她的雙眼，承諾給她一個驚喜，牽著她的手穿過廚房和洗衣間把她帶到花園。他把布條拿下，她抬起眼睛，發現自己身處一棵花朵盛開的櫻花樹下，那是一朵粉色的棉花雲。樹旁有個穿著工作吊帶褲、戴著草帽的男人，一張亞洲臉孔，皮膚黝黑，身高矮小，寬肩，倚在一把鐵鍬上。他以斷斷續續難懂的英文告訴阿爾瑪，這時候很美，但是只會維持幾天，花朵很快就會像雨水般掉落在地上；最好的還是盛開的櫻花樹留下的回憶，因為那會持續一整年，直到下一個春天。那個男人是福田高雄，好幾年來在那塊土地上工作的日本園丁，也是伊薩克·貝拉斯科唯一會因敬意而在他面前脫帽的人。

納坦尼爾折返回家，把表妹留下讓高雄陪她。高雄帶她看了整座花園。他帶領她到斜坡地不同階段的露臺，從房子矗立的山丘頂端到海灘。他們遊走於狹窄的小徑，小徑上散布著長滿濕氣綠繡的古典雕像、異國風情的噴泉和多汁的植物；園丁向她解釋那些東西的出處以及所需的照顧，直到抵達一座長滿攀藤玫瑰且擁有海上全景視野的涼亭，左邊是海灣入口，右邊是兩年前啟用的金門大橋。從那裡看得見群集的海豹在岩石上休息，如果耐心俯視海平線又運氣好的話，可以看見從北方來加州海域生產的鯨魚。之後高雄帶她到溫室，那是一座維多利亞式古典車站的小型複製品，有鍛造的鐵和玻璃。裡面，在已篩過的光線以及暖氣和噴霧器的濕熱下，嬌弱的植物在托盤上開始它們的生命，每株植物有標示名字和應該移株的日期標籤。在兩張簡陋木材的長桌之間，阿爾瑪看到一個專注整理幾株黃連木的男孩，他聽到他們走入馬上放掉剪刀，像個軍人般站得直挺挺的。高雄向他走近，以一種阿爾瑪陌生的語言喃喃說些什麼，並撥亂他的頭髮。他說：「我最小的兒子。」阿爾瑪毫不掩飾地像看待另一種類動物般研究著這對父子；他們不像大英百科全書圖片上的東方人。

男孩彎下軀幹向她打招呼，自我介紹時保持頭部低垂。

「我是一命，福田高雄和福田秀子的第四個小孩，很榮幸認識您，小姐。」

「我是阿爾瑪，伊薩克和莉莉安．貝拉斯科的外甥女，很榮幸認識您，先生。」她不知所措又風趣地解釋。

最初的正式禮儀被後來的親切感感染成幽默，並寫下他們長久關係的調性。比較高又強壯的阿爾瑪看起來較大。一命瘦小的外表會騙人，因為他可以毫不費力舉起沉甸的泥土包，並且推一車裝滿貨物的推車上坡。和身體比起來他的頭很大，蜂蜜色的皮膚，分開的黑色眼睛，硬邦邦又難以控制的直髮。他還在長恆齒，微笑時眼睛會變成兩條線。

那個早晨剩餘的時間，阿爾瑪跟著一命，他一邊把植物擺放在父親挖好的坑洞裡，並對她揭露花園裡神祕的生命力，底土下交織的絲線，幾乎看不見的昆蟲，土裡一星期後就會長到一個手掌高的極小幼芽。他跟阿爾瑪聊到那時才拿出溫室的菊花，聊到菊花如何在春天移株、在初秋開花，在夏季花朵已經乾枯時給花園帶來色彩和歡樂。他向阿爾瑪展示滿是花苞的玫瑰，以及如何拔掉幾乎所有的花苞，只留下幾個花苞讓玫瑰長得又大又健康。他讓阿爾瑪看見種子植物和球莖植物、陽光植物和陰影植物以及原生種和外來種植物的不同。眄視觀察他們的福田高雄走近告訴阿爾瑪，最棘手的工作由一命負責，因為他生來就是綠手指。男孩被恭維的話弄得臉紅起來。

從那天起，阿爾瑪沒耐心地等待周末準時前來的園丁們。福田高雄總是帶著一命，有時候如果工作較多，也會讓較年長的兩個兒子查爾斯和詹姆斯或唯一的女兒惠美陪他來，女兒比一命大好幾歲，只對科學有興趣，不喜歡雙手被泥土弄髒。一命有耐心又有紀律地履行工作，不因阿爾瑪在場而分心，他相信那天結束前，父親會給他半小時和阿爾瑪玩耍。

阿爾瑪、納坦尼爾和一命

海崖區的房子這麼大，它的住民又總是那麼忙碌，因此不太有人注意到小孩的遊戲。如果有人注意到納坦尼爾和一個小他好幾歲的女孩在一起玩耍好幾個小時，那奇怪的感覺也會馬上消失不見，因為還有其他事情得多花心思注意。阿爾瑪已長大到拋棄了對洋娃娃的愛，而她也從未熱衷過。她靠著字典學習玩文字遊戲，靠著單純的決心學會西洋棋，因為戰略從來不是她的強項。納坦尼爾呢，早已覺得收集郵票或跟著童子軍露營很無聊。他們倆參與表演他寫的那些只有兩、三個角色的話劇，而且馬上在閣樓演出。缺少觀眾從來不會造成不便，因為過程遠比結果來得更有趣，而且他們並不尋求掌聲：樂趣建立在為劇本爭吵以及排演角色上。舊衣服、棄置的窗簾、壞損的家具和肢體鬆散的家當構成裝扮、配件和特殊效果的原始材料，其餘部分他們用想像力補足。毋須邀請就可以進入貝拉斯科家的一命也是這個話劇社的成員，演的是配角，因為他是個很差勁的演員。他以超強的記憶力和繪畫的才藝彌補演戲天分的缺失；他可以毫不卡住背誦很長的台詞，那些台詞都是納坦尼爾從最愛的小說中——從《德古拉》到《基督山恩仇記》——得到靈感寫下的，另外他也負責彩畫背景。這種同伴關係把阿爾瑪抽離最初深陷的離棄孤兒狀態，但沒有維持很久。

隔年，納坦尼爾進入一間複製英國模式的男校唸中學。一夕之間他的日子變了。他不僅要穿長褲，也得面對那些開始進入轉大人期的男孩們無盡野蠻的對待。他還沒準備好怎麼面對：他看起來像是十歲的小男孩，而不是實際上已年滿的十四歲，他還沒經歷荷爾蒙無情的摧殘，個性內向、謹慎，不幸的是，他閱讀的天分高，但是運動能力很差。他永遠做不來其他男孩炫耀、殘忍和下賤的行為，而且他生性並非如此，試著佯裝也是白費功夫；他的汗水散發出惶恐的味道。上課第一個星期三他回到家時一隻眼睛烏青，襯衫被鼻血沾污了。他拒絕回答母親的問題，對阿爾瑪則說自己是撞上國旗旗杆。那天晚上他尿床，那是他有記憶以來第一次尿床。他驚嚇不已，把尿濕的床單藏在壁爐的出風口，床單直到九月底點火時屋子煙霧瀰漫才被發現。莉莉安之前也無法讓兒子解釋床單為什麼不見，但是她想像原因，並決定徹底解決。她出現在學校校長面前，那是一個頂著酒鬼紅鼻的紅髮蘇格蘭人，他坐在一張如軍團專用的大桌子後接待她，被覆蓋著暗沉木材板塊的牆壁包圍，並受到喬治六世國王的肖像監控。紅髮校長告知莉莉安，合理尺度的暴力被視為該校教育方式的基礎；因此他們鼓勵粗野的運動項目，學生的打鬥是戴著拳擊手套到拳擊場上解決的，而漫無紀律是以他本人在他們屁股上執行的鞭打來修正。男人漢是打出來的。事情一向都是這樣，而且納坦尼爾·貝拉斯科越早學會受到尊敬，對他越好。他還補充說明，莉莉安的介入會讓他兒子被看笑話，但因為她兒子是新生，他以特例處理，會把這件事忘掉。莉莉安飛奔到先生位於蒙哥馬利街的辦公室，她唐突闖入，但是在那裡也沒尋得支持。

「莉莉安，妳別插手管這件事。所有男孩都要經歷那些成年禮，而且幾乎所有的人都倖存下來。」伊薩克對她說。

「以前你也被打？」

「當然。而且你也看到結果沒有那麼差。」

如果沒有那個他最意想不到的人幫助，四年的中學時光對納坦尼爾會是個永無止境的折磨：那個週末，一命看到他全身被抓傷打傷，把他帶到花園涼亭，示範從他可以在兩條腿上站穩以來就練習的幾招有用武術給他看。一命把一支圓鍬交到他手上，命令納坦尼爾試著劈他的頭。納坦尼爾以為他開玩笑，把圓鍬像雨傘般高舉在半空中。需要試過好幾次他才了解指示，並認真對一命砍下去。他不知道圓鍬怎麼脫手的，但是圓鍬飛了出去，在背後著地，在附近觀看的阿爾瑪驚愕的眼前掉落在涼亭的義大利紅磚地上。納坦尼爾這才知道，面無表情的福田高雄在松樹街租來的一個車庫內教導兒子們和日本圈內其他男孩一種混合柔道和跆拳道的武術。他告訴他父親，父親曾經約略聽說過在加州開始有所聞的那一類運動。伊薩克前往松樹街，對福田能否幫助兒子並未抱持很大的希望，但是園丁向他解釋，武術的美剛好就是不需要身體的力量，需要的是專注力和使用敵人的重量和力氣把對方打敗的技巧。納坦尼爾開始上課。司機每週有三個晚上載他到車庫，在那裡他首先和一命及其他小朋友對打，後來和查爾斯、詹姆斯及其他年長的孩子交手。好幾個月的時間他全身骨頭四分五裂，直到學會倒地卻沒受傷。他不再對打鬥感到害怕。他從來沒超越初學者的程度，但是那已經多過於學校年紀大的孩子會的東西。很快地他們不再對他霸凌，因為他對第一個繃著臉靠近他的人用喉嚨吼叫四聲、擺出有武術姿態誇張的陣仗，就把對方說服了。伊薩克從來沒過問課程的結果，就像之前他也不知道兒子遭受挨打，但是他應該查清楚了些什麼，因為有一天他跟著一輛卡車和四個工人出現在松樹街要整修車庫的木質地板。福田高雄以成套的正式行禮接待他，但也沒做任何評論。

納坦尼爾離家上學這件事結束了閣樓上的話劇表演。除了學校的功課和持續的努力學自衛之外，男孩受困於形而上的痛苦和一種反思後的難過，他媽媽試著用幾湯匙的鱈魚魚肝油幫他治療。如果阿爾瑪在他進房間撥彈吉他前能快速抓住他，他也幾乎少有時間玩幾盤文字遊戲和西洋棋。他正在發現爵士和藍調，但是瞧不起流行舞蹈，因為在舞池裡他會羞愧得發楞，貝拉斯科所有家人對節奏無能的遺傳會暴露無遺。他以一種混著嘲諷和忌妒的態度看著阿爾瑪和一命試著鼓舞他而示範的林迪舞表演。兩個小朋友擁有莉莉安淘汰不用的兩張割傷的唱片和一架留聲機。阿爾瑪從垃圾堆裡把那東西搶救下來，而一命用他的綠手指和耐心的直覺把它肢解並組裝起來。

納坦尼爾的中學生活一開始很不好，在接下來幾年依舊是個折磨。他的同學疲於為了打他而排擠他，但是四年來不斷揶揄他孤立他；他們不原諒他對知識的好奇心、他的好成績和差勁的體魄。他從來無法克服生在不對地點和時間的感受。他得參與運動，因為那是英國教育的精神，並重複忍受最後一名跑到終點、沒人要跟他同隊伍的污辱。十五歲時，他從腳到耳朵突然拉長了；每兩個月就得幫他買新鞋，還要把長褲的下緣改長。從身為班上最矮的人，他終於長到正常的高度，雙腿、手臂和鼻子都長長了，也隱約看得見襯衫下的排骨，瘦長脖子上亞當的蘋果看起來像個腫塊，他開始圍起圍巾，甚至夏天也圍著。他憎恨自己無毛禿鷹的長鼻側影，於是試著把自己藏放在角落裡讓人只能正面看他。他臉上逃過如瘟疫般在他的敵人間流竄的青春痘，但是沒躲過那個年齡特有的自卑感。他無法想像，不到三年的時間他的身體會變得勻稱，五官會整齊排序，並成為浪漫電影演員般英俊瀟灑。他覺得自己醜、不幸又孤單；他開始有自殺的念頭，就像在一次自我批評的最慘時刻他曾對阿爾瑪告白的那樣。「那是一種浪費，納坦。你最好結束學業去讀醫學，再到印度照顧痲瘋病人。我陪你去。」她的回答沒有很和善，因為和她家人的情形比起來，她表哥的存在危機實在是笑話一樁。

兩人之間的年齡差異看不太出來，因為阿爾瑪發育得早，而且她的孤獨傾向讓她看起來比較成熟。他活在看似永無止境的青春期天際時，她身上已經看到她父親加諸她身上、而她也像基本美德般涵養的嚴肅和強壯。她覺得被表哥和生命拋棄了。她可以猜想納坦尼爾入學時經歷到的自我排斥，因為她也曾經經歷過，只是沒那麼嚴重，但是不同於男孩子的是，她不允許自己有在鏡子裡研究自己找缺點的壞習慣，也不准自己埋怨自己的運氣。她還有其他煩惱。

在歐洲，戰爭就像一陣末日的龍捲風展開，她在電影院新聞短片裡只能看到模糊一片黑白：戰爭斷斷續續的景象，士兵臉孔沾滿炮火和死亡無法擦掉的灰燼，飛機以荒謬的優雅姿態投下炸彈噴灑地面，引爆的火焰與煙霧，在德國高喊希特勒萬歲的咆哮人群。她不太記得她的國家、她生長的房子以及童年的語言，但是她的家人總是在她的思念中出現。她在放置夜燈的小桌旁放著哥哥的一幀肖像，以及父母親在但澤碼頭的最後一張照片，她會親吻他們再入睡。戰爭的影像在白天會追著她，在睡夢中會出現，沒給她做出自己幼小年齡該有舉止的權利。當納坦尼爾屈從自己是個不被理解的天才的謊言裡，一命變成她唯一的密友。小男孩沒有長很高，而她高出他半個頭，但是他有智慧，戰爭恐怖的影像襲擊她時，他總能找到辦法讓她分心。一命自己想辦法抵達貝拉斯科家，他搭乘有軌電車、騎腳踏車，或是如果能讓父親或哥哥們載的話，他就搭園藝小卡車；之後，莉莉安會派司機送他回家。如果他們有兩三天沒見面，小孩會在晚上偷偷低聲通電話。連最無關緊要的談話，在那些偷偷摸摸的電話中都有著深遠的意義。他們倆都沒想要爭取同意才通話；他們以為電話機用了會折損，自然不可能讓他們使用。

貝拉斯科夫婦注意著歐洲越來越模糊又緊急的消息。在德國人占領的華沙，有四十萬猶太人擠在三平方公里半的集中營裡。他們知道這件事是因為塞謬爾．孟德爾曾經從倫敦打電報通知他們，阿爾瑪的父母親也在裡面。孟德爾夫婦的錢一點也用不上；占領的最初時間，他們失去在波蘭的財產以及瑞士帳戶的取款權，他們得丟下家裡那間豪宅，豪宅被沒收，變成納粹和合夥人的辦公室，他們只剩下集中營其他住民同樣無法了解的窮困處境。那時他們發現在自己人之間一個朋友都沒有。那是伊薩克・貝拉斯科能查清楚的所有一切。根本不可能和他們聯繫上，他為了拯救他們的斡旋沒有一個有結果。伊薩克運用他和有影響力政治人物的關係，包括兩個華盛頓州的參議員和他擔任戰務祕書的哈佛同學，但是他們總是以後來沒能履行的含糊承諾回應他，因為他們手上有著比拯救華沙地獄任務更緊迫的事情得處理。美國人在一旁靜觀那些事件；他們仍想像著，大西洋另一邊的戰爭不是他們的責任，縱使羅斯福政府細膩的宣傳想影響大眾反對德國。在華沙集中營邊界的高聳圍牆之後，猶太人遭受極端挨餓與驚恐。大家談論著大規模的流放，談論著被拖往夜間消失的貨運火車的男人、女人和小孩，談論著納粹殲滅猶太人和其他不受歡迎的人的決心，瓦斯室、焚化爐和其他無法確認，且因此讓美國人難以置信的惡行。

伊琳娜

二〇一三年伊琳娜以一頓奶油派和兩杯熱可可的點心，私下慶祝她幫阿爾瑪・貝拉斯科工作的第三周年。那段期間她終於深入了解阿爾瑪，即使在那女人生命中有著她和賽斯都無法解讀的神祕，另方面是因為他們還沒認真地想解讀。阿爾瑪箱子裡她該整理的內容物當中，慢慢浮現出貝拉斯科家族。就這樣伊琳娜認識了伊薩克，他嚴峻的鷹勾鼻和善良的雙眼；認識了莉莉安，她矮小、寬胸、臉孔漂亮；他們的女兒莎拉和瑪莎，醜但是穿得很好；小時候的納坦尼爾，瘦小看起來很無助；之後他是個苗條又非常英俊的年輕人，卻在人生末年被疾病蹂躪。她看到剛抵達美國的小女孩阿爾瑪；看到二十一歲在波士頓唸藝術的年輕女孩，戴著偵探黑色貝雷帽和風衣，那是賣掉莉莉安阿姨為她購置但從來沒穿過的衣物後所採用的男性裝扮；她身為人母，懷裡抱著三個月的兒子賴瑞坐在海崖區花園涼亭下，先生站在後面，一隻手放在她肩上，像是為皇室畫像擺姿勢。從小女孩時代，就可以預見阿爾瑪會變成什麼樣的女人，那時她威嚴、白色髮絡，微微彎斜的嘴和邪惡的黑眼圈。伊琳娜該依照阿爾瑪的指示，把照片按年分在相簿裡排好，阿爾瑪並非總是記得照片是在哪裡或何時拍下的。除了福田一命的肖像之外，她的公寓裡只有另一幀裝框的照片：阿爾瑪慶祝五十歲生日時在海崖區客廳裡的全家福。男士穿著燕尾服，女人穿著長禮服，阿爾瑪穿著黑色薄紗，像個孀居女皇般高傲，而她的媳婦朵麗絲臉色蒼白、疲憊不堪，穿著前面有折片的灰色絲質禮服來掩蓋第二胎；她那時懷著女兒寶琳。賽斯一歲半，站著，一隻手抓著祖母的禮服，另一隻手抓著美國可卡犬的耳朵。

她們在一起的時間，兩個女人的關係越來越像是阿姨和外甥女。她們已能完善處理例行公事，能夠好幾個小時不說話不看彼此，共享公寓的狹小空間，各自專注於自己的事。她們互相需要。伊琳娜因為獲得阿爾瑪的信賴和支持而自認為得天獨厚，同時阿爾瑪也感謝女孩的忠心耿耿。她很高興伊琳娜對她的過去有興趣。她依賴伊琳娜達成實際的目標，維持自己的獨立性。賽斯建議她，需要照護的時刻到來時，就回到海崖區有家人的房子或在公寓裡雇用長期照護；要這樣做她的錢綽綽有餘。阿爾瑪就要滿八十二歲，計畫再活十年，而且不需要那種類型協助，也不需要任何人擅取替她下決定的權利。

「我也害怕依賴關係，阿爾瑪，但是我發覺沒那麼嚴重。人會習慣並感激協助。我無法自己穿衣也無法自己淋浴，我刷牙和在盤子裡切雞肉都很費力，但是我從來沒像現在這麼開心。」已經成為她的朋友的凱瑟琳·霍普對她說。

「凱西，為什麼？」阿爾瑪問她。

「因為我多的是時間，而且我人生第一次沒人對我有所期待。我不必證明什麼，不用奔波，每天都是一個禮物，而且我盡情利用每一天。」

凱瑟琳還活在這世界上只因為她強烈的意志力和外科手術的奇蹟；她知道殘廢以及和永遠的痛楚共存是什麼意思。依賴關係不是像通常那樣漸漸靠近她，而是一夕間一腳踩空造成的。她攀岩時摔下來，圍困在兩塊岩石之間，雙腿和骨盆都摔壞了。那次的救援是件英勇的冒險，救援工作從空中拍攝，在電視新聞裡全程播出。直升機從遠處捕捉驚人的場面，但是無法靠近休克且大量出血的她躺著的深淵。一天一夜之後，兩名登山客終於大膽下去搶救，那幾乎要了他們的命，他們把她放在挽具裡拉上來。他們把她送到一間專門治療戰爭創傷的醫院，在那裡開始組合她無可計數的粉碎骨頭。兩個月後她從昏迷中醒來，問起女兒之後，她宣告能活著讓她感到很幸福。同樣那一天，達賴喇嘛從印度寄給她一條 kata，一條他加持過的白布巾。經過十四次的恐怖手術和多年努力復健之後，凱西必須接受她無法再度行走的事實。

她對女兒說：「我第一個人生結束了，現在開始第二個人生。有時候妳會看到我沮喪或暴怒，但是別理我，因為不會維持太久。」禪的佛學和一輩子的冥想習慣對她助益良多，因為她得忍受無法行動，換成另一個像她那樣愛好運動又體力充沛的人早就瘋了，她也能平靜地接受在一起多年的伴侶離開，那個伴侶面對悲劇比她還不堅強，因而離開她。她也發現，她可以從工作室連結到手術室的電視螢幕做外科諮商師，但是她的抱負是一如往常和患者面對面接觸。她選擇住在雲雀之家第二級後來探訪過兩次，並和將是她的新家人的人聊天，看到大有機會照自己的願望執業。

入住第一個星期後，她已經計畫開間以慢性病患者為主要對象的免費疼痛診所，也開個門診看較輕微的病痛。雲雀之家有外來的醫生；凱瑟琳說服他們，表明自己不會和他們競爭，而是大家彼此互補。沃伊特提供給她一間小廳當診所，建議雲雀之家的高層單位付給她一份薪水，但是她寧願他們不要收她每個月的食宿費，那是對雙方都好的協定。很快的，凱西，大家都這樣叫她，變成收養初到者的慈母，她受到信任，安慰悲傷的人，引導垂死的人並且分發大麻。一半的住民有可以使用大麻的處方簽，而在診所分發大麻的凱西對那些沒有醫療卡也沒有錢祕密購買的人也很慷慨；在她門前看到人排隊索取各種形式的大麻一點也不奇怪，甚至像是在領取可口蛋糕和糖果。沃伊特並沒介入。何必剝奪他們無害的撫慰呢，他只要求不要在走廊及公共區域吸食，因為如果禁止抽菸，不禁止抽大麻就不公平；但是總是有些煙霧會從暖氣設施或冷氣機導管溜出來，有時候住民的寵物走起路來也像是暈頭轉向。

⁂

在雲雀之家裡，伊琳娜感受到十四年來第一次的安全感。自從她抵達美國以來，從沒有在一個地方待過這麼久的時間；她知道這種平靜不會長久，所以她細細品嘗著人生中的休戰時光。並非一切都是如田園般美好，但是和過去的問題比較起來，現在的問題微不足道。她得拔除智齒，但是她的保險不給付牙齒治療。她知道賽斯愛戀著她，而且越來越難讓他保持界線且不失去他們珍貴的友誼。總是很輕鬆也很誠摯的沃伊特在最近幾個月變得脾氣暴躁，甚至有些住民鬼鬼祟祟聚集起來，討論有什麼趕他走又不冒犯他的方法；凱瑟琳認為大家應該給他時間，況且他的意見依然具說服力。院長因痔瘡開了兩次刀，結果不穩定，那讓他的脾氣變得暴躁。

伊琳娜最急迫的擔憂是她住的柏克萊那間老舊房子有老鼠入侵。可以聽到牠們在易裂開的牆壁裡或木質地板下抓牆刮地。其他的房客被她的合夥人提姆慫恿後決定擺放捕鼠器，因為他們覺得毒死老鼠不人道。伊琳娜辯說捕鼠器也一樣殘酷，甚至還得有人收拾屍體，但是他們不理會她。一隻小老鼠在捕鼠器裡活下來，被提姆救出來，他憐憫地把小老鼠交給伊琳娜。提姆以蔬菜和核桃為食，因此他不忍心傷害動物，更別談犯下燉煮動物來吃的惡行。伊琳娜替那隻老鼠一條腿綁上繃帶，放進一個箱子的棉花堆裡，並且照顧牠，直到牠不再驚嚇，可以走路回到同伴那邊去。

雲雀之家裡某些責任令她生氣，像是保險公司官僚要做的文書工作、和住民那些因小事抗議以減輕拋棄他們的內疚親人打交道，以及必修的電腦課程，因為她才學會一點點，高科技又再次往前大躍進，她又被拋在後面。對於她負責的那些人，她沒有怨言。如同進入雲雀之家那天凱西對她說的，她從來不會覺得無聊。

「年紀大和老人是有差異的。不是年齡的問題，而是身體和腦部健康狀況的問題。」凱西向她解釋，「年紀大的人可以維持自主性，但是老人需要照顧和監控，直到他們再次像小孩的時刻到來。」

伊琳娜從年紀大的人和老人身上都學到很多，幾乎每個人都很感性、好玩、不怕看起來荒謬；她和他們一起開懷大笑，有時候為了他們哭泣。幾乎所有的人都曾有過有趣的人生，不然他們就編造人生。如果他們看起來很迷惘，通常是因為沒怎麼聽到而且聽不清楚。伊琳娜得注意別讓他們的助聽器電池沒電。

她問他們：「老化最慘的是什麼？」

他們想的不是年齡，他們回答；以前他們曾是青少年，後來年滿三十、五十、六十，都沒想到年齡；為什麼現在要想呢？有些人身體受限，走路和移動都很費力，但是他們並不渴望到任何地方去。其他人總是心不在焉、不知所措、健忘，但是那些事情對照護員和家屬造成的困擾比他們本人還大。凱瑟琳堅持第二級和第三級的住民要活動，而伊琳娜負責讓他們維持對事情有興趣、開心消遣，並和人有所接觸。

凱西堅信，「任何年紀都需要人生目標。那是許多病痛最好的治療。」她的目標一直都是幫助他人，而且發生意外後也沒改變過。

星期五早上，伊琳娜會陪著最熱血奔騰的住民到街上抗爭，免得他們失控。她為崇高的捍衛活動參與夜間輪值，也參加編織社團；除了阿爾瑪以外，所有能夠拿棒針的女人都在為敘利亞的難民編織背心。她們訴求的動機是和平；任何議題都可以有紛歧，但和平除外。雲雀之家裡有兩百四十四個幻想破滅的民主黨員：他們曾再度投票給巴拉克．歐巴馬，但是批評他優柔寡斷，因為他沒關閉關塔那摩監獄，驅逐拉丁裔移民，使用無人機……總之大有理由可以寄信給總統和國會。半打的共和黨員則得注意不要高聲發表意見。

照顧住民的心靈也是伊琳娜的責任。很多有宗教傳統的長輩會尋求她的庇護，縱使他們已有六十年的時間反對上帝；其他人則在寶瓶座年代的奧祕和心理選項裡尋找慰藉。伊琳娜陸續為他們找到引導人和導師來教導先驗的冥想、奇蹟課程、易經、直覺發展、希伯來神祕學說、奧祕塔羅牌、泛靈論、輪迴轉世、精神感官、宇宙能量和外星人生活。她負責安排宗教節慶活動，那是好幾種信仰的儀式混雜物，免得有人覺得被排除在外。夏至時她會帶著一群女性到附近森林，圍起圓圈、頭戴花環，隨著鈴鼓赤足起舞。森林管理員認識她們，幫忙為抱著樹木和大地之母蓋婭以及死去親人說話的她們拍照。當她在一棵紅杉樹幹裡可以聽見外祖父母說話時，伊琳娜的內心不再嘲笑，就像那些八旬舞者讓她知道的那樣，那是結合我們的世界和靈魂世界的大型千年老樹。她的外祖父母科斯特亞和佩魯塔在生活上並非很好的談話者，在紅杉樹裡也不是，但是他們短短幾句話卻說服外孫女他們真的在守護她。冬至時，伊琳娜即興在雲雀之家舉辦室內儀式，因為凱西提醒她，要是在森林的濕氣和暴風裡慶祝，長輩會得到肺炎。

雲雀之家的薪水剛好夠她過著常人的生活，但是伊琳娜的野心謙卑、需求很小，有時候她還有多餘的錢。梳洗小狗和當阿爾瑪助理的收入讓她覺得自己富裕，阿爾瑪也老是找理由多付薪水給她。雲雀之家變成她的家，而她每天一起相處的住民取代了她的外祖父母。那些老人感動了她，他們緩慢、笨拙、多病、憔悴……她對他們的問題有著無盡的好脾氣，她不在意對同一個問題重複一千次的同樣回覆，她喜歡推輪椅、鼓勵、協助、安慰。她學會岔開老人有時候會像過路暴風雨般的暴力衝動，有些人的貪婪和因為孤獨後遺症而患有的強迫症並沒有嚇到她。她試著了解背上背著冬天到底是什麼，試著了解每個步伐的不確定性、面對聽不清楚話語時的茫然、其他人非常急躁又說話很快的感受，試著了解空虛、脆弱、疲憊和面對不關他們個人的事物的漠然，像是他們甚至對兒子和孫子也漠然，子孫不來探望已經不如以前那麼難過，還得費一番工夫記起他們呢。她對那些皺紋、變形的手指和不佳的視力感到親切。她想像著自己年紀大、成為老人時會是什麼樣子。

阿爾瑪還沒進入那個階段；她不需要照顧阿爾瑪，相反的，她覺得自己受到阿爾瑪照顧，她感謝那女人派給她無助外甥女的角色。阿爾瑪重視實效，是不可知論者，基本上不信神問卜，一點也不信水晶球、星座或會說話的樹木。與阿爾瑪相伴，伊琳娜從自己的不確定性裡找到安慰。她渴望像阿爾瑪那樣，渴望活在一個可以掌控的現實裡，那現實裡的問題有原因、結果和解決方法，那裡不存在蟄伏在睡夢中的可怖人物，也沒有在每個角落窺視的好色敵人。和阿爾瑪相處的時間很珍貴，要她免費工作也心甘情願。有一次她提出這建議。「我的錢綽綽有餘，妳卻缺錢。這件事不要再說了。」阿爾瑪以幾乎不曾對她用過的專橫語氣回覆。

賽斯

阿爾瑪通常會不疾不徐享用早餐，看電視上的新聞，然後去上瑜珈課或步行一個小時。回來她會淋浴、著衣，她估計清潔女工快要到的時候就躲到診所幫助她的朋友凱西。疼痛最好的治療就是讓患者有事做並且不斷活動。凱西診所裡總是需要志工，她曾邀請阿爾瑪教授絲綢繪畫課，但是那需要空間以及那裡沒人負擔得起的材料費。凱西拒絕接受阿爾瑪負擔所有的費用，因為就像她說的，那樣無助於提振初學者的士氣，沒人喜歡成為慈善對待的對象。考慮到這點，阿爾瑪便借用她在海崖區閣樓上和納坦尼爾及一命的昔日經驗，和住戶即興演出不花錢且會博君一笑的話劇。她一週三次到工作室和克絲汀一起畫畫。她很少使用雲雀之家的食堂，她寧願在那一區有人認識她的一些餐廳裡吃晚餐，或者媳婦派司機送來她最喜歡的菜餚時，在她的公寓用餐。

伊琳娜會在廚房裡存放一些不可或缺的食物：新鮮的水果、燕麥片、牛奶、全麥麵包、蜂蜜。她的工作還有把文件分類、抄下阿爾瑪唸的東西、去採買東西或者去洗衣店、陪阿爾瑪去辦事、負責照顧貓、管理行事曆和安排鮮少的社交生活。當家人要向女主人致敬時，阿爾瑪和賽斯經常邀請她去海崖區共進義務的周日午餐。賽斯從來沒有考慮過缺席，不過以前總是借用各種藉口在甜點時間才抵達。對他來說，伊琳娜出席把那種聚會畫出亮麗色彩。他繼續固執地追求她，但是由於結果差強人意，他也和打算忍受他虛華的幾位前女友出去玩。他覺得她們無聊，自己又無法引起伊琳娜吃醋。就像他祖母說的，何必浪費彈藥在禿鷹身上；那是貝拉斯科家人之間另一句常說的謎樣諺語。對阿爾瑪來說，那些家庭聚會總是以開心能看到她的親人起頭，尤其是她的孫女寶琳，因為賽斯她經常能看到了，但是這種聚會卻好幾次不歡而散，因為任何話題都能成為生氣的藉口，那不是因為彼此缺乏關愛，而是大家為了小事情而爭吵的壞習慣。賽斯老是找理由挑釁他父母或讓他們難堪；寶琳出現時總是專注討論某個她會仔細說明的社會議題，像是生殖器割禮或是動物屠宰場；朵麗絲總是細心拿出她最好的廚房手藝、如假包換的筵席，最後卻老是回到房裡哭泣，因為沒人珍惜她的手藝，同時，好心的賴瑞總是圓場避免摩擦。祖母利用伊琳娜緩和緊繃氣氛，因為貝拉斯科一家人在外人面前行為舉止較有禮貌，儘管她不過是雲雀之家一個沒什麼重要性的員工。女孩覺得海崖區豪宅過度奢華，有六個房間，兩個客廳，牆壁滿是書本的書房，大理石材質雙層樓梯和一座宮殿花園。她沒看到將近一個世紀的生命在緩緩惡化，朵麗絲激戰式的監控也無法管控氧化的侵襲：裝飾用的欄杆、經歷過兩次地震的地板和牆壁的凹凸不平，搖搖欲墜的磚塊和白蟻在木材上留下痕跡。那房子矗立在太平洋和舊金山海灣之間突起山丘上的一個得天獨厚的地方。清晨時分，像是一團大棉花從海上翻捲過來的濃烈霧氣總是完整遮蓋住金門大橋，但是隨著早晨的推移會消失不見，然後細瘦的紅鐵結構會頂著海鷗妝點的天際出現，橋那麼靠近貝拉斯科的花園，引人伸手觸摸的遐想。

如同阿爾瑪變成領養伊琳娜的阿姨，賽斯也變成表哥的角色，因為他渴望的情人身分毫無下文。一起相處的三年，更加鞏固了兩位年輕人的關係，這份關係建立在伊琳娜的孤獨、賽斯無法掩飾的熱情，以及兩人對阿爾瑪的好奇。換成以前，賽斯應該早就認輸而成為一個比較不固執、愛得比較少的男人，但是他學會控制自己的衝動，並適應伊琳娜要求的烏龜腳步。快速對他根本一點也沒用，因為只要有一點點闖入的現象，她就會退縮，然後要過好幾個星期他才能收復失去的領地。如果他們偶爾有身體的碰觸，她會故意迴避，如果他是故意的，她會提高警覺。賽斯白費苦心找尋著什麼來合理化那種不信任感，但是她對自己的過往卻隻字不提。光看第一眼，沒人可以想像伊琳娜真正的個性，她已經以開朗又和藹的態度贏得雲雀之家最受歡迎員工的頭銜，但是他知道，那表面下堆藏著一隻懊惱的松鼠。

那幾年賽斯的書慢慢有個樣子了，但那不是他自己的努力，而是多虧祖母提供的素材和伊琳娜的督導。阿爾瑪身上背有收集貝拉斯科家族歷史的重任，那個家族是戰爭狂掃波蘭的孟德爾家族之後、她哥哥塞謬爾復活前她的僅存親人。貝拉斯科家族雖然算是舊金山最有財勢的家族之一，卻不被列為當地那些地位最顯要的家族，但是他們的家族起源可以一直追溯到黃金熱。在家族先人間，突出的有大衛·貝拉斯科，他是劇團導演和製作人，企業家和超過百部作品的編劇作家，他於一八八二年離開那城市在百老匯飛黃騰達。曾祖父伊薩克屬於留在舊金山的宗支，他在那裡紮根，並以一間穩固的律師事務所和好的投資眼光賺取財富。

如同家族所有的男丁一樣，賽斯也成為事務所的夥伴，縱使他缺乏前面幾代的戰鬥本能。他盡義務畢了業，並且從事法律工作，那是因為他覺得客戶很可憐，而不是因為他相信司法體系或因為貪婪。小他兩歲的妹妹寶琳比他有資質做那份無利可圖的專業，但是那並沒有免除他在事務所的責任。他年滿三十二歲，如父親指責的那樣，一事無成；他繼續把困難的案件丟給妹妹，自己開心地不關心花費，並和半打暫時愛上他的女人調情。他誇耀自己的詩人天命和摩托車競賽本領，好讓女性朋友震撼並嚇唬他的父母親，但他並不考慮放棄事務所穩定的收入。他並非恬不知恥，而是懶於工作，但對幾乎其他所有的事都很急躁。發現自己該帶著文件前往法庭的公事包裡堆放著不少手稿時，他是第一個感到驚訝的人。那只沉重的焦糖色皮質公事包上面，用金線刻著他祖父姓名的開頭字母大寫，這在數位時代裡根本不合時宜，但是賽斯使用那只公事包是認為它有超自然的力量，那也是手稿可以自發性倍增的唯一可能解釋。字句在公事包肥沃的肚子裡自行產生，在他想像力的地理氛圍中安心散步。那是兩百一十五頁倉促的手寫書稿，他還沒費工夫去改，因為他的計畫是述說他可以從祖母那裡套出來的東西、補上自己收成的貢獻，再付一筆錢給一個不具名的作家和一個頭腦清楚的編輯，請他們把書本弄成形並潤稿。那些紙頁沒有伊琳娜堅持要閱讀或她的直言批評是不會存在的，那強迫他規律地生產每批十或十五頁的進度；就這樣慢慢增加，也就這樣不需要計畫，他漸漸變成了小說家。

賽斯是家裡阿爾瑪懷念的唯一成員，即使她並不承認。如果有幾天賽斯沒來電或沒來訪，她便開始心情不好，並且很快編造個藉口召他過來。這孫子不會讓她等候。他會像一場狂風般到來，手臂下緊夾摩托車安全帽，頭髮凌亂不堪，臉頰紅潤，帶份小禮物給她和伊琳娜：牛奶糖餅乾、杏仁香皂、圖畫紙、外星殭屍影片。如果沒遇到女孩，他的失望能讓人看得一清二楚，但是阿爾瑪假裝沒察覺。他拍拍祖母的肩打招呼，她像往常那樣眨眼回應；他們對待彼此像冒險同志，坦率有默契，沒有他們認為俗氣的親熱表現。他們以長舌婆婆媽媽的流暢聊天：首先他們快速檢閱當下的消息，包括家族的近況，並馬上直接進入跟他們實際有關係的事。他們沒完沒了沉浸於一段神話般的過往，其中充滿賽斯出生前一些不大可能的插曲和軼事，以及時代和人物。面對孫子，阿爾瑪像個自負的敘事者自我剖析，回憶著完整無缺的華沙豪宅，她在那裡度過人生最初幾年，裡面有家具雄偉的陰暗房間和穿著制服的女傭人低者頭在牆壁間移動，但是她還對孫子添加了她的想像，一隻在飢餓年代變成燉肉的長鬃麥色小馬。阿爾瑪拯救了孟德爾曾祖父母，把納粹帶走的所有東西歸還給他們，讓他們坐在擺著燭台和銀製餐具、法國酒杯、巴伐利亞瓷器和西班牙修道院修女編織的桌巾的逾越節桌旁。

她把最悲慘的插曲說得天花亂墜，使得賽斯和伊琳娜以為自己和孟德爾夫婦走在前往特雷布林卡殲滅營的路上；他們和曾祖父母在載貨車廂裡和好幾百個不幸、絕望又飢渴的人擠在一起，沒有空氣也沒有光線，嘔吐、排泄、奄奄一息；和他們裸身進入恐怖的瓦斯室，和他們消失在壁爐的煙霧裡。阿爾瑪也對他們提起曾祖父伊薩克，提起他如何死於春天某個月分，一個降下狂冰把他的花園完全毀滅的晚上，聊到他是如何有兩次葬禮，因為第一次容納不下想對他獻上尊敬的所有人，好幾百個白人、黑人、亞洲人、拉丁美洲人和其他欠他人情的人在墓園裡魚貫排列，而猶太教士不得不重複儀式；她也談到永遠愛戀著先生的莉莉安，在成為寡婦的同一天失去視力，在剩餘的歲月裡活在漆黑中，醫生也無法找到其中原因。她也提到福田家族和日本人的撤離，那像是某件童年時期讓她精神受創的事，但沒有過於強調她和福田一命的關係。

福田一家

福田高雄從二〇年代起居住在美國，沒有融入當地的打算。如同許多一世，第一代的日本移民，他並不渴望像四面八方來的其他種族那樣融入美國大熔爐。他為自己完整保持的日本文化和語言感到驕傲，並試著傳遞這些東西給深受龐大美國誘惑的後代卻徒勞無功。他敬佩地平線和天空混合為一的那塊遼闊土地上的許多面向，但是卻無法避免一種優越感，在家外面他從不流露那種優越感，因為那對收容他的國家會是一種不可原諒的無禮。隨著一年年過去，他慢慢不可避免地掉入懷鄉的騙局中，他離開日本的理由漸漸模糊，最後把推動他移民的那些發霉的習慣也都理想化了。美國人的優勢和物質主義讓他驚訝，這些東西在他眼裡都不是流露出特性和務實感，而是粗俗；發現孩子模仿個人主義價值和白人的粗魯舉止時他很難過。他的四個小孩都在加州出生，但是擁有父母親的日本血統，沒有東西可以合理化他們對祖先的冷漠以及對階級不敬。他們不知道命運指派給自己的位置；也已受到美國人昏庸野心的感染，對美國人而言，沒有任何事情是不可能的。高雄知道自己的小孩在凡俗的細節上也背叛他：他們喝啤酒喝到失去理智，像反芻動物般嚼口香糖，頭髮抹油、穿著雙色皮鞋跳流行的搖動節奏。查爾斯和詹姆斯肯定尋找著黑暗的角落好和道德有問題的女孩摸來摸去，但是他相信惠美以後不會犯同樣的齷齪勾當。他女兒抄襲美國女孩可笑的時尚，暗地裡閱讀父親禁止她看的電影情愛八卦雜誌，但她是個好學生，而且至少表面上恭敬有禮。高雄只能控制一命，但是這個小男孩很快就會掙脫他的掌控，和他兩個哥哥一樣變成奇怪的人。那是住在美國的代價。

一九一二年，福田高雄丟下家人並為了形而上的原因移民，但是那個因素在他的回憶裡漸漸失去重要性，而且他經常自忖為什麼做了那個嚴厲的決定。日本開放接受外國影響，有許多日本年輕人到世界各地尋求機會，但是福田家人之間認為，丟下祖國是一種無法挽回的背叛。他們來自軍人傳統，好幾世紀為天皇拋灑熱血。高雄身為經歷童年瘟疫和意外後四個倖存小孩中唯一男丁，他應該守住家族榮譽，負責照顧父母親和姊妹，並且負責在家裡祭壇前每個宗教節慶時祭拜祖先。然而，十五歲時他發現大本教，眾神之道，那是延伸自神道的一種新興宗教，正在日本起飛，他覺得終於找到生命中指引他腳步的地圖。該教的教主幾乎都是女性，依他們的說法，可以存在多數神祇，但是所有神祇終究是同一個神，以什麼名字或儀式敬禮祂都無所謂；沿著歷史下來，眾神、宗教、先知和使者都來自同一個根源：宇宙的最高神祇，滲透所有存在物的唯一的靈魂。藉由人類的幫助，神試著淨化並重建宇宙的和諧，而當那個工作結束後，神、人類和大自然將在地球上和靈魂場域裡融洽共存。高雄全心投入他的信仰。大本教鼓吹和平，和平唯有透過個人美德才能達成，而這年輕人了解自己的命運不可能像他家族的男人所屬的軍旅事業。他覺得遠走高飛是唯一的出路，因為留下來並拋棄武器將被視為不可原諒的懦弱，那是他對家族可能做出的最嚴重冒犯。他試著向父親解釋，唯一達成的卻是弄碎父親的心，但是他滿懷熱情陳述理由，最後父親接受將失去兒子的事實。離開的年輕人是永遠不會歸來的。恥辱得以血洗淨。父親對他說，親手結束自己生命是更可取的，但是那個選擇會違背大本教的基本教義。

高雄帶著兩套衣服、父母的彩色手繪肖像和家族存放七代的武士刀抵達加州海岸。他父親在送行時把武士刀交給他，因為無法把刀交給任何一個女兒，而儘管年輕男孩永遠不會用到那把刀，根據事情自然法則那把刀屬於他。那把東洋刀是福田家族擁有的唯一寶藏，是最好的鍛造鋼材質，經過老師傅反覆十六次的鍛造，刀柄以銀銅製作，木質刀套以紅色膠漆和金片裝飾。高雄旅行時用幾個袋子把東洋刀綑住好保護刀子，但是刀子又長又彎的形狀太明顯了。令人疲憊的跨洋旅程中，和他同住在船底艙的人以該有的尊重對待他，因為那把武器證明他來自榮耀的門第。

下船時，他受到在舊金山有少數教徒的大本教團體及時協助，不出幾天就透過一個同胞介紹獲得園丁的工作。對他父親而言，一個軍人只可以讓血液但不可以讓泥土弄髒雙手，他和父親的譴責眼光背道而馳，下定決心學習園藝，短時間後他在以農業維生的一世中享有好名聲。像他的宗教所要求的，他在工作上不懈怠，過著簡樸清廉的生活，十年他存下向日本訂一位新娘所規定的八百塊美金。媒婆提供他三個候選人，而他決定第一個，因為他喜歡對方的名字。她叫秀子。高雄穿著他唯一的西裝到碼頭等她，那套西裝是第三手貨，手肘和臀部都磨得光亮，但是手工精緻，他穿著擦得光亮的皮鞋和一頂在中國城買到的巴拿馬帽。結果移居的新娘是個小他十歲的農姑，身軀結實、臉孔溫和、個性平穩、說話大膽，他第一時間就證實那和媒婆向他媒說的順從個性差很多。一旦從驚訝情緒恢復過來，高雄覺得那種堅強個性倒是優點。

秀子抵達加州時心裡沒什麼期待。在船上，她和十來個和她同樣情況的女孩被指派一起擠在一個狹小的空間，在那裡她聽到像自己一樣的無辜處女令人心碎的故事，她們為了嫁給美國有錢有勢的年輕人冒著太平洋上的危險，但是在碼頭等候她們的卻是糟老頭，或者更慘的情形是把她們賣給妓院或地下工廠當女奴的無賴。那不是她的遭遇，因為福田高雄寄給她一張最近的肖像，沒有拿自己的處境欺騙她；高雄讓她知道，自己只能給她努力工作的生活，但那是可敬的生活，不像她日本村莊的生活那麼困苦。他們生了四個小孩，查爾斯、惠美和詹姆斯。幾年後在秀子認為已經失去生育力時，一命在一九三二年到來他們的生命中，他早產又那麼虛弱，他們以為會失去他，在他前幾個月的生命中沒有名字。他母親盡可能用煎煮的藥草、幾次的針灸和冷水來增強他的體魄，直到他奇蹟似地開始顯露即將存活下來的跡象。那時他們給他一個日本名字，不同於兩位哥哥擁有在美國容易發音的英文名字。他們叫他一命，根據漢字或用來書寫的表意符號那意思是：生命、光、亮澤或星星。從三歲開始，男孩就像條海鰻般游泳，一開始在當地的游泳池，後來在舊金山海灣的冰冷海域裡。他的父親以勞力工作、對植物的熱愛和武術來鍛鍊他的個性。

一命誕生的年代，福田家艱辛地迴避大蕭條最困苦的那幾年。他們在舊金山郊區承租土地，種植蔬菜和果樹供應當地市場。高雄為貝拉斯科家工作以湊足收入，那是他脫離引他進入園藝這行的同胞時，第一個給他工作的家庭。他的好名聲讓伊薩克叫來幫自己在海崖區買下的一塊地上建造花園，就像他對建築師開玩笑說的，他想在那塊地蓋一間房子好百年容納子孫，但沒想到結果卻成為事實。他的律師事務所從來不缺收入，因為事務所是加州火車和航海西方公司的代表；伊薩克是經濟危機時期少有幾個沒有受苦的企業家。他用錢買了黃金，並把黃金投資在幾艘漁船、一間鋸木廠、幾間機械工作室、一間洗衣店和其他類似的生意。他那樣做是考慮要聘雇為了一碗湯在慈善食堂裡排隊的幾個絕望的人，目的是撫慰他們的貧困，但是他的利他意圖卻讓他獲得意料之外的好處。依照妻子亂無次序的任性想法建蓋房子時，伊薩克和高雄分享著他想在暴露於濃霧和強風下的岩石山丘上複製其他緯度的大自然的夢想。把那個混亂失常的幻想移植到紙上的過程中，伊薩克和福田高雄發展出一種互敬關係。他們一起看目錄、挑選並向其他大陸訂購樹木和植物，這些樹木和植物寄到時，還和連著根的原始土壤包在濕熱的袋子裡；他們一起解讀說明書上的指示，並像拼圖般一片片組裝從倫敦運過來的玻璃溫室；他們未來將一起維護那座兼容並蓄的伊甸園的生命。

伊薩克漠視社交生活，也漠視完全交付在莉莉安手上的大部分家務，這種冷漠由一股對植物無法遏止的熱情彌補過來。他既不抽菸也不喝酒，沒有眾所周知的不良惡習或無法抗拒的誘惑；他無法看重音樂或桌上美食，要是莉莉安允許的話，他早就站在廚房吃喝著和大蕭條失業人口相同的粗麵包和窮人的湯。這樣的男人對貪腐和浮華是免疫的。專屬於他的是知識上的不安，熱衷於用訴訟人的詭計保護客戶，祕密偏好是幫助需要幫助之人；但是那些快樂沒有一個可以和園藝的快樂相比擬。他三分之一的藏書是植物學。他和福田高雄恭敬有禮的友誼，建立在彼此的崇拜和對自然的喜愛上，這份友誼成為他安穩精神的基礎，是他對法律失望的必要慰藉。在他的花園裡，伊薩克變成日本師傅的謙卑徒弟，師傅向他揭露植物書籍經常沒說清楚的植物世界祕密。莉莉安愛慕著先生，並且以戀愛中女人的勤奮態度照顧他，但是她從沒像從陽台看到他和園丁肩並肩工作時那麼渴望著他。穿著連身工作服、靴子和草帽，在大太陽下流汗或被綿綿細雨淋濕，伊薩克變得年輕，在莉莉安的眼裡再度成為十九歲時誘惑她的熱情男友，或上床之前在樓梯突擊她的新婚男人。

阿爾瑪住到家裡的兩年後，伊薩克和福田高雄想要合力建立一座裝飾性花卉和植物的苗圃，夢想把它變成加州最好的苗圃。首先是以伊薩克的名義購買幾塊地，那是一種避開一九一三年頒布的那條法令的方法，那條法令禁止一世獲取公民權、擁有土地或購買資產。對福田來說，那是唯一的機會，對貝拉斯科來說，這像大蕭條悲慘年代他所做的其他投資一樣，是一種明智的投資。他對股票市場的波動從來沒興趣，他寧願投資工作的源頭。兩個男人的合夥有個共識，當高雄的長子查爾斯成年且福田家有能力以時價向貝拉斯科購買他的部分時，他們會把苗圃過戶到查爾斯名下，並終止合作關係。查爾斯生於美國，是美國公民。那是以單純的握手動作所簽訂的紳士之約。

對日本人的毀謗運動的回音並沒有抵達貝拉斯科家的花園。外面的宣傳控訴日本人背信和美國的農民和漁夫競爭，以他們貪得無厭的色慾威脅白人女子的貞潔，並以東方和反基督的習俗敗壞社會。阿爾瑪直到抵達舊金山兩年後，當福田一家在旦夕之間變成黃禍，她才知道那些偏見存在。那時她和一命已經是分不開的好朋友了。

一九四一年十二月，日本帝國對珍珠港的突擊摧毀了艦隊的十八艘船艦，造成兩千五百人死亡和一千人受傷，在二十四小時內改變了美國人孤立的想法。羅斯福總統對日本宣戰，幾天後，與大日本帝國同盟的希特勒和墨索里尼對美國宣戰。整個國家動員參與十八個月以來血染歐洲的那次戰爭。美國人民對日本突擊產生的大規模恐慌乃受到媒體歇斯底里的鼓動，警告太平洋海岸的「黃禍」侵入一觸即發。超過一個世紀以來對亞洲人已存在的憎恨更深了。在美國居住多年的日本人、他們的兒子和孫子都成為和敵人合作的可疑間諜。捉拿和逮捕行動快速展開。船上漁夫和陸地唯一的聯繫工具，一架短波收音機，就足以逮捕船主。農民用來拔起莊稼土地上那些樹幹和石塊的炸藥，被視為恐怖事端的證據。從裝有小鉛彈的獵槍到廚房菜刀和農作工具都被沒收；還有雙筒望遠鏡、照相機、宗教小雕像、儀式用和服或另一個語言書寫的文件。兩個月後，羅斯福簽署為了軍事安全而撤退太平洋沿岸——加州、俄勒岡州和華盛頓州——所有日本裔的命令，他們擔憂黃種人軍隊可能在那些地方入侵。亞利桑納州、愛達荷州、蒙大拿州、內華達州和猶他州也都被宣布為軍事地帶。軍隊有三星期的時間可以建蓋必要的避難所。

三月，舊金山開始貼上日本居民的撤離通知，高雄和秀子無法了解那是什麼意思，但是他們的兒子查爾斯向他們清楚解釋。一開始，沒有特別允許他們不可以離開家園半徑八公里遠，而且受限於下午八點到早上六點的夜間宵禁。當局開始夷平房屋並查封財物，逮捕可能煽動叛亂的有影響力人物，社區主管、公司老闆、老師、宗教牧師，把他們帶到不明的目的地去，留下了驚恐萬分的女人和孩童。日本人得快速便宜變賣他們擁有的東西，並關閉生意店面。他們很快便發現，他們的銀行帳戶已被凍結；他們破產了。福田高雄和伊薩克的苗圃沒能成真。

八月，已經有超過十二萬的男人、女人和孩童被遷移；醫院的老人、孤兒院的嬰兒和療養院的精神患者被抓走，要把他們關進內地偏遠地區的十個集中營，城市裡滿是悲傷街道和空洞房屋的幻影街區，空留下被拋棄的寵物和跟著移民一起抵達美國那些祖先的茫然靈魂在那兒遊蕩。這措施目的是捍衛太平洋海岸，也是保護日本人，因為他們可能成為其他憤怒民眾的受害者；那是暫時的解決方法，以人道方式執行。那是官方說法，但是憎恨的語言已經蔓延開來。「蝰蛇永遠是蝰蛇，不管到哪邊下蛋。日本父母親生下的日本裔美國籍人，在日本傳統下受教育，生活在日本的移植氛圍裡，即使是最怪異的例外也不可避免像日本人那樣而不是像美國人那樣成長。所有的人都是敵人。」有個出生在日本的曾祖父就夠你踏入蝰蛇的等級。

伊薩克一得知撤離的消息，馬上出現在高雄面前提供協助，並向他保證他不在的時間會很短暫；因為撤離違反憲法且侵犯民主原則。日本合夥人以從腰部彎下身軀回應他，深深被那個男人的友誼感動，因為那幾個星期，他的家人遭受其他白人的辱罵、輕蔑和霸凌。高雄回答，Shikata ga nai，我們又能怎樣呢？那是日本人他們在逆境時的箴言。在貝拉斯科堅持下，他才膽敢提出一個個人要求：希望讓他把福田家族的刀埋在海崖區的花園裡。他之前藏起刀、躲過夷平家園的警察搜索，但是刀不在安全地方。那把刀代表他祖先的膽量以及為天皇拋灑的熱血，無法以任何丟臉的方式暴露在外。

當天晚上，福田家人穿著大本教的白色和服前往海崖區，伊薩克和他的兒子納坦尼爾身穿深色衣服接待他們，戴著他們偶爾前往猶太教堂時才用到的圓頂小帽。一命帶來放在一只鋪著布塊籃子裡的小貓，把貓交給阿爾瑪，請她照顧一段時間。

小女孩問他：「牠叫什麼名字？」

「阿喵。日文的意思是貓。」

莉莉安在女兒的陪同下，在一樓一間客廳裡幫秀子和惠美倒茶。阿爾瑪不了解發生什麼事，卻意識到當下的肅穆氛圍，於是懷裡抱著貓籃子，跟著那些男人後面在樹木的陰影下躲躲藏藏。他們一行人從花園露臺往山丘下坡走去，靠著石蠟燈照明，一直走到已經準備好的面海溝渠。高雄懷裡抱著白色絲絹包裹的武士刀走在前面，長子查爾斯跟在後面，拿著為了保護刀所訂做的一個金屬盒子；詹姆斯和一命走在後面，最後的隨員是伊薩克和納坦尼爾。高雄流下不想掩飾的淚水，禱告了好幾分鐘，隨即把武器放置在長子捧拿的盒子裡，並屈膝跪下，額頭觸碰土地，同時查爾斯和詹姆斯把武士刀往下放在洞穴裡，一命在上面灑下一把把泥土。之後他們把埋藏地點覆蓋好，用圓鍬把土地弄平。「明天我會種下白色菊花做記號。」伊薩克說著，聲音因激動而沙啞了，一邊扶高雄站起來。

阿爾瑪不敢跑到一命那邊，因為她猜想，有一種必要的理由不准女人參加那個儀式。她等著男人們快到家才把一命攔下，並把他拖到一個隱密角落。小男孩向她解釋下周六他不會來，一段時間內他都不會來，或許好幾個星期或好幾個月，他們也沒辦法講電話。「為什麼？」「為什麼？」阿爾瑪對他喊叫，對他拍打，但是一命沒辦法回答她。他也不知道為什麼他們必須離開，也不知道要到哪裡去。

黃禍

福田家人砌牆把窗戶堵住，在靠街大門上裝鎖。他們已經付清一整年的房租，加上一旦可以以查爾斯名義購買房子的一筆定額。他們把不能賣或不想賣的東西送人，因為投機商人出價兩三塊美金向他們購買價值高過二十倍的東西。他們只有幾天可以處理財物、整理每人一箱的行李和帶得走的東西，並到「恥辱的公車」前報到。他們必須是自願入住，否則將會被逮捕，並在戰爭時面對間諜和叛亂的重罪。他們和其他好幾百戶人家會合聚集，那些人家以緩慢的步伐前進，穿著自己最好的衣物，女人戴著帽子，男人打著領帶，小孩穿著漆皮短靴，走向他們被召集的公民管控中心。他們屈服是因為沒有其他選擇，也因為這樣是表示他們對美國的忠誠和對日本突擊的唾棄。那是他們對戰爭付出的努力，如同日本人圈內僑領所說，而且很少聲音反駁那些僑領的說法。福田家人要被送往猶他州沙漠地帶的托帕茲集中營，但是到九月他們才知道那件事；他們在賽馬場度過六個月的等候時間。

慣於低調行事的一世不吭聲地服從命令，但是他們無法禁止第二代的一些年輕人二世（Nisei）公開反抗；那些人和家人分開，被送往圖爾湖那個最嚴峻的集中營，戰爭那幾年他們在那裡像罪犯般苟活。在舊金山，白人目睹他們認識的人在街上排成令人心碎的隊伍：他們每天採買的雜貨店老闆，平時接觸的漁夫、園丁和木匠，兒女的學校同學和鄰居。大部分的人以失措的沉默觀看，但是不乏幾聲帶著種族歧視的辱罵和惡意嘲笑。那時的被撤離者有三分之二出生於國內，是美國公民。日本人在警察桌子前大排長龍等候好幾個小時，警察登記他們的名字，並交給他們用來掛在脖子上的牌子，上面寫著證明身分的號碼，那些號碼和他們的行李號碼一樣。一支貴格會教徒團體認為那是種族歧視和反基督的措施而持反對態度，他們提供水、三明治和水果給那些被撤離的人。

伊薩克牽著阿爾瑪的手抵達時，福田高雄就要和家人搭上公車。伊薩克曾憑藉自己的威權分量恫嚇想逮捕他的警員和軍人。他深深感到心煩意亂，因為無法不把離他家幾個街區正在發生的事和他的連襟夫婦在華沙的可能經歷做比較。他推擠著為自己開路，為的是要緊緊擁抱他的朋友並交給對方一個裝著錢的信封，高雄試著拒絕卻白費功夫。這時，阿爾瑪和一命道別。「寫信給我，寫信給我。」那是在如蛇的公車悲傷長條隊伍開始行動前，小孩們唯一互相說出的話。

在一段雖然只有一個多小時但他們覺得非常遠的路途之後，福田一家人抵達了聖布魯諾市的坦佛蘭賽馬場。當局已用有刺鐵絲網把場區圍起來，全速安排馬房並蓋起棚屋來收容八千人。遷移的命令倉促到沒有時間完成安裝並提供集中營所需。車子馬達熄了，被拘禁者開始下車，背著小孩和行李，協助爺爺奶奶行動。他們形成擁擠的群體沉默地前進，躊躇不定，無法了解大聲嚷叫說話者的吼叫內容。雨水把地上變成泥塘，把人和行李變成落湯雞。

幾個配帶武器的警衛把男人和女人分開以便醫療管控。後來他們被施打疫苗防止斑疹傷寒和痲疹。接下來幾個小時，福田家人試著在亂七八糟如山的行李堆中拿回屬於自己的物品，並在被指派的空馬廄裡安頓下來。蜘蛛網掛在天花板上，地板上有蟑螂、老鼠和一個手掌厚的灰塵和草桿；動物味道在空氣中散不掉，混雜著用來消毒的雜酚油氣味。他們每人有一張行軍床、一個布袋和兩條軍毯。高雄因疲憊而頭昏腦脹，甚至靈魂的最後一道窄縫都被凌辱了，他在地板上坐下，手肘擱在膝蓋上，頭埋在雙手裡。秀子脫下帽子和鞋子，把拖鞋放好，挽起袖子，打算盡可能在悲慘中獲得最高勝算。她沒給小孩時間抱怨；首先，她要他們把行軍床搭起來，接著掃地；抵達時她看見臨時蓋屋子剩下的木板和木棒，她派查爾斯和詹姆斯去撿來，搭幾個拖架放他們帶來的少之又少的廚房用具。她要惠美和一命按照收到的指示，用麥桿填滿布袋做睡墊，她則跑去遊走於各種設施之間，問候其他婦人，並試探營區的衛兵和警察，這些人和他們負責的被拘禁者一樣不知所措，自忖要在那個地方待到何時。秀子在第一次視察時發現唯有幾個韓國翻譯員是明顯的敵人，她評定這些人憎恨被撤離者，卻恭維美國官員。她確認茅廁和淋浴間不足也沒有門；有四個浴缸給女人使用，熱水不夠大家使用。隱私權蕩然無存。但是她想他們不會挨餓，因為她看見裝載物資的卡車，也得知就從那個下午起食堂會供應每日的三餐。

晚餐有馬鈴薯、熱狗和麵包，但是熱狗在輪到福田一家之前就被拿光了。「晚點再過來。」打菜的一個日本人暗示他們。秀子和惠美等到食堂空了，拿到一罐碎肉罐頭和更多的馬鈴薯帶回家人的房間。那天晚上，秀子開始在腦海裡擬訂該遵循的步驟清單，好讓在賽馬場的停留期間可以更好過。清單裡首先列出的是飲食，最後則是更換翻譯員，但這件事被括號框起，因為她鄭重懷疑能否達成。她整晚沒闔眼，看到馬廄縫隙溜進來的第一道曙光，便拍打也沒睡著卻維持不動的丈夫。

「這裡有很多事情要做，高雄。我們需要去和官員商談的代表。穿上外套，去和其他男人一起討論。」

坦佛蘭馬上開始出現問題，但是在一個星期結束之前，被撤離的人已經組織完畢，也已經以民主方式投票選出代表，福田秀子是其中一位也是唯一的女性，他們以行業和才能——老師、農夫、木匠、鐵匠、會計師、醫生……——讓成年人完成登記，啟用一所沒有鉛筆和筆記簿的學校，安排運動和其他活動，好讓氣餒又悠閒的年輕人不得空閒。白天和晚上他們都排隊度日，做一切事情都得排隊：淋浴間、醫院、洗衣房、宗教服務室、郵局和食堂的三餐；總是得拿出超強的耐力才能避免騷亂和爭鬥。那裡有宵禁，每天會對所有人點名兩次，並且禁止使用日語，這對一世根本是不可能的事。為了避免衛兵干涉，被拘禁者本身負責維持秩序和控制騷亂者，但是沒有任何人可以避免像旋風般流傳且有時引起恐慌的流言。人們試著保持禮貌，讓拮据、混居和凌辱變得更可以忍受。

六個月後，九月十一日，開始以火車遷移被拘禁者。沒人知道他們要去哪裡。破爛不堪的火車上悶熱且沒有足夠的廁所，晚上也沒有燈光，他們穿越無法辨識且好多人誤以為是墨西哥的荒涼景色，一天兩夜之後，他們停在猶他州的德爾塔。他們從那裡繼續搭卡車和公車抵達托帕茲，那個集中營被稱為沙漠之珠，應該沒有諷刺的意圖。被撤離者疲憊得半死，骯髒又顫抖不已，但是沒挨餓也沒渴到，因為他們被分到三明治，每個車廂也有裝著柳橙的果籃。

托帕茲位在海拔一千四百公尺左右高度，是個令人毛骨悚然的城市，城裡有一模一樣的低矮建築，像一座臨時搭建的軍事基地。那裡圍著有刺鐵絲網，有高聳的管控塔和配帶武器的士兵，位置是受到強風鞭打和沙塵暴橫越的地點，既貧瘠又沒有屏障。日本人的其他集中營位於美國西部，也是類似情形，而且總是位於沙漠地帶，目的是摧毀任何逃亡的企圖。那兒看不見一棵樹或一株灌木叢，沒有任何地方看得到綠色。只有向地平線延伸直到失去視野的暗色棚屋。家家戶戶走在一起，為了不在混亂中走丟而沒有鬆開手。大家都需要使用茅廁，但沒人知道在哪裡。衛兵花好幾個小時才把人群安排好，因為他們也不了解指令，但最後還是把住所分配完畢。

福田一家人迎著讓空氣朦朧不清且呼吸困難的沙塵，終於找到他們的指定住所。每個棚屋都被分為六個四乘七公尺的單位，一個家庭一個單位，六個單位由柏油紙黏成的薄瘦隔牆隔開；每區有十二個棚屋，一共有四十二個區，每區有食堂、洗衣房、淋浴間和茅廁。集中營占據龐大的區塊，但是八千個遷移者卻住在稍微大於兩平方公里的範圍。被拘禁者很快就發現，那裡的溫度徘徊在夏天如火堆的炎熱及冬天零下好幾度之間。夏天除了可怕的炎熱，他們還得忍受蚊子和把天空弄暗並燒傷肺部的沙塵暴的持續襲擊。一年任何時期都一樣在刮風，把離集中營一公里處形成沼澤的糞便臭味吹過來。

如同在坦佛蘭賽馬場，日本人快速在托帕茲組織起來。不消幾個星期，就有了學校、托兒所、運動中心和一份報紙。他們用木塊、石頭和建築剩料創造藝術：把變成化石的貝殼和桃子果核做成飾物，拿破布填充布偶，用木棒製做玩具。他們把捐出來的書本集合成一座圖書館，創立話劇社和樂團。一命說服他父親，儘管氣候嚴峻、土壤含鹼，他們可以在箱子裡種植物。那鼓舞了高雄，很快其他人也效仿起來。好幾個一世決定蓋一座好看的花園，他們挖一個洞，填滿水，做成一座讓小孩玩樂的水池。一命以他有魔法的手指做了一艘木質帆船放在水池裡飄游，不到四天時間，就有好幾十艘小船在比賽了。各個單位的廚房都是由被拘禁者負責，他們先是用從附近村莊帶過來的乾糧和罐頭創造奇蹟，後來的奇蹟則是他們用湯匙澆水的蔬菜在來年收成了。他們不習慣吃油脂和糖，就像秀子預料的，很多人生病了。廁所的隊伍延長到好幾區；情況緊迫又令人萬分苦惱，最後沒人等到陰暗夜晚降臨才去緩和缺少的隱私。數千名病人的排泄物堵塞了茅廁，由白人員工和日本醫生和護士負責看管的簡便醫院不敷所需。

用來做家具的剩餘木料用光，工作派給焦急地啃咬腸子的人之後，大部分的遷移者陷入厭惡的情緒。近處有塔上無趣哨兵、遠處有猶他州巍峨高山監視的那座噩夢之城裡，日子變得永無止境，每天都一樣，沒事可做，除了排隊還是排隊，等候郵件，花好幾個小時玩牌，發明慢工出細活的工作，重複隨著言語用盡而漸漸失去意義的相同對話。祖先的習慣漸漸消失，父母親和祖父母看見自己的威嚴漸漸淡去，夫妻被困在一個沒有隱私的共存空間，家庭開始崩解。他們甚至無法一起圍在晚餐桌前，而是在嘈雜的公共食堂裡吃飯。不管高雄怎麼堅持福田一家人要坐在一起，他的兒女們還是寧願和同年齡的其他孩子坐在一起，而且把惠美拉住要花很多力氣，她已變成雙頰紅潤、眼睛發亮的美女了。唯一免於失望浩劫的人是小朋友，他們成群結隊，忙著微不足道的調皮搗蛋和想像的冒險事業，佯裝自己正在度假。

冬天快速來臨。開始下雪時，每戶家庭分配到一個煤炭爐，爐子變成社交生活中心，另外也把不用的軍服發給他們。那些綠色制服褪色又過於大件，就像冰凍的景色和黑色的棚屋一樣令人沮喪。女人開始幫住處摺紙花。晚上他們沒有方法和強風格鬥，那強風夾帶著冰片，從棚屋的破洞呼嘯進屋裡，還把屋頂掀起。福田一家人像其他人一樣，他們穿著所有的衣服睡覺，裹在發給他們的兩條毯子裡，並在戰地行軍床裡互相擁抱，彼此傳遞熱氣和安慰。幾個月後夏天來臨，他們幾乎裸身睡覺，醒來時身體已蓋上像痱子粉那麼細的灰燼色沙塵。但是他們覺得很幸運，因為畢竟在一起。有其他家庭是被分開的；首先男人被帶到所謂的重建營，然後女人和小孩被送到另一個營區；有些家庭過了兩年或三年才能團圓。

阿爾瑪和一命之間的通信從一開始就不順利。信件會延誤好幾周，不是郵政的疏失，而是托帕茲公務人員的延遲，沒有足夠的人手可閱讀每天堆積在他們桌上的好幾百封信件。阿爾瑪的信件內容不會讓美國安全有危險所以完整過關，但是一命的信件卻遭受審查惡咬，讓她得在黑色墨水的線條裡猜測句子的意思。棚屋、食物、茅廁、衛兵態度、甚至氣候的描寫都變得匪夷所思。聽取對欺瞞藝術較有經驗者的建議後，一命在信件裡穿插對美國人的讚美和愛國者的驚嘆，一直到他厭倦了才停止那個手法。因此他選擇了畫畫。他比正常人要花更多力氣學習閱讀和寫字，十歲還沒辦法完全掌控字母，沒注意的話，拼字時會把字母弄混，但是他對作畫向來都有正確的眼光和穩實的功力。他的插畫毫無困難地通過審查，阿爾瑪也因此得知他在托帕茲的生活細節，宛如在照片中看到他的日常寫照。

昨天我們聊到托帕茲，阿爾瑪，我沒向妳提到最重要的一點：並非一切都是不好的。我們有聚會、運動、藝術活動。感恩節我們吃火雞，我們為聖誕節裝飾棚屋。有人從外面寄來包裹給我們，有零嘴、玩具和書本。我母親總是忙著許多新計畫，她受到大家的愛戴，也受到白人的尊敬。惠美在談戀愛，對她醫院裡的工作很狂熱。我畫畫，在菜圃裡種東西，修理損壞的東西。課程很短也很簡單，連我都拿得到好成績。我幾乎整天玩耍；有許多小朋友和好幾百隻沒有主人的狗，每隻都長得很像，短腿、粗毛。最痛苦的人是我父親和詹姆斯。

戰後，營裡的人被分派到美國各地。年輕人解放了，模仿得不好的孤立日本生活也結束了。我們重新歸隊美國。

我想著妳。我們碰面時，我會為妳泡杯茶，再一起聊聊。

一

一九八六年十二月三日

伊琳娜、阿爾瑪和雷尼

兩個女人沉浸於聯合廣場上尼曼百貨公司彩繪玻璃古典穹頂的金黃光線中，正在圓頂餐廳午餐，她們去那裡純粹是為了約克夏布丁、店家供應的一塊剛出爐鬆軟又爽口的熱騰騰麵包，以及阿爾瑪鍾愛的粉紅香檳。伊琳娜點了檸檬水，兩人慶祝著美好的生活。伊琳娜為了不得罪阿爾瑪，也默默地為貝拉斯科家族的財富乾杯，他們的財富允許她這時刻的奢華，有輕柔音樂陪伴，置身於高雅女買家、為了吸引顧客穿著知名服裝設計師衣服走秀的高䠷模特兒，以及打著綠色領帶伺候大家的服務生之間。那是個考究的世界，完全不同於她摩爾達維亞的村落、童年的匱乏和青少年時期的恐懼。

她們心平氣和地用餐，品嚐亞洲風味的料理，重複要了幾份約克夏布丁。第二杯香檳下肚後，阿爾瑪的回憶被解脫了；這一次她又提到納坦尼爾，出現在自己諸多故事裡的丈夫；她想方設法讓他在記憶裡存活三十年。賽斯依稀記得，那個祖父彷彿羽毛大枕頭裡一尊兩眼如火的枯槁骷髏。祖父痛苦的眼神終於熄滅時，他不過四歲，但是從沒忘記那房間裡的藥物和尤加利樹的蒸汽味道。阿爾瑪告訴伊琳娜，納坦尼爾就像他父親伊薩克那麼善良，丈夫過世時，她在遺留的文件堆裡找到數以百計他從未收取借款的到期本票，以及寬恕諸多債務人的明確指示。她還沒準備好管理他在毀壞性疾病期間疏忽的事務。

「我一輩子從沒負責過錢的問題。很奇怪，對吧？」

「您運氣真好。幾乎所有我認識的人都有金錢的煩惱。雲雀之家住戶的錢剛好足夠過日子，有些人還買不起藥。」

「他們沒有醫療保險嗎？」阿爾瑪感到奇怪地問。

「保險只負擔一部分，不是全部。如果家人不幫助他們，沃伊特先生得借助雲雀之家的一些特殊資金。」

「我會和他談談。伊琳娜，妳怎麼沒跟我提過？」

「阿爾瑪，您沒辦法解決所有個案。」

「是沒辦法，但是貝拉斯科基金會可以管理雲雀之家的公園。這樣沃伊特可以省下一大筆錢用來協助最需要幫助的住戶。」

「您這樣跟他提議的話，沃伊特先生會暈到在您懷裡，阿爾瑪。」

「那太可怕了！我希望不會。」

「請繼續說下去。丈夫過世時，您做了什麼？」

「我差點要在文件堆裡溺斃時，我注意到賴瑞。我兒子明智地藏在陰暗角落低調生活，在沒人注意下，他已變成一個謹慎又負責的男人。」

賴瑞．貝拉斯科結婚得早，結得急促也沒有慶祝，既為了他父親的病，也因為他的女朋友朵麗絲看得出來有孕在身。阿爾瑪承認，那個時期她聚精會神照顧丈夫，即使她們住在同一個屋簷下，卻幾乎沒時間好好認識她的媳婦，但是她深愛媳婦，因為除了美德之外，朵麗絲愛慕賴瑞，既是賽斯——那個總是以袋鼠般的蹦跳趕走家裡愁雲的流鼻涕淘氣小孩——的母親，也是寶琳——一個自己玩耍並且看來沒有任何需求的安靜女孩——的母親。

「就像我從來不必為錢操心，我也從沒為家事工作傷過腦筋。我的婆婆儘管視盲，仍然負責海崖區的房子直到最後一口氣，之後我們有個管家。他看起來像英國電影裡那些人物的搞笑版。那個人非常高傲，在這個家，我們總是懷疑他在嘲笑我們。」

她告訴伊琳娜，管家在海崖區待了十一年，是在朵麗絲大膽給他工作上的建議時離開的。「她，還是我。」那男人向納坦尼爾提出選項，那時男主人已經臥床，沒什麼體力為那些問題爭吵，但是聘雇員工的人是他。面對這種最後通牒，納坦尼爾選擇了他剛進門的媳婦，儘管年輕、七個月大腹便便，但她展現出能幹家庭主婦的風範。莉莉安的年代，豪宅是靠著善意和即興行為來運作，有管家時，僅有的明顯改變是菜餚上桌時間的延誤和廚師擺出來的壞臉色，因為廚師無法認受那位管家。在朵麗絲嚴格的指揮下，豪宅變成一種精品的楷模，身在其中沒人會感覺特別舒服。伊琳娜見識過她高效率的成果：廚房是個潔淨實驗室，客廳不讓小孩進入，衣櫃散發出薰衣草味道，床單漿得硬挺，每日餐點是小份量的夢幻菜餚，花束每週由一個專業的插花達人更換一次，但是花束並沒有帶給房子喜慶的氛圍，而是傳達喪禮排場的莊嚴肅穆。家務魔法棒唯一保留沒動的是阿爾瑪的空房間，朵麗絲對婆婆心存敬畏。

「納坦尼爾病倒的時候，賴瑞開始帶領貝拉斯科家族律師事務所。」阿爾瑪繼續說：「從一開始他就做得很好。而當納坦尼爾過世，我可以把家裡的財務授權給他，自己投身於垂危的貝拉斯科基金會的復甦工作。公眾的公園已漸漸變乾枯，到處是垃圾、針筒和廢棄的保險套。乞丐拖著塞滿髒兮兮包袱和厚紙板屋頂的小推車進駐。我對植物一竅不通，但是因為對公公和丈夫的愛，我竭盡全力投入在花園裡。對他們而言，那是一種神聖的任務。」

「看起來您家裡的所有男人都有一副好心腸，阿爾瑪。這世上很少這樣的人。」

「伊琳娜，有很多好人，但是他們嘴巴嚴謹。相反的，壞人雷聲大，因此能見度較高。

妳不太了解賴瑞，但是如果哪天妳有什麼需要，而我不在身邊，妳儘管找他幫忙，別遲疑。我兒子是個很好的人，不會讓妳失望。」

「他很嚴肅，我想我不敢麻煩他。」

「他一向都很嚴肅。二十歲時看來像五十歲，但是他就冰凍在那個年齡，再怎麼老都一樣。妳注意看，每張照片他都是同樣的憂心表情，雙肩下垂。」

漢斯．沃伊特建立了一個簡單的系統，要讓雲雀之家的住民評鑑員工的工作，伊琳娜總是拿到優良成績讓他感到好奇。他猜想，她的祕密在於像是第一次聽到似的去聆聽同一個故事千百次。老人重複那些故事，藉以掃除懊悔和突顯真實或編造的美德來調整過往，並創造一個可接受的自我形象。沒人希望生命結束時有個平庸的過去。但是伊琳娜的公式更繁複：對她來說，雲雀之家的每位老人都是她外祖父母科斯特亞和佩魯塔的翻版，晚上入睡前她會呼喚他們，請他們像她童年那樣在黑暗中陪伴她。她跟著外祖父母長大，在進步火燄沒燃燒到的摩爾達維亞一個偏遠破村莊裡，一起在一小塊不知回報的土地上耕作。大部分居民仍然依賴田地維生，如同他們一世紀前的祖先那樣繼續耕種。一九八九年柏林圍牆倒下時，伊琳娜兩歲，蘇維埃聯合政權剛倒台而她的國家變成獨立共和國時她四歲，這兩起事件對她沒有任何意義，但是她的祖父母卻和鄰居齊聲怨嘆。大家一致認為，在共產政權下也是一樣貧困，不過有食物和安全，然而，獨立只帶給他們崩潰和遺棄。有能力走得遠遠的就走，伊琳娜的母親拉德米拉就是其中一個，背後留下的只有老人和父母親無法帶走的幼童。伊琳娜記得因為耕種馬鈴薯使力而駝背的外祖父母，他們因八月的太陽和一月的冰霜而滿臉皺紋，累到連脊髓都累，沒有什麼體力，也沒有任何的希望。她下結論，田野相當不利於健康。她是外祖父母繼續奮鬥的理由，也是家裡自釀紅酒之外他們唯一的快樂，那紅酒儼然是油漆溶劑般刺鼻的藥水，卻可以讓他們暫時忍下孤寂與厭倦。

清晨，離家步行去上學前，伊琳娜得從水井提回幾桶水，下午在晚餐食用湯和麵包之前，她得砍柴供火爐燃用。現在穿著冬衣和靴子時她體重五十公斤，卻有著士兵的力氣，可以從輪椅上抬起她最愛的病人凱西，像抱起一個剛出生的嬰兒那樣把她放到沙發或床上。她把身上的肌肉歸因於水桶和斧頭，把能活下來的好運氣歸功給摩爾達維亞的主保帕拉斯基娃聖女，那是大地和天上好人之間的調解人。童年的夜晚，她和外祖父母跪在聖女神像前祈禱；他們為馬鈴薯的收成和母雞的健康祈禱，祈求受到保護不遭受壞蛋和軍人的欺侮，為他們脆弱的共和國也為拉德米拉祈禱。對小女孩而言，披著藍色披風、頂著金色光環以及手上拿著十字架的聖女，比一張褪色照片裡她母親的剪影更美。伊琳娜並不想念母親，但是她會自我陶醉想像，有一天拉德米拉會帶著一個裝滿禮物的袋子回來。她對母親一無所知，直到八歲，外祖父母收到遠方女兒寄來的一點錢，並且為了不引人忌妒而節儉地花這點錢。伊琳娜覺得被詐欺，因為她母親沒寄來任何特別的東西給她，甚至連一張小紙條也沒有；信封裡只有錢和一個頭髮漂染成金色、表情僵硬陌生女子的兩張照片，那女子和外祖父母緊放在帕拉斯基娃聖女神像旁相片中的年輕女子很不一樣。之後每年陸續有兩三次匯款寄達，可稍微緩和外祖父母的貧困。

拉德米拉的悲劇和摩爾達維亞數以千計的其他年輕女子沒太大不同。她十六歲和一個路過軍團的俄國士兵發生關係而懷孕，沒再見過他。她生下伊琳娜是因為沒有墮胎的想法，情況一允許，她就逃得遠遠的。幾年過後，為了預防女兒遇到世界上的危險，已經兩杯伏特加下肚的拉德米拉手上拿著另一杯，向她講述自己離奇事蹟的細節。

有一天村落來了一個來自都市的女人，要招募鄉下女孩到別的國家去當服務生。她提供拉德米拉生命中僅會出現一次的令人欽羨的機會：護照和旅費，工作簡單、薪水好。她向女孩保證，僅只小費，不到三年就可以存到足夠買下一間房子的錢。拉德米拉不顧父母親拚命的忠告，和老鴇攀上了火車，沒想到會在伊斯坦堡阿克薩賴一間妓院掉入土耳其無賴的魔爪中。他們監禁她兩年，每天服務三十到四十個男人來償還永遠不會消滅的旅費債務，因為他們向她索取住宿、伙食、淋浴和保險套費用。反抗的女孩會被毆打或被刀子弄成傷痕累累，被燒傷或清晨陳屍在一個小巷裡。沒錢沒文件想要逃跑是不可能的，她們被關起來過日子，不懂那個語言，對身處的地段完全陌生，更別說是那個城市了；如果能逃離那些無賴，她們也得面對警察，警察也是常客，還得免費讓他們玩得開心。

「一個女孩從三樓窗戶跳樓，半邊身體癱瘓，但是沒能擺脫繼續工作的命運。」拉德米拉用介於感傷和教導的語氣告訴伊琳娜她生命中那段悲慘日子。「因為她不能控制大小便會弄髒全身，男人以半價操她。另一個有了身孕，為了讓肚子舒服些在中間有個洞的床墊上服務；她那種情況，客人會多付一點錢，因為和孕婦做那檔事可以治療淋病，他們相信是那樣。當無賴想要新臉孔，就把我們賣給其他妓院，我們就這樣慢慢降級，一直降到地獄的谷底。大火和一個可憐我的遭遇的男人救了我一命。有個晚上發生一場火災，延燒到那一帶好幾間房子。新聞記者帶著攝影機前往現場，那時警察局無法睜一眼閉一眼了；他們逮捕我們這些在街上發抖的女生，但是沒有逮捕任何壞透了的皮條和客人。我們出現在電視上，被貼上標籤叫做壞女人；我們是阿克薩賴發生齷齪事件的肇事者。他們要把我們驅逐出境，但是一個我認識的警察協助我逃跑，也協助我拿到一本護照。」幾經顛簸之後，拉德米拉到達義大利，她在那裡以清掃辦公室維生，後來在一家工廠當女工。她的腎臟有病，不幸的生活、毒品和酒精讓她健康耗損，但她還年輕，還留有青春年華的半透明皮膚，她女兒也有同樣特色的皮膚。一個美國技工愛上她，他們結了婚，美國人把她帶到德州，時間到了，她的女兒也會到那個地方。

伊琳娜最後一次見到外祖父母是一九九九年的那個早上，他們把她丟在將載她前往奇西瑙的火車上，那是前往德州那趟漫長旅途的第一站。科斯特亞六十二歲，佩魯塔小他一歲。他們比雲雀之家任何一個九十多歲的住民折損得都嚴重，那些住民有尊嚴地慢慢老去，不管是真牙或假牙，個個牙齒完整，但是伊琳娜確認那個過程是一樣的：是一步一步走向終點，一些人比其他人快些，並在路途中慢慢失去一切。沒有任何東西可以帶到另一個世界去。幾個月後，佩魯塔在剛剛盛上來的馬鈴薯加洋蔥那道菜餚上垂下了頭，從此沒再醒過來。科斯特亞跟她生活了四十年，算清楚並不值得單獨繼續走下去。他在糧倉的懸梁上吊，三天後，他的小狗吠叫和沒擠奶的山羊咩叫引起鄰居注意，並在糧倉找到他。幾年後伊琳娜透過達拉斯青少年法庭上一個法官口中得知那個消息。但是她沒跟別人提過這件事。

⁂

初秋，雷尼・貝爾住進雲雀之家一間自理型公寓。新住戶在蘇菲亞的陪同下抵達，蘇菲亞是一邊眼睛有黑色斑塊的白色母狗，那讓牠看起來像海盜。他的出現令人難忘，因為那裡少有男人，而且沒有一個可以跟他比。有些男人和伴侶住在一起，有些包著尿布住在第三級，差點就要上天堂，少數可派上用場的鰥夫卻無法引起任何女人特別感興趣。雷尼・貝爾八十歲，但是沒人猜他已經超過七十；他是幾十年來那裡看過最令人嚮往的珍品，灰色頭髮及肩，在頸部綁成一條短辮子，他青金岩色的雙眼不像真的，皺巴巴的麻質褲子和沒穿襪子套上的帆布運動鞋展露出年輕風格。他差點引起那些婦女的暴動；他讓整個空間飽滿，彷彿有人把一隻老虎放進女人的渴望裡。

甚至連擁有行政人員豐富閱歷的沃伊特，也自問雷尼在那裡做什麼。成熟又保養得像他那麼好的男人總是擁有一位更年輕的女人——第二任或第三任妻子——來照顧他們。院長在痔瘡繼續折磨他的一次次刺痛間，盡可能集中一切熱忱去迎接雷尼。凱瑟琳試著用針灸在她的疼痛診所幫他，中國籍醫師每週會來看診三次，但是他復元得很慢。院長推測連最壓抑的淑女都將因為雷尼而喚醒生命，那些女人整天坐著，用空洞眼神看著虛空回想過去，因為「現在」正掙脫她們跑遠，或者以那麼飛快的速度流逝，讓她們無法了解什麼是現在。他沒弄錯。旦夕間便出現了天藍色假髮、珍珠和塗抹過的指甲，這種情形發生在那些傾向佛學和生態學、蔑視做作的婦女身上的確是一件新鮮事。

「呀！我們像是邁阿密的老人安養院。」他對凱西說。大家打賭猜測那個剛到的男人從事什麼行業：演員、時尚設計師、東方藝術進口商、職業網球員。為了讓伊琳娜公開實情，阿爾瑪告訴她雷尼以前是牙醫時，也就結束了那些猜測，但是沒人願意相信他是以拔牙賺錢維生。

雷尼和阿爾瑪是三十年前認識的。他們見面時，在櫃檯前大庭廣眾擁抱許久，而他們終於分開時，兩人的眼眶都濕了。伊琳娜從來沒看過阿爾瑪露出同樣的激動表情，而且如果她對日本情人的懷疑不是那麼堅決，早就認定雷尼是祕密會面的男人。她馬上打電話給賽斯，告訴他這個消息。

「妳說他是我奶奶的朋友？我從來沒聽她談起。我會查清楚他是誰。」

「怎麼查？」

「我有調查員可以做這種事。」

賽斯的調查員是兩個改邪歸正的逃犯，一個白人，一個黑人，兩人外表猙獰，從事案件送達法庭前的資料收集工作。賽斯拿最近的例子向伊琳娜解釋。一個船員認定自己因為工作意外癱瘓而控告船運公司，但是賽斯不相信他。賽斯的兩個流氓調查員邀請這名殘障者到一間名聲不太好的俱樂部，把他灌醉，並拍下他和一個應召女郎跳騷莎舞的影片。賽斯拿那個證據讓對方的律師封口，他們達成和解，省下一件訴訟的麻煩。賽斯對伊琳娜坦承，那個差事對他的調查員的道德尺度而言是高尚的；其他差事可能看起來更不正當。

兩天後賽斯打電話給她，要約她到一間兩人常去的披薩店，但是伊琳娜週末梳洗了五條狗，覺得自己很偉大。她提議那次去間像樣的餐廳；阿爾瑪曾在她腦子裡灌輸白桌巾的美食觀念。

她對賽斯說：「我付錢。」

賽斯騎摩托車去接她，以不法速度在繁忙交通裡載著她穿梭義大利區，他們到達時頭髮被安全帽壓扁，鼻子流下鼻水。伊琳娜瞭解自己的穿著不符合店家的場面——從來沒符合過——而領班的高傲眼神證實了這一點。看到菜單上的價格表，她差點昏倒。

賽斯安撫她：「妳別嚇到，我的辦公室買單。」

「這要我們花上比一張輪椅還要多的錢！」

「妳要一張輪椅幹嘛？」

「那是一個參考值，賽斯。雲雀之家有兩個年紀大的女人買不起她們需要的輪椅。」

「那很悲哀，伊琳娜。我建議妳吃松露生蠔。當然，配好的白酒。」

「我喝可口可樂。」

「配生蠔得喝夏布利白酒。這裡沒有可口可樂。」

「那麼礦泉水加檸檬皮。」

「伊琳娜，妳在戒酒嗎？妳可以告訴我，不必難堪，酒癮是一種病，像糖尿病一樣。」

「我沒有酒癮，可是葡萄酒會讓我頭痛。」伊琳娜回覆，不想和他分享她最慘澹的記憶。

第一道菜之前，餐廳端上一湯匙的黑色泡沫，像飛龍的嘔吐物，那是主廚贈送的，她不信任地往嘴裡送，同時賽斯向她解釋，雷尼・貝爾單身，沒有小孩，在聖塔芭芭拉一家牙醫診所擔任根管治療專科醫師。他生活中沒什麼突出的事，除了曾是個大運動家，有幾次當了鐵人，一種游泳、自行車和跑步的艱苦接踵競賽，坦白說來看起來不好玩。賽斯向父親提過他的名字，父親有印象那是阿爾瑪和納坦尼爾的朋友，但是不確定；父親依稀記得曾在海崖區見過他，那時納坦尼爾生病。賴瑞說，很多忠實的朋友陸續出現在海崖區，在那段期間陪伴父親，而雷尼可能是其中一位。目前賽斯缺乏更多關於他的資料，但是卻發現和一命相關的事。

「二次大戰期間福田家族在一個集中營住了三年半。」他說。

「哪裡？」

「托帕茲，就在猶他州的沙漠中。」

伊琳娜只聽過歐洲的德國人集中營，不過賽斯讓她知悉原委，並拿出一張日裔美國人國家博物館的照片給她看。原始相片下的文字指出那是福田家人。他告訴伊琳娜，他的助理正在托帕茲的撤離者名單中找尋他們每個人的名字和年齡。

被拘禁者

在托帕茲營地的第一年，一命經常寄圖畫給阿爾瑪，但是之後慢慢間隔越來越久，因為審查人員應付不了，得限制撤離者的信件。阿爾瑪認真保存的那些速寫是福田一家人那段時間的最佳生活寫照：擠在棚屋裡面的一家人；跪在地上以長凳當桌子正在寫學校作業的小孩；廁所前排隊的人群；玩牌的男人；洗衣盆上洗衣服的女人。被拘禁者的照相機被沒收，而少數能藏匿相機的人也無法沖洗負片。許可的只有反映托帕茲營地的人性對待，和輕鬆快樂氛圍的官方照片：小孩打棒球，青少年跳著流行的節奏，早上大家唱著國歌一邊升國旗，絕對不會出現鐵絲網、看守塔或者拿著軍械的士兵。然而，其中一位美國衛兵主動幫福田這家人拍一張照片。他叫博伊德．安德森，因為打開一罐牛肉罐頭弄傷一隻手找醫院就醫時，第一次看到在那裡當志工的惠美而深深愛上她。

那時安德森二十三歲，像他瑞典祖先一樣身材高䠷、頭髮像褪了色，他個性純真、和藹可親，是少數獲得撤離者信賴的一個白人。一個焦躁不安的女朋友在洛杉磯等他，但是看到穿著白色制服的惠美時，他吃驚不已。惠美為他清洗傷口後，醫生幫他縫了九針，女孩以專業的準確度替他包紮但沒看他的臉，博伊德卻是異常迷惑地看著她，根本沒感覺療傷過程的疼痛。從那天起，他謹慎地追求惠美，因為不想濫用自己的官方身分，又特別是因為白人禁止異族雜交，而日本人也厭惡混血。惠美擁有如月的臉龐，待人細心，大可在托帕茲營地最受歡迎的男孩之間挑選對象，但是她也同樣深深受到衛兵吸引，並且與同樣的種族惡念搏鬥，一邊祈求上天結束戰爭，讓她的家庭回到舊金山，讓她可以拔除自己靈魂裡那個罪孽深重的誘惑。然而，博伊德卻祈禱希望戰爭永遠不要結束。

七月四日托帕茲營地舉行獨立日慶祝活動，就像六個月前慶祝新年那樣。第一次的慶祝活動令人大失所望，因為營區仍然處於初創階段，人們還不甘心接受自己被拘禁者的身分，但是一九四三年，儘管沙塵暴和連蜥蜴也無法忍受的熱浪來襲，撤離者盡力展現了他們的愛國精神，美國人也盡力展現配合的誠意。大家混在一起，在烤肉、國旗、糕餅甚至於男人的啤酒之中融洽相處，那是男人第一次可以摒棄以發酵罐裝水蜜桃私釀的難喝烈酒。博伊德和其他人一樣，被指派為節慶活動攝影，好讓那些告發日裔人民遭受非人性對待的惱怒記者閉嘴。這名衛兵利用機會請福田這家人擺姿勢入鏡。之後他把一張拷貝給高雄，另一張偷偷拿給惠美，同時他把自己的那張放大，再把惠美從全家福剪下來。那張照片得永遠伴隨他；他隨身攜帶在皮夾裡用塑膠套保護著，五十二年後他和那張照片一起下葬。福田一家人一起在一棟矮小的黑色建築物前露臉：高雄雙肩下垂表情嚴肅，秀子個子小但火藥味十足，詹姆斯側著半身心不甘情不願，惠美剛好是十八歲的花樣年華，而一命十一歲，瘦小，頭髮像一叢亂草豎起，膝蓋上有痂。

托帕茲營地那張唯一的全家福照片裡少了查爾斯。那一年高雄和秀子的長子入伍加入部隊，因為他認為那是他的義務，而不是像某些拒絕徵兵的年輕人，把志願兵說成是用來逃離監禁。他進入專門由二世青年組成的第四四二步兵團。一命把大哥直挺挺站在國旗前面的一張圖畫寄給阿爾瑪，寫下的兩行字審查時沒被刪掉，解釋說明那一頁他畫不下將要上戰場的其他十七位穿制服的男孩。他那麼擅長畫畫，只用少數幾筆就彰顯出查爾斯極為驕傲的表情，那可追溯到遙遠的過往、追溯到以前家族武士世代的驕傲，那些武士上戰場時深信不會歸返，打算永不投降並光榮死去；那給他們一種超人性的膽識。伊薩克一如往常那樣仔細看一命的圖畫時，他讓阿爾瑪看到那些年輕人自告奮勇，冒著生命危險去捍衛那個把自己家人關在集中營的國家的諷刺。

福田詹姆斯滿十七歲那天，被兩個沒向他家人說明原由的武裝士兵帶走。事實上，高雄和秀子一直預感會有那樣的厄運，因為他們第二個兒子出生後就很難對付，並且自從他們被拘禁以來，他就是個不斷製造麻煩的人物。福田一家人如那個國家裡其他被撤離的人一樣，已經以哲學思維的認命接受他們的處境，但是詹姆斯和其他的日裔美籍二世老是在抗爭，首先是違反規定，再來是煽動騷亂。一開始，高雄和秀子認為那是男孩和他哥哥查爾斯相當不同的火爆個性，後來認為那是青春期的荒唐行徑，最後認為那是他交了壞朋友。集中營的營長不只一次警告他們，他不會容忍詹姆斯的行為；營長在一間小室裡處罰詹姆斯，因為他打架、蠻橫，並對聯邦地產造成小型破壞，但是沒有任何指控足以讓他入獄。除了像詹姆斯的某些二世青少年的粗暴言詞之外，托帕茲營地通常秩序優良，從來沒發生重要的罪行；最嚴重的事情是罷工和抗爭，因為當時一個哨兵殺了一個過度靠近鐵絲網但沒聽到止步命令的老人。營長體念詹姆斯還年輕，在博伊德低調為他辯護時心軟了。

政府寄發一份問卷調查表，上面唯一可接受的答案是「是」。所有十七歲以上的撤離者都必須作答。在那些讓人上當的問題裡，他們被要求對美國忠誠，男人被要求隨著部隊到指派的任何地方打仗，女人被要求軍需後備工作，並且大家得拒絕服從日本天皇。對像高雄的一世而言，那意味著在沒有擁有美國國籍的權利之下拋棄國籍，但是幾乎所有人都順從了。

因身為美國人覺得這樣受到污辱而拒絕簽署的是某些二世年輕人。他們被冠上 No-No 的綽號，被政府列為危險人物，並受到自遠古以來就憎恨丟臉的日本圈子譴責。詹姆斯是那些 No-No 其中一人。他被逮捕時，他父親深深感到羞愧，把自己關在分配給他們家的棚屋房間裡，只在使用公共廁所時才出來。一命送飯給父親，然後為了自己要吃飯再排第二次隊。秀子和惠美也感受到詹姆斯造成的困擾，兩人試著繼續正常的生活，抬頭挺胸忍受同是日本人的惡毒傳言和譴責眼光，以及集中營當局的冷嘲熱諷。福田一家人，包括一命，都被審問好幾次，多虧了已經升官且盡力保護他們的博伊德，他們才沒受到嚴重的騷擾。

惠美問他：「我二哥會發生什麼事？」

博伊德回答：「惠美，我不知道。他可能被送去加州的圖爾湖，或者堪薩斯州的李文沃斯堡，那是聯邦監獄部門的事務。我猜，戰爭結束前他不會被釋放出來。」

「這裡傳言那些 No-No 會像間諜那樣被槍殺……」

「惠美，別相信妳聽到的一切。」

那件事擾亂了高雄的情緒，永遠無法平復。在托帕茲營地的最初幾個月，他參與團體，用耕耘蔬菜園，用從營區廚房裡找到的包裝木材製成家具來填滿他恆久的時間。當棚屋狹小的空間無法再容下任何一件家具，秀子唆使他替其他家庭做家具。他試著徵求許可教導小朋友柔道，但是被拒絕；集中營的軍事主管怕他在學生身上建立顛覆想法，進而危及士兵的安全。高雄祕密地繼續和自己的小孩練習柔道。他抱著大家被解放的希望而生活，數算著日子、星期和月分，並在月曆上圈畫出來。他不停想著和伊薩克合夥花卉植物苗圃的夭折夢想，想著曾存下來卻又失去的錢，想著付款好幾年卻被屋主索回的房子。他意志消沉地說，幾十年的努力、工作和盡義務，最後卻像個罪犯般被關在鐵絲網後面。他不擅於社交。人群、無法避免的排隊隊伍、噪音、缺乏隱私，這一切都讓他惱火。

相反的，秀子卻在托帕茲營地成名。和其他日本女人比起來，她是個不服從的妻子，總是雙手扠腰對付丈夫，但是她投注於家庭、小孩和繁重的農事工作，不曾想過自己心裡頭睡著一個積極的天使。在集中營裡，她沒時間感到絕望或無聊，無時無刻她都在解決別人的問題，並為了爭取表面上看來不可能的東西對抗當局。她的小孩被監禁在圍籬後面很安全，她不必看管小孩，因為有八千雙眼睛以及一支武裝部隊在做那件事。她最大的擔憂是怎麼支撐高雄，不讓他完全崩潰；她已經快用光靈感，不知道怎麼給他工作讓他保持忙碌，沒時間亂想。她的丈夫已經變老，可以很清楚看出他們之間十歲的差距。棚屋下強迫性雜居讓以前還可緩和生硬相處的熱情畫下句點，親愛關係轉換成他的氣急敗壞和她的耐心。因為在共用房間的兒女面前感到靦腆，他們試著不在狹窄的床上碰觸，就這樣，夫妻過去容易發生的性關係慢慢枯竭了。高雄關鎖在怨恨裡，秀子卻發覺自己在服務和領導方面的才能。

福田惠美在不到兩年的時間收到三次結婚提議，沒人了解她為什麼拒絕，除了一命，因為他是姊姊和博伊德之間的傳信者。女孩在生命裡想要兩件東西，當醫生，嫁給博伊德，就這個次序。在托帕茲營地，她不費吹灰之力便結束中學課業，以優異成績畢業，但是高等教育卻非她觸手可及。國家東部某些大學接收集中營裡最優秀學生中挑選出來的少數日裔學生，這些人還可以獲得政府的財力補助，但是在詹姆斯的前科，也就是福田家人的恥辱烙印下，她無法選擇。她也無法丟下家人；查爾斯不在，她覺得對小弟和父母有責任。同時，她跟隨集中營同樣是被拘禁者的招募醫生和護士在醫院裡實習。指導她的是位白人醫生，名叫法蘭克．德利洛，五十來歲，身上有汗水、菸草和威士忌的味道，他的私人生活很失敗，但是在專業上能力強又很投入，惠美從第一天開始就受他庇護，如他所描述，當時她穿著褶裙和漿平的上衣出現在醫院，自告奮勇當實習生。他們兩人都剛到托帕茲營地。惠美從倒尿壺和洗器皿開始，但是她表現出強烈的意願和才能，德利洛很快就任命她當自己的助理。

惠美告訴他：「戰爭結束後我想學醫。」

「那會比妳可以等候的要花上更久的時間，惠美。我提醒妳，妳要花很大的功夫才能成為醫生。妳是女生，而且還是個日本人。」

她反駁：「我是美國人，跟您一樣。」

「這個嘛，不管是什麼人都好。妳別離開我身邊，多少會學到東西的。」

惠美逐字逐句照著做。她黏著法蘭克，最後學會縫合傷口、幫骨頭上夾板、治療燒燙傷、協助產婦分娩；沒有更複雜的事了，因為嚴重的個案都被送到德爾塔或鹽湖城的醫院去。她的工作讓她每天十小時全神貫注，但是在法蘭克的護航下，某幾個晚上她會設法和博伊德相聚一會兒，除了一命之外，醫生是唯一知道祕密的人。儘管有風險，熱戀中的兩人在幸運之神庇護下度過兩年地下情。縱使二世年輕人以機靈的藉口想方設法躲過父母親的監視和他人侵擾的眼光，貧瘠的土地還是無法提供他們藏匿的處所。然而，那不是惠美的情形，因為博伊德穿著制服、戴著鋼盔、拿著步槍，無法像兔子能在少數可躲藏的草叢裡走動。他們應該可以當作窩巢的白人軍營、辦公室和宿舍與集中營隔開，沒有法蘭克有如神力的介入，她是無法進入的，醫生不僅幫她拿到通過檢查站的許可證，還識相地離開他的房間。就在那裡，在德利洛住處的紊亂和汙垢之間，在裝滿菸蒂的菸灰缸和空酒罐之間，惠美失去童貞，博伊德喜獲珍寶。

受到父親的思想灌輸，一命在托帕茲營地更加深對園藝的喜好。很多以前靠著農業維生的撤離者從一開始就打定主意耕耘菜園，完全不受到荒蕪景色和嚴酷氣候阻擋。他們數著水滴以手澆水，夏天裡用紙糊的遮棚，最嚴寒的冬天裡用火堆保護植物；就這樣，他們從沙漠裡拉拔出蔬菜和水果。食堂裡從來不缺食物，大家可以裝滿盤子也可以多填盛幾次，要是沒有那些農夫堅定的決心，食物只會是罐裝食品。他們說，沒有任何對健康有益的東西是在罐子裡長成的。一命上學，一天的其他時間用來待在菜園裡。「綠手指」的綽號很快取代了他的名字，因為他摸過的所有東西都會發芽成長。晚上，在食堂一次為了他父親、另一次為了自己共排了兩次隊之後，他會細心地裝訂一些遠方教師寄給小二世的故事書和教科書。他是個樂意助人又喜歡沉思的男孩，可以好幾個小時不動，看著清澈如玻璃的天空下那些紫色山巒，迷失在自己的思維和情緒裡。大家說他有和尚的慧根，在日本一定是禪學修道院的見習和尚。儘管大本教拒絕勸誘改變信仰，高雄還是頑固地向秀子和孩子們鼓吹他的宗教，唯一熱情擁抱大本教的只有一命，因為那剛好和他的個性相符，也和他從很小開始對生命既有的看法吻合。他和父親以及另一間棚屋的一對一世夫婦奉行大本教。在集中營裡，有各種佛教服務和好幾個基督教儀式，但是只有他們信奉大本教；秀子有時候會陪著他們，但不怎麼信服；查爾斯和詹姆斯對父親的信仰從來不感興趣，而惠美，在高雄的反感和秀子的訝異下改信了基督教。她認為是因為耶穌對自己顯靈的一場夢。

「妳怎麼知道那是耶穌？」高雄責罵她，氣到臉色發青。

「還有誰會戴著有芒刺的王冠在那裡走動呢？」惠美回答他。

她必須參加一個長老牧師授課的宗教課程，以及一個私下的簡短堅信禮，出席那個儀式的只有好奇的一命，以及那個被愛情見證感動到靈魂最深處的博伊德。當然，牧師推斷女孩改變信仰和那個衛兵比較有關係，和基督教比較沒關係，但是他沒提出異議。他祝福他們，腦子裡自忖那一對可以在世界上哪個角落安頓下來。

亞利桑那州

一九四四年十二月，最高法院全體一致聲明任何文化血統的美國居民不得無故被捕的前幾天，托帕茲營地的軍事長官在兩位士兵陪同下，頒給福田秀子一幅摺成三角形的國旗，並在高雄胸前掛上一條別著勛章的紫色彩帶，同時，一支號角的哀樂嘆聲堵塞了幾百人的喉嚨，大家為了頌揚死於戰場的福田查爾斯而聚集在那家人四周。秀子、惠美和一命哭泣著，但是高雄的表情難以解讀。在集中營的那幾年，他的臉孔凝固成一尊高傲的莊嚴面具；但是他畏縮的姿態和陰險的緘默卻洩漏出男人已然的挫敗。五十二歲，他面對一株植物發芽的喜悅、他和諧的幽默感、他為孩子們耕耘未來的熱忱、和秀子在一起溫柔親熱，這些能力都已蕩然無存。當他已經無法撐起家庭時，該接棒的長子查爾斯的英勇犧牲成為擊潰他的當頭棒喝。查爾斯在義大利去世，像第四四二步兵團其他好幾百個日裔美國人一樣，該軍團別號紫心部隊，因為獲頒罕見數量的英勇勳章而得名。那支僅由二世組成的軍團成為美國軍事史上獲勳最多的軍事單位，但是對福田一家人來說，那從來不是一種慰藉。

一九四五年八月十四日日本投降，集中營開始關閉。福田這家人收到二十五美金，以及開往亞利桑納州內地的一張火車票。像其他撤離者一樣，他們在公開場合不再提起自己的忠貞和愛國情操遭受懷疑那幾年的羞辱；少了榮譽，生命並沒什麼價值。Shikata ga nai（又能怎樣）。他們沒獲准回舊金山，那裡也沒任何東西吸引他們回去。高雄已經喪失承租之前耕種的地產以及拿到他的房子租金的權利；他的儲蓄和撤離時伊薩克交給他的錢都沒剩了。他胸腔裡有個永久的馬達聲，不停地咳嗽，幾乎無法忍受背部的疼痛。他覺得沒辦法回去做粗重的農事，但那是他這種條件的男人唯一可以做的工作。從他冰冷的態度看來，家人不穩定的情況他已不怎麼在乎；他的悲傷已經凝結為冷漠。要不是一命堅持要他吃飯並陪伴他，他早已躺在某個角落抽菸抽到死，然而他的妻子和女兒為了維持家人的生活，卻在一間工廠長時間輪班。一世終於可以取得國籍，但是連那件事也無法讓高雄抽離萎靡不振。三十五年來，他渴望擁有任何美國人的同等權利，而現在機會擺在眼前，他唯一想要的卻是返回日本，他戰敗的祖國。秀子試著帶高雄到移民局登記，但最後她還是單獨前往，因為她先生說出來的鮮少幾句話都是在詛咒美國。

惠美得再次延緩她讀醫學的決定和結婚的願景，但是搬到洛杉磯的博伊德沒有一刻忘得了惠美。幾乎所有的州都已經廢除反對不同種族結婚和同居的法令，但是像他們那樣的結合仍然令人反感；兩人沒人敢對各自的父母坦承他們已經在一起超過三年。對福田高雄而言，那會是一場大災難；他永遠不會接受她女兒和一個白人的關係，更別談是個在猶他州巡邏他們拘禁所鐵絲網的白人。他將被迫唾棄她，同時失去她。他已經在戰場中失去了查爾斯，也失去了被流放日本的詹姆斯，他已不再期待有詹姆斯的任何消息。博伊德的父母親是定居在奧馬哈的第一代瑞典移民，靠一間乳酪農場維生，直到三〇年代他們破產，才去管理一座墓園。他們為人忠厚無可質疑，對信仰非常虔誠，並在種族議題上態度寬容，但是他們的兒子在惠美收下結婚戒指之前，是不會向他們提起她的。

每個星期一，博伊德會開始寫一封信，慢慢加上每天的段落，他的靈感來自《情書藝術》，那是從戰場歸來、把女友丟在世界各地的士兵間流傳的一本當紅手冊，星期五他把信投進郵筒。這個有條不紊的男人打算每個月的兩個週六打電話給惠美，但並非總能如此，而星期日他會到賽馬場賭馬。他缺乏賭客難以壓抑的執迷不悟，運氣的起伏不定讓他變得緊張，並影響到他的胃潰瘍，但是他偶然間發現自己在賽馬上的好運氣，並利用這運氣來增加自己微薄的收入。晚上他學習機械，計畫從軍旅退休後到夏威夷開一間修車廠。他認為那是最佳的定居地點，因為儘管日本在那裡突襲，當地大量日本人口卻免於被送入拘禁營遭受侮辱。在他的書信裡，博伊德試著拿夏威夷的優點說服惠美，他們可以在種族仇恨不濃的氛圍下養育小孩，但是惠美並沒想著小孩。既然西方醫學拒絕了她，惠美開始慢慢地與兩位中醫師保持通信，想弄清楚唸東方醫學的管道。她很快就發現，連那樣的目的也是身為女人和日本裔無法逾越的障礙，一如她的指導醫師法蘭克曾經提點過那樣。

一命十四歲進入中學唸書。由於高雄因憂鬱而癱瘓，而秀子只會說幾句英文，因此輪到惠美擔任弟弟的代理人。她去幫他報名那天，心想一命在那裡會覺得像在家裡一樣，因為那棟建築物非常醜陋，那個場所非常不友善，就像托帕茲營地。學校校長布洛迪小姐親自接待他們，她在戰爭那幾年堅持說服政治人物和公眾輿論，日本家庭的小孩像所有的美國人一樣也有受教育的權利。她曾收集數以千計的書本寄到集中營。一命曾經裝訂其中好幾本書，並且清楚記得那些書，因為每一本書的封面都有布洛迪小姐的一張紙條。男孩想像那個捐書人會像是灰姑娘故事裡的教母，面對的卻是一個結實的女人，有柴夫般的手臂和街頭叫賣者的聲音。

惠美紅著臉對她說：「我弟弟的課業落後。他不擅長閱讀和寫作，算術也不在行。」

布洛迪小姐直接問小男孩：「一命，那麼你擅長什麼？」

「畫畫和種植花草。」一命低聲回答，眼睛盯著自己的鞋尖。

布洛迪小姐大喊：「很好！那就是我們這裡欠缺的！」

第一個星期，其他小孩拿戰爭中廣傳的那些排擠日本種族的形容詞砲轟一命，不過他在托帕茲營地從沒聽過。男孩也不知道日本人比德國人更令人憎恨，也沒看過亞洲人在裡面是墮落又野蠻的那些連環漫畫。他以向來的鎮定忍受那些冷嘲熱諷，但是第一次有一個大個兒把手放在他身上，他就用從父親那裡學來的柔道招式讓對方在半空中翻筋斗，那就是幾年前他示範武術用途給納坦尼爾看的同一招。他被叫到校長室受罰。「做得好，一命。」那是校長唯一的評語。表現過那一招精湛武術後，他在公立學校四年的課程中不曾遭受霸凌。

我到亞納桑那州的普里斯柯特拜訪布洛迪小姐。她已年滿九十五歲，許多我們這些她以前的學生聚在一起幫她慶生。對她的年紀而言，她的狀況很好，光跟妳說她一看我就認出我來就夠了。妳想像一下！有多少小孩由她經手？她怎麼有辦法記得全部的小孩呢？她記得我為學校的慶祝活動畫海報，也記得周日我在她的花園裡做園藝工作。我在中學裡是極差勁的學生，很糟糕很慘的學生，但是她會送我分數。多虧布洛迪小姐，我才不完全是個文盲，而現在我可以寫信給妳，我的朋友。

我們無法碰面的這星期好長。雨水和寒冷使得日子變得非比尋常淒涼。我也沒能找到梔子花可寄給妳，原諒我。拜託，請打電話給我。

一

二〇〇五年二月十六日

波士頓

分開的第一年，阿爾瑪專心等候著信件，但是隨著時間推移，她習慣了朋友的緘默，一如她習慣了父母親和哥哥的緘默。她的阿姨姨丈試著保護她，不讓她知道歐洲來的壞消息，尤其是猶太人的厄運。阿爾瑪問起她的家人，只能忍受過度誇飾的回答，結果是戰爭抹上了她與一命在花園涼亭下閱讀的亞瑟王傳說的調性。根據阿姨莉莉安的說法，沒有信件是因為波蘭的郵政問題，而她哥哥塞謬爾的情況不明，是因為英國的安全措施。莉莉安說，塞謬爾在皇家空軍裡履行生死攸關的危險祕密任務；他注定要嚴謹匿名。何必要對外甥女說她哥哥在法國墜機呢。伊薩克用大頭針在地圖上標示出盟軍的進攻和撤守動向給阿爾瑪看，卻沒有勇氣對她說出她父母親的實情。自從孟德爾夫婦被剝奪財產，並被軟禁在可怕的華沙猶太人區，他不再有他們的消息。伊薩克捐出巨款給試著幫助猶太區居民的組織，還知道一九四二年的七月到九月，被納粹驅逐的猶太人數目超過二十五萬人；他也知道每天有好幾千人死於營養不良或疾病。把猶太區和城市其他部分隔離起來的鐵絲網圍牆並非完全不可滲透；有些食物和藥品會偷偷進入，小孩飢餓垂危的可怖影像會流出，所以總是有溝通的方式。如果用來找尋阿爾瑪父母親的管道沒有一個有結果，而塞謬爾的飛機已經爆炸，也只能猜測他們三人已經過世，但是在沒有不可辯駁的證據下，伊薩克會讓外甥女免於那種傷痛。

有一陣子，阿爾瑪看來已經適應了阿姨和姨丈、表兄姐以及海崖區的房子，但是到青春期又再變成剛到加州時那個沉默寡言的小女孩。她發育得早，荷爾蒙的第一次襲擊和一命不知何時結束的缺席同時發生。十歲時，他們分開，互相允諾兩人在心底以及透過郵件永遠在一起；十一歲時，信件開始減少，十二歲時，距離變得不可克服，她認命失去了一命。她不吭一聲在一間自己討厭的學校裡履行義務，言行舉止也遵循收養家庭的期待，試著不被注意到以規避情感上的問題，那些問題一定會讓她內心藏匿的反抗和苦惱如狂風暴雨爆發出來。她無可指責的行為唯一無法騙過的人是納坦尼爾。男孩有一種第六感，可以猜測表妹什麼時候關在衣櫃裡，再從豪宅的另一端躡手躡腳走過去，為了不吵醒耳朵靈敏又淺眠的父親，他以喃喃低語懇求地把她從藏匿處請出來，幫她蓋好床上的被子，留在她身邊直到她睡著。他也是如履薄冰謹慎度日，心裡面藏著一場暴風雨。他數算中學剩下的幾個月日子，準備畢業後前往哈佛讀法律，因為他沒想過要反對父親的主張。母親想要他唸舊金山的法律學院，不用讓他跑到大陸的另一端求學；但是伊薩克堅持男孩需要遠行，像自己在那個年紀時一樣。他的兒子必須變成一個負責任的好人，一條男子漢。

阿爾瑪把納坦尼爾前去哈佛的決定當作對她個人的冒犯，並且把表哥加入拋棄她的罪人名單裡；首先是哥哥和父母親，再來是一命，現在是他。阿爾瑪的結論是，她的宿命是失去最愛的人。她依舊像在舊金山碼頭第一天那樣緊緊抓住納坦尼爾。

納坦尼爾向她保證：「我會寫信給妳。」

她氣憤地反駁：「一命也這麼對我說。」

「一命在集中營裡面。阿爾瑪，我人會在哈佛。」

「那更遠，不是在波士頓嗎？」

「我向妳保證，我會回來和妳度過所有的假期。」

他一邊為旅途準備行李的同時，阿爾瑪卻像個影子在家裡跟隨他，編造藉口想留下他，而當那一切都沒有結果，就編造理由少愛他一點。八歲時，她以童年的熾熱愛情愛上一命，以老年的平靜溫情愛上納坦尼爾。在她心裡，兩個人履行不同的功能，同樣少不得；她確定沒有一命和納坦尼爾，自己不可能存活。她熱烈愛著一命，時時刻刻需要看到他，需要和他偷偷溜到延伸至海灘的海崖區花園裡，那裡到處都是能一起發現心有靈犀的愛撫語言的絕妙藏匿處。自從一命到了托帕茲，她以花園裡的回憶及細小字母在日記邊緣寫滿嘆息的篇章餵食自己。那個年紀的她已經表現出對愛情的狂熱執著。相反的，她從來沒想過要和納坦尼爾躲藏在花園裡。她執意努力愛著他，認為比其他人都了解他，在他把自己從衣櫃裡救出來的夜晚，他們曾經手牽手入眠，納坦尼爾是她的知己，她的密友。第一次在裡褲發現深色污漬時，她害怕地顫抖等待納坦尼爾從學校回來，把他拉到浴室讓他看下體正在滴血的真憑實據。納坦尼爾對事情起因有個大概的想法，但是不知道實際的解決辦法，因為阿爾瑪不敢，所以他去問母親。男孩知道女孩的所有事情。她把自己生活日記的鑰匙拷貝給他，但是他不需要閱讀日記就能知道實際進度。

阿爾瑪比一命提早一年結束中學課業。那時他們已經完全失去連繫，但是她覺得一命就在眼前，因為她透過日記不間斷地獨白寫信給他，其中持之以恆的忠誠大於思念。她看破不再看到一命的事實，但是由於缺乏其他朋友，她以花園裡祕密遊戲的回憶餵食悲劇女英雄的愛情。一命從早到晚在甜菜園裡當短工賣命工作，她卻是心不甘情不願去阿姨強迫她參加的少女初次社交舞會。她阿姨姨丈的豪宅裡有宴會，皇宮酒店的內部庭院也有宴會，這家酒店有半世紀的歷史、宏偉的玻璃天花板、大型的玻璃吊燈，和種在葡萄牙陶瓷器花盆裡的熱帶棕櫚樹。莉莉安負起要把她嫁得好的責任，確信那比嫁自己不太優雅的女兒還要簡單，卻發現阿爾瑪總是破壞她的完美計畫。伊薩克很少干涉家裡女人的生活，但是那次他無法不說話。

「釣男朋友這種行徑很丟臉，莉莉安！」

「伊薩克，你很天真！你以為當初要是我母親沒在你脖子套上圈套，你會和我結婚嗎？」

「阿爾瑪是個乳臭未乾的女孩。二十五歲之前結婚應該不合法。」

「二十五歲！伊薩克，那個年紀在任何地方她都找不到好對象了，全部都被搶光了。」莉莉安辯解。

外甥女想離開到遠處唸書，莉莉安最後讓步了；一年或兩年的高等教育會讓任何人變高雅。他們同意讓阿爾瑪到波士頓一間女子學院求學，納坦尼爾在那裡可以就近照顧，讓她免於那個城市的危險和誘惑。莉莉安不再介紹有潛力的人選給她，而是開始準備必要的圓盤狀圓裙，以及粉彩色系安哥拉毛背心和毛衣套裝這些流行衣物，儘管對像阿爾瑪那樣骨骼修長、五官深邃的女孩一點也不適合。

女孩不管阿姨的憂心，堅持要自己旅行，阿姨忙著尋找也要前往同方向的人，想讓她跟著一個受尊敬的人前去。她搭乘布蘭尼夫航空的班機前往紐約，打算從那裡搭火車到波士頓。下飛機時，她在機場碰見納坦尼爾。他的父母親打電報通知他，他決定去等表妹，才能在火車上陪她。表兄妹以納坦尼爾上一次回舊金山之後累積了七個月的熱情互相擁抱，開始匆忙聊著家裡最近的消息，一個穿制服的黑人行李搬運工把行李放到一台推車上，跟隨他們去計程車站。納坦尼爾數算著行李和禮帽盒，問他表妹是否帶衣服過來販售。

她反駁：「你不能批評我，你自己還不是一直都穿得很帥氣。」

「阿爾瑪，妳有什麼計畫？」

「表哥，就是我在信上跟你說的那樣。你知道我很敬愛你的父母親，但是我在那房子裡快要悶死了。我得要獨立。」

「我明白了。用我爸爸的錢獨立嗎？」

阿爾瑪沒注意過那個細節。獨立的第一步是拿到不管是什麼科系的文憑。她的志向還沒確定。

「你媽媽老是在幫我找丈夫。我不敢告訴她我要和一命結婚。」

「阿爾瑪，請妳清醒過來，十年前一命就在妳生命中消失了。」

「八年，不是十年。」

「把他從妳腦袋裡甩開。甚至他再出現也對妳有意思，在那種不太可能的情況下，妳也很清楚妳不能和他結婚。」

「為什麼？」

「什麼為什麼？因為他屬於另一種人種，另一種社會階級、另一種文化、另一種宗教、另一種經濟水平。妳還要更多的理由嗎？」

「那麼我就當個老處女好了。那你呢？納坦，你有戀人嗎？」

「沒有，但是有的話，妳會是第一個知道的人。」

「這樣最好了。我們可以讓別人以為我們是男女朋友。」

「為什麼？」

「讓任何靠近我的蠢蛋灰心。」

最近幾個月表妹的外表改變了：已經不是一個穿長襪的中學女生，新衣服讓她看起來像個高貴女人，但是保守她知心話的納坦尼爾並沒有被香菸或海藍色套裝，或櫻桃色禮帽、手套和鞋子牽動感受。阿爾瑪依舊是個嬌生慣養的小女孩，被紐約的人潮和噪音嚇著而緊緊抓住他，直到身處下榻旅館的房間裡才放了他。「納坦，留下來陪我睡。」她用童年在衣櫃裡哭泣的恐懼表情哀求他，但是他已不再天真，現在陪她睡的意義不同。隔天，他們搬運著山一樣的行李，搭乘前往波士頓的火車。

阿爾瑪一口氣唸完了中學，因此她想像波士頓的學院會是比中學更自由的延伸教育。她急著炫耀衣服、和納坦尼爾在那個城市的咖啡廳和酒吧過著波西米亞的生活，並且急著在空閒時間上一些課，這樣才不會辜負阿姨和姨丈。她很快就發現沒人看她，有好幾百個比她還矯揉造作的女孩，表哥總是有藉口爽約，而且自己沒準備好如何面對課業。她和從維吉尼亞州來的一個矮胖女孩同住一個房間，那女孩一逮到機會就向她提出聖經上白人種族優越的證據。黑人、黃種人和紅皮膚人是從猴子變過來的；亞當和夏娃是白人；耶穌可能是美國人，室友不很確定。室友說，她不贊同希特勒的行為，但是得承認在猶太人事務上，希特勒不是沒道理：那是一支該下地獄的種族，因為他們殺了耶穌。阿爾瑪要求換到另一個房間去。那個程序花了兩星期的時間，她的新室友是個怪癖和恐懼症的集合體，不過至少不是排斥猶太人的女孩。

年輕女孩前三個月茫然度過，甚至連最簡單的事，像是吃飯、洗衣、交通或課程表都不會安排；那些事情以前首先是由家庭教師負責，然後是由忘我的阿姨莉莉安負責。她從來沒鋪過床或燙過一件上衣，那些事有家務女傭做；以前她也不需要受到預算束縛，因為在姨丈家裡是不談錢的。納坦尼爾向她解釋，撥給她的款項裡並不包括餐廳、茶館、美甲、美髮師或按摩師，她詫異不已。她表哥每星期會手上拿著筆記本和鉛筆出現，來教她數算自己的開銷。她向表哥保證會修正，但是下一周她又負債了。在那個富麗堂皇的都市裡，她覺得自己像個外國人，她的女同學排擠她，男同學輕蔑她，但是在信中她都沒把這些事告訴阿姨姨丈，每次納坦尼爾建議她回家去，她會對表哥說，任何事都比雙腿夾著尾巴歸去的恥辱來得好。她像以前關在衣櫃裡那樣把自己關在浴室裡，打開蓮蓬頭讓噪音平息她詛咒自己運氣差的粗話。

十一月，寒冬所有的重量都降落在波士頓。阿爾瑪在華沙度過人生的前七年歲月，但是並不記得那裡的氣候；她一點也沒準備好要如何面對接下來幾個月。城市受到冰雹、強風和大雪抽打而失去了色彩；陽光不見了，一切變成灰白。日常生活在室內進行，人顫抖著，盡量挨近暖氣的葉片。儘管阿爾瑪穿了許多衣服，她一探身出去，寒冷就劃破她的皮膚並刺進她的骨頭。她的雙手和雙腳紅腫起了凍瘡，咳嗽和感冒沒完沒了。早上她必須積存所有的意願才能鑽出床鋪，必須包裹得像因紐特人並且挑戰惡劣的氣候，才能在學院裡貼著牆壁以免寒風把她撂倒，在冰上拖著雙腳從一棟建築物穿越到另一棟。街道變成難以通行，一大清早汽車上蓋著有如小山的雪，主人得用鎬頭和鐵鍬擊打；人們包裹著羊毛和皮草縮著身體走路；孩童、寵物和鳥都不見了。

而那時，當阿爾瑪終於接受自己的失敗，並向納坦尼爾坦承自己準備打電話給阿姨姨丈，懇求他們把她從那座冰凍庫裡救出來，她卻認識了薇拉・諾依曼，那是把自己的藝術放在一般大眾隨手可及物品上的美術藝術家兼企業家，舉凡絲巾、床單、桌布、餐盤、衣服，總之，任何可以在上面作畫或印染的東西皆可。薇拉在一九四二年登記自己的品牌，沒幾年就締造了一個市場。阿爾瑪模糊記得，她阿姨莉莉安和女性朋友們爭相成為每一季第一個炫耀薇拉最新設計的絲巾或洋裝的人，但是她對那個藝術家卻一無所知。一時衝動下，她為了躲避兩堂課之間的寒冷而參加了薇拉的一場談話，坐在一間人山人海、牆壁披掛彩繪布條的教室後面。逃離波士頓寒冬的所有色彩都被俘虜在那些牆面上，色彩大膽、變幻莫測、難以置信。

聽眾起立熱烈鼓掌歡迎演講者，阿爾瑪再次度量自己的無知。她不知道莉莉安阿姨的絲巾設計師竟然是位名人。薇拉・諾依曼外表並不起眼，一百五十公分高，是個靦腆的人，藏在蓋住半張臉的暗色大鏡框後，但是她一開口，沒人懷疑她是個巨人。阿爾瑪幾乎看不到講台上的她，但是聆聽著她的每個字句，覺得胃壓縮成一個拳頭，清楚直覺感到，對她而言那是個決定性的時刻。一小時又十五分鐘的時間裡，那個古怪、出眾、爭取女權的矮小女人，以她不懈的旅遊故事震撼聽眾的心，那些遊歷是她多樣創作系列的靈感泉源：印度、中國、瓜地馬拉、冰島、義大利和地球其他地方。她聊著她的哲學、使用的技巧、她的產品的商業化以及普及化，談著路上曾克服過的障礙。

那天晚上阿爾瑪打電話給納坦尼爾，用狂喜的喊叫向他宣告自己的未來：她要跟隨薇拉・諾依曼的腳步。

「誰的？」

「設計你父母親的床單和桌布那個人的腳步，納坦。我不想繼續浪費時間在對我一點也沒用的課堂上。我決定到大學唸設計和繪畫。我要加入薇拉的工作室，然後像她一樣環遊世界。」

幾個月後納坦尼爾結束法律系學業並返回舊金山，但是阿爾瑪不願意陪同，儘管莉莉安阿姨施加壓力要她回加州去。她不懈怠地作畫和彩繪，忍受波士頓四個寒冬，不再抱怨氣候。她缺乏一命在繪畫上的敏捷，或是薇拉在色彩上的膽識，但是她計畫以好品味替代天分上的不足。那時候她已經清楚看清要遵循的道路。她的設計將會比薇拉的更卓越，因為她的意圖不在滿足大眾口味或在生意上獲得成功，而是為了消遣而創作。為了謀生而工作的可能性從來不在她腦子裡出現過。她不要那些十元美金的絲巾或大盤買賣的床單或餐巾；她將僅只彩繪或印染幾件衣服，一定用最佳品質的絲絹，每件都由她簽名。出自她手的東西將非常獨特、昂貴，莉莉安阿姨的朋友們會不惜代價搶著擁有。那幾年，她克服了那座雄偉城市對她挑起的麻痺，她學會規避，學會喝雞尾酒卻不完全頭昏腦脹，也學會交朋友。她最後感到自己像個道地的波士頓人，結果假期回加州時，覺得自己像身處在另一塊大陸的某個落後國家裡。她也在舞池裡贏得幾個愛慕者，童年時和一命的狂熱舞蹈練習終於在那裡派上用場，另外，一次烤肉活動裡，她在一堆草叢後方草草結束了第一次性經驗。那次經驗安撫了她的好奇和過去二十年的處女情結。之後，她和不同的年輕人有過兩或三次類似經驗，不僅一點也不值得追憶，還讓她更加堅定等候一命的決定。

復活

畢業前兩星期，為了安排貝拉斯科家人到波士頓之行的細節，阿爾瑪打電話到舊金山給納坦尼爾。她是家中第一個要獲得大學文憑的女人，拿的是設計和藝術史這兩種相對黯淡學科學位的事實，並沒有稍減她的價值。連瑪莎和莎拉都會來參加典禮，部分原因是她們想繼續前往紐約採購，不過姨丈伊薩克將會缺席；他的心臟科醫師禁止他上飛機。姨丈打算不遵從命令，因為他對阿爾瑪投入的感情比自己的女兒更深，但是莉莉安不允許他去。和表哥的談話中，阿爾瑪順便提到她好幾天有種被窺視的感覺。她不認為很重要，她說，肯定是自己的想像力作祟，她為了期末考感到緊張，但是納坦尼爾堅持要了解細節。兩通不知名的電話中，有人——帶有外國口音的男人聲音——問她是不是阿爾瑪，而且馬上掛斷電話；她有種被觀察和跟蹤的不舒服感覺；一個男人在她的女同學中間調查她，而從她那些女性朋友給她的描述中，看來是幾天前在一堂課中、在走廊、在街上她曾看過幾次的人。納坦尼爾以律師的猜疑建議她以書面提醒校園的警察，當作合法的預防措施：如果有事情發生，才有證據證明她的懷疑。他也吩咐她晚上別單獨外出。阿爾瑪沒理睬他。

那是學生告別大學參加荒唐派對的時期。在音樂、酒精和舞蹈間，阿爾瑪直到畢業典禮前的星期五，把曾想像的不祥黑影全給忘了。大半的夜晚她都在一個瘋狂的派對裡，過度飲酒，且靠著古柯鹼維持站立，對這兩樣東西她的承受力不太好。凌晨三點，一群喧囂的年輕人開著一輛敞篷汽車，把她丟在宿舍前。阿爾瑪搖搖晃晃，披頭散髮，鞋子拎在手上，她在皮夾裡找鑰匙，但是還沒找到就屈膝跪倒，吐到胃裡空無一物。乾嘔了好幾分鐘，淚水同時在臉上掉下。她終於試著爬起來，汗水淋漓，胃痙攣，傷心地顫抖、呻吟著。突然，兩隻爪子扣緊她的雙臂，她覺得從地面被拉起來站著。

「阿爾瑪．孟德爾，妳該覺得羞恥！」

她沒認出那是電話中的聲音。她彎下腰，再次被噁心打敗，但是爪子以更堅定的力氣抓緊她。

「放開我，放開我！」她咕噥著跺腳。臉上一個拍掌瞬間還給她一點清醒，她能看到一個男人的形體，一張像是疤痕線條交錯的黝黑臉孔，一顆剃光的頭顱。難以解釋的是，她感受到一種強烈的寬慰，閉上雙眼，任由醺醉的厄運擺布，也顧不了自己身處在剛才打她那個陌生人的鐵臂裡有多危險。

周六早晨七點，阿爾瑪醒來時人在一輛汽車後座，包裹著一條抓搔她皮膚的粗毯子。她全身聞起來有嘔吐味、尿騷味、菸味和酒味。她不知道身在何處，也完全不記得前晚發生的事。她坐起來，試著把衣服穿好，那時她才發覺洋裝和襯裙已經不見，自己只穿著胸罩、內褲和吊襪帶，褲襪破損，光著腳丫。冷酷無情的銅鐘在她的腦袋裡連續敲打，她感到寒意，嘴巴乾澀，心裡非常害怕。她再次躺下，縮著身體，呻吟並喊叫著納坦尼爾。

過了一陣子，她感到有人搖晃自己的身軀。她好不容易睜開眼皮，試著聚焦視力時，看清楚那是剛打開車門並向她傾身過來的一個男人剪影。

「咖啡和阿斯匹靈。這會對妳有點幫助。」男人對她說，把一個紙杯和兩顆藥丸遞給她。

「讓開，我得走了。」她聲音沙啞地反駁，試著挺起身子。

「妳這樣子無法到任何地方去。妳的家人幾個小時後會抵達。畢業典禮是明天。把咖啡喝下。如果妳真的想知道的話，我是妳的哥哥塞謬爾。」

就這樣，在法國北部死了十一年後，塞謬爾．孟德爾復活了。

※

戰後，伊薩克取得真憑實據，證實阿爾瑪的父母親在波蘭北部特雷布林卡村附近一個納粹殲滅營經歷的厄運。俄國人不像美國人在其他地方做的那樣，他們沒有文件可證實該集中營的解放，檯面上對那個地獄裡發生的事所知甚少，但是猶太事務局估計，在一九四二年七月到一九四三年十月間那裡有八十四萬人罹難，其中八十萬人是猶太人。至於塞謬爾・孟德爾，伊薩克查清楚他的飛機在德國人占領的法國地帶被擊落，而根據英國軍方的記錄沒有生還者。當時，阿爾瑪已經有好幾年沒有家人的消息，在姨丈向她確認之前，她已經當作他們都過世了。阿爾瑪得知消息時，並沒有像預料中為他們哭泣，因為那幾年她曾多次練習控制自己的情緒，已經失去表達情緒的能力。伊薩克和莉莉安認為有必要讓悲劇落幕，於是帶著阿爾瑪前往歐洲。在塞謬爾飛機掉落的法國村落的墓園裡，他們擺放一塊上面寫著他的名字和出生死亡日期的紀念碑。他們沒取得許可證去拜訪蘇聯掌控下的波蘭；許久之後，阿爾瑪才能執行巡禮。四年前戰爭已結束，但是歐洲仍然像廢墟，大量的移動人群流浪找尋著一個祖國。阿爾瑪的結論是，她的一條生命並不夠支付身為家裡唯一生還者的特權。

阿爾瑪被聲稱自己是塞謬爾的那個陌生人的表白打醒，在汽車座椅上直起身子，兩三口吞下咖啡和阿斯匹靈。那個男人不像她在但澤碼頭送行的那個紅潤臉頰和調皮表情的年輕人。她真正的哥哥是那個模糊的記憶，而不是眼前瘦削、乾癟、眼睛嚴厲、嘴巴凶狠、皮膚被太陽曬傷、臉孔被深刻皺紋和兩道疤痕刻畫的這個人。

「我怎麼能知道你就是我哥哥？」

「妳是不能。但是我如果不是，不會和妳在這裡浪費我的時間。」

「我的衣服在哪裡？」

「在洗衣店。一個小時後就洗好。現在我們有時間可以說話。」

塞謬爾告訴她，他的飛機被擊落時，他唯一看到的是從上面看到的世界，轉呀轉的。他來不及背降落傘彈跳，那點他很確定，因為那樣德國人會發現他，不過他無法清楚解釋，飛機爆炸和起火時自己是怎麼逃過一劫的。他猜自己是在掉落時被彈出座椅，降落在樹冠上而吊掛在上面。敵軍的巡邏隊找到副機長的軀體，就沒再找了。兩個法國反抗軍的成員救了他，他身上多處骨頭斷裂破碎；他們確認他割過包皮，把他交給一個猶太反抗軍團體。有幾個月他被藏匿在洞穴、畜欄、地下室、棄置工廠和願意幫助他的好心人家裡，經常從一個地方被換到另一個地方，直到他斷裂的骨頭修補好，不再是個負擔，並且能夠加入團隊當戰士。讓他心裡糊塗的薄霧比骨頭的痊癒花上更多時間才消散。從被找到時身上所穿的制服，他可以知道自己來自英國。他聽得懂英文和法文，卻用波蘭語回答；好幾個月過去了才恢復他精通的其他語言。由於他的同伴不知道他的名字，看到那些疤痕就起了個綽號叫他「破臉」，但是他決定叫自己尚萬強，像養病期間他閱讀雨果小說裡的主角一樣。他和同伴在一場看似沒有目標的小規模戰鬥裡格鬥。德國軍隊如此有效率，傲氣如此雄赳氣昂，對權力和血液的飢渴如此難以滿足，使得塞謬爾那個團體的破壞行動根本無法搔到那隻龐大怪物的甲殼。他們在陰暗中生活，像懊惱的老鼠般移竄，有一種不斷失敗和無用的感覺，但是他們繼續前進，因為沒有其他選擇。他們以一個字詞互相寒暄：勝利。以同樣的方式互相道別：勝利。結局是可預見的：在一次行動中他被俘獲，被送往奧斯威辛。

戰爭結束，在集中營存活下來後，尚萬強終能祕密乘船前往巴勒斯坦，儘管大不列顛控制該區，也試著禁止猶太人大量進入以免和阿拉伯人起衝突，猶太難民人潮還是不斷抵達那裡。戰爭把他變成永遠不會減低防禦的一匹離群索居的狼。他甘於偶遇的情愛，直到有一次，他加入的以色列情報特務局摩薩德的女同事，一個心細膽大的女調查員向他宣布，他就要當父親了。她名叫阿娜狄·拉柯西，和父親從匈牙利遷移出來，他們倆是一個人口眾多家庭僅有的生還者。她和塞謬爾維持著一段誠摯的關係，沒有羅曼史也沒有未來，那樣對雙方都方便，沒有不預期的身孕的話，他們是不會改變那樣的關係。阿娜狄以為曾經歷過飢餓、棒打、暴力和醫學性「實驗」後自己無法生育。證實肚子突起的東西不是腫瘤而是胎兒時，她認為那是上天開了一個玩笑。到了第六個月她才告訴愛人。

「呀！我還以為妳終於胖了一點。」這是他的評語，但是無法掩飾興奮之情。

「首先要查清楚你到底是誰，好讓小孩知道他來自於哪裡。萬強這個姓氏太傷感了。」她回覆。他一年接著一年延宕尋找身分的決定，但是阿娜狄馬上展開工作，當初她也是以同樣的韌性替摩薩德找到逃離紐倫堡審判那些納粹罪犯的藏身處。她從停戰前塞謬爾最後的落腳處奧斯威辛開始，一步步追尋著故事線索。她挺著搖晃的大肚子前往法國，去和少數還留在那個國家裡的一名猶太反抗軍談話，塞謬爾則幫她找尋拯救英國飛機機長那些戰士的下落；那並不容易，因為戰後結果是所有的法國人都是抗戰的英雄。阿娜狄最後在倫敦查閱皇家空軍的檔案，她在那裡找到好幾張和她愛人長得相似的幾個年輕人相片。她沒有其他線索了。她打電話給他，對他唸出五個名字。

她問：「有沒有哪個好像聽過的？」

「孟德爾！我確定。我的姓氏是孟德爾。」他回答，幾乎無法忍住塞在喉嚨裡的嗚咽。

「我兒子四歲，名叫巴如，像我們的父親一樣。巴如．孟德爾。」塞謬爾坐在汽車後座阿爾瑪的身旁告訴她。

「你和阿娜狄結婚了？」

「沒有。我們正試著一起生活，但是不容易。」

「你知道我的消息已經四年了，直到現在才想要來看我？」阿爾瑪責怪他。

「我為什麼要找妳？妳認識的哥哥在一場空難中去世了。在英國入伍當飛行員的男孩蕩然無存。我知道故事，是因為阿娜狄堅持重複述說那個故事，但是我並不覺得那是我的故事，那是個空洞、沒意義的故事。事實上我並不記得妳，但是我確定妳是我的妹妹，因為阿娜狄在這種事情上是不會弄錯的。」

「我倒是記得我有個跟我玩而且會彈鋼琴的哥哥，但是你長得不像他。」

「我們好幾年沒碰面了，而且我告訴妳了，我不是同一個人了。」

「你為什麼決定現在來呢？」

「我不是因為妳而來，我在執行一個任務，但我不能談那是什麼。我利用旅途過來波士頓，因為阿娜狄認為巴如需要一個姑姑。阿娜狄的父親兩個月前過世。她和我都沒有家人了，只剩下妳。我沒有強迫妳的意思，阿爾瑪，只想讓妳知道我還活著，妳有一個侄子。阿娜狄託這東西給妳。」

他伸手拿給她一張小孩和父母親的彩色合照。阿娜狄坐著，兒子坐在膝上。她戴著圓框眼鏡，一個消瘦的蒼白女人。母子身邊是塞謬爾，也是坐著，雙臂交叉在胸前。男孩有著父親剛硬的五官和鬈曲的深色頭髮。照片後面塞謬爾已經寫好特拉維夫的一個地址。

到洗衣店拿回洋裝並載她到宿舍後，塞謬爾道別時對她說：「來看我們，阿爾瑪，來認識巴如。」

福田家的刀

福田高雄垂危掙扎了幾星期。靠著被癌細胞啃蝕的肺，他宛如身置水外的魚大力喘息，死得很費勁。他幾乎無法說話，虛弱到想靠著寫字溝通也徒勞無功，因為他腫脹又顫抖的雙手無法勾勒日文細膩的筆畫。他拒絕進食，趁著家人或護士稍不留意就把餵食管拔掉。他很快陷入深沉的昏睡，但是和母親、姊姊輪流在醫院陪伴他的一命知道他有意識，而且痛苦。一命把枕頭調到讓父親維持半挺直的舒服位置，幫他擦乾汗水，用乳液幫他搓揉起鱗片的皮膚，把碎冰塊放在他的舌頭上，和他聊植物和花園。在一次那樣的親密時刻，一命注意到父親的嘴唇重複嚅動，揚高聲調說著像是一個香菸品牌的東西，但是那種情況還想抽菸看來非常不合情理，他排除那種可能。他整個下午試著解讀高雄想傳達給他的訊息。

「森田景實？爸，您是說她嗎？您想見她？」最後他問了父親。

高雄以剩餘的微弱力氣點頭。她是大本教的精神領袖，一個和靈魂說話而享有聲譽的女人，一命認識她，因為她經常旅行去和她的宗教小團體團聚。

一命告訴惠美：「爸爸想要我們打電話給森田景實。」

「一命，她住在洛杉磯。」

「我們還剩多少存款？我們可以幫她買機票。」

森田景實抵達時，高雄已經不能動也不睜開眼睛了。唯一的生命跡象是呼吸器的隆隆聲；他靈魂出竅，等著。惠美終於讓工廠一位女同事把車借給她，到機場去接這位女神職人員。那個女人看起來像一個穿著白色睡袍的十歲小男孩。她灰白的頭髮、彎曲的雙肩和拖著雙腳走路的模樣，與她那有如古銅色安詳面具、沒有皺紋的平滑臉孔形成對比。

森田景實以細碎步伐走近床邊，拉起他的手。高雄微微睜開眼皮，花了一點時間才認出他的精神導師。那時，一種幾乎看不出來的表情讓他毀壞的臉孔有了生氣。一命、惠美和秀子退到房間後面，這時景實以古老的日文喃喃唸著一長串經文或一首詩歌。之後她把耳朵貼在垂死者的嘴邊。好長的幾分鐘後，景實在高雄額上親吻，轉身面向他的家人。

「高雄的母親、父親和祖父母都在這裡。他們從很遠的地方來接引他到另一方。」她以日文說話，指著床尾。「高雄準備要走了，但是之前他必須給一命一個訊息。訊息是這樣的：『福田家族的武士刀埋在海邊一座花園裡。刀不能留在那裡。一命，你必須拿回那把刀，放到該放的地方，放在我們家族祖先的神桌上。』」

一命深深一鞠躬接收了訊息，雙手合十放到額頭。他不是記得很清楚他們埋藏福田那把刀的夜晚，歲月把那一幕的輪廓弄模糊了，但是秀子和惠美知道是海邊哪一座花園。

「高雄也要最後一支香菸。」森田景實離開前補充了一句。

阿爾瑪回到波士頓時，證實她不在的那幾年，貝拉斯科家的變化比信件裡反映出來的還要多。一開始幾天她覺得自己是多餘的，猶如路過的訪客，自忖自己在那個家庭是什麼地位，該拿自己的人生去做什麼鬼事。她覺得舊金山像鄉下；要以她的繪畫成名，得到紐約去，那裡她才能和知名藝術家接觸，更接近歐洲的影響。

貝拉斯科已經有三個孫子輩出生，瑪莎的一個三歲小男孩和莎拉的異卵雙胞胎女兒，這對女兒因為基因上一個錯誤，生出來擁有斯堪的那維亞的外表。納坦尼爾負責他父親的公司，獨居在一間有海灣視野的閣樓裡，在海灣開著自己的帆船航行來填滿休閒時間。他是個不多話的人，朋友也很少。二十七歲依舊抵抗著母親要幫他物色一位合宜妻子的攻擊性戰役。人選多的是，因為納坦尼爾出身好家庭，有錢，有俊美的外表，是他父親期待的男子漢，猶太圈裡所有適婚女子的眼睛都放在他身上。莉莉安阿姨沒什麼改變，依舊是向來那個善良又活潑的女人，但是她的重聽又更嚴重了，喊著說話。她滿頭灰髮，但不想染髮，因為不想要自己看起來更年輕，而是剛好相反。她丈夫突然罹病讓他多了二十年的歲月，他們之間幾年的年齡差距看起來像是增加了三倍。

伊薩克經歷過一次心肌梗塞，儘管康復了，身體卻很虛弱。為了維持紀律，他每天到辦公室兩個小時，但是已經把工作委託給納坦尼爾；他完全捨棄從來沒有吸引過他的社交生活，他大量閱讀，在花園涼亭下開心享受著大海和海灣的景色，在溫室培育幼苗，研究法律和植物的文章。他的感情變得脆弱，最微不足道的情緒都會讓他的眼睛濕潤。莉莉安的胃裡牢牢釘著畏懼所引起的刺痛。每當他氣息奄奄、骨頭僵硬、臉色像床單那般蒼白，拖著身子走到床邊準備倒下，莉莉安會如此要求他：「向我發誓你不會比我早死，伊薩克。」莉莉安對廚房一竅不通，總是有廚師幫忙，但是自從丈夫的健康開始衰退，她便按照筆記本上母親傳給她的手抄食譜，親自為丈夫準備神奇的湯品。她強迫伊薩克去看十來位醫生，為了避免丈夫對醫生隱瞞病痛，她陪著去看診，並且幫他管理藥物。她還另外用了祕傳的方法。她呼叫上帝，不僅在該祈禱的早晨與黃昏祈禱，而是每個小時唸著：「聽呀，以色列，耶和華是我們的神，耶和華是獨一的神。」為了保衛伊薩克，他的床頭靠背上掛著一顆土耳其玻璃眼睛和一隻錫彩繪的法蒂瑪之手；五斗櫃上總是有一根點燃的蠟燭，旁邊放著一本希伯來聖經，一本基督教聖經，以及家裡一個女傭從聖猶達小殿堂帶回來的一瓶聖水。

頭戴帽子的骷髏出現在他床頭小桌那一天，伊薩克問：「這是什麼？」

莉莉安向他報告：「薩姆堤男爵。有人從新奧爾良寄給我的。他是死神，也是健康之神。」

伊薩克第一個衝動是一手打掉入侵他房間的那些怪力亂神偶像，但是他愛妻子的力量更大。如果那樣可以用來救援在畏懼斜坡上無法躲避而滑落的莉莉安，要他佯裝沒看到一點也不費勁。他無法給她別的安慰了。面對自己肢體上的毀壞，他驚愕不已，因為他向來健康又強壯，自以為不會被摧毀。一種驚人的疲憊感腐蝕他的骨頭，只有他大象般的意志力容許他履行攬在自己身上的責任。其中一項責任是不要辜負他太太而繼續活下去。

阿爾瑪到來帶給他一股能量。他不善於流露情感，但是不佳的健康狀況讓他變脆弱，得要很小心才不讓內心的溫柔洪流氾濫潰堤。丈夫個性的那一面只有莉莉安在親密時刻才會隱約看見。兒子納坦尼爾是伊薩克賴以支撐的依靠，是他最好的朋友、合夥人和密友，但是從來沒有把這些感受對兒子說出口的需要；兩人覺得那是理所當然，要是放在嘴上反而會覺得不好意思。他用一個慈祥父親的愛對待瑪莎和莎拉，但是他對莉莉安偷偷坦承自己並不喜歡兩個女兒，覺得她們心眼小。莉莉安也不是很喜歡她們，但是無論如何她都不會承認。對孫兒孫女，伊薩克保持距離讚美他們。「我們等他們再長大一點，他們現在還不算是人。」他以開玩笑的語氣當作藉口，但是內心卻是這樣覺得。然而，他總是特別疼愛阿爾瑪。

一九三九年外甥女從波蘭來到海崖區住下來時，伊薩克就對她疼愛有加，後來甚至因為她父母親消失而感受到一種罪過般的快樂，因為那給他機會在小女孩心中取代他們。他並不打算像對自己的女兒那般教育她，只想保護她，而那給了他可以愛她的自由。他把照料女孩生活需求的工作交給莉莉安，同時自己開心地在智力上挑戰她，開心地和她分享自己對植物和地理的熱情。就在拿給阿爾瑪看園藝書本的那一天，他突發奇想要創立貝拉斯科基金會。在想法具體化之前，他們花好幾個月的時間一起衡量各種不同的可能性，是當時十三歲的女孩想到要在城市裡最貧窮的區域裡建造花園。伊薩克非常欽佩她；出神地觀察她的心智發展，當她靠近他尋求陪伴時，他可以了解她的寂寞，情緒被她牽動。女孩常一隻手放在他的膝蓋上，坐在他身邊看電視或閱讀園藝書籍，而那隻小手的重量和熱度對他是一份珍貴的禮物。同樣的，她經過身邊時，只要沒有其他人在，他會摸摸她的頭，也會買零食放在她的枕頭下。從波士頓回來的年輕女子剪了一頭幾何形的垂髮，嘴唇紅潤，信心十足，已經不是以前因為怕單獨睡覺而抱著貓咪入眠的膽怯阿爾瑪了，可是一旦克服彼此的不自在，他們便恢復了共享十多年的微妙關係。

過沒幾天，伊薩克問外甥女：「妳記得福田他們嗎？」

阿爾瑪驚訝地大叫：「我怎麼會不記得！」

「昨天其中一個兒子打電話給我。」

「一命？」

「對。老么，對吧？他問我可不可以來見我，他有話跟我說。他們現在住在亞利桑那州。」

「姨丈，一命是我的朋友，自從他們全家被拘禁後我就沒見過他。我可以參與這次會面嗎？拜託啦。」

「他暗示我那是一件私事。」

「他什麼時候來？」

「我再通知妳，阿爾瑪。」

十五天後，一命現身在海崖區的房子，穿著一套普通的深色西裝，打著黑領帶。阿爾瑪心臟飛速怦跳等著他，在他按門鈴前幫他開門並且擁抱他。阿爾瑪依舊比他高大，而且衝擊力量大到幾乎把他推倒。一命不知所措，因為很訝異看到她，也因為日本人對公開表達情感觀感不佳，他不知道如何回應如此的感情流露，但是阿爾瑪沒給他時間思考；她拉起他的手，把他拉到屋內，眼睛濕潤地重複叫著他的名字，才剛穿越過門檻，就在他嘴上直接親吻。伊薩克在書房，坐在最喜愛的單人沙發上，懷裡抱著已經十六歲的阿喵，一命的貓。他可以看見那一幕，感動之餘他躲在報紙後面，直到阿爾瑪終於引領一命到他面前。年輕女子讓他們單獨相處，並把門關上。

一命用簡短幾句話向伊薩克陳述家人的經歷，那一切伊薩克早已知曉，因為自從那通電話後，他已經盡可能調查福田家人的一切。他不僅知道高雄和查爾斯往生、詹姆斯被遣返祖國、遺孀和剩下兩個小孩生活貧困，他還做了些安排。一命給他唯一的新消息是高雄針對那把刀所留下的訊息。

「我為高雄過世感到相當遺憾。他曾是我的朋友和師父。我也為查爾斯和詹姆斯的遭遇感到難過。一命，沒有任何人動過你家族那把武士刀藏放的地方。你隨時可以把刀拿走，但是當初是以一個儀式埋藏，我想你父親會希望以同樣的莊嚴儀式讓它出土。」

「先生，當然。目前我沒有地方放這把刀。我可不可以把它放在這裡？時間不會太久的。但願。」

「那把刀為這個房子增添光彩，一命。你急著取回嗎？」

「它的位置是我祖先的神桌上，但是目前我們沒有房子也沒有神明桌。我、母親還有姊姊寄住在一間宿舍裡。」

「一命，你現在幾歲？」

「二十二。」

「你成年了，是一家之主。我和你父親曾經共有的生意該由你負責。」

伊薩克開始向目瞪口呆的一命解釋，一九四一年他曾和福田高雄合夥組成一家公司，目的是經營一座裝飾用花卉植物的苗圃。戰爭讓公司無法起步，但是他們兩人沒人終結已達成的口頭承諾，因此依舊有效。舊金山海灣東邊的馬丁尼茲有一塊適當的土地，他以相當好的價錢買下。那是兩公頃平地，肥沃且灌溉良好，有一間素樸但像樣的房子，福田一家人可以在那裡住到有更好的選擇出現。一命往後得非常辛苦工作才能讓事業順利起飛，像他和高雄協議的那樣。

「一命，土地我們已經有了。我會投資頭期資金來整地和播種，剩下的由你負責。以販賣的收益，你可以按自己的方式慢慢償付你的部分，不急也不需要付利息。時間到了，我們就把公司掛上你的名字。現在土地屬於『貝拉斯科—福田父子公司』。」

他沒對一命說，公司成立和土地購買不到一星期前才完成。四年後，一命去把公司過戶到他名下時才發現的。

福田一家人回到加州，並在離舊金山四十五分鐘距離的馬丁尼茲安頓下來。一命、惠美和秀子日以繼夜工作，終於有了第一批花卉收成。土地和氣候是他們最期待的兩樣好東西，只剩下把產品放到市場上了。秀子表現得比家中任何成員都更有膽識與活力。她在托帕茲營地開發了戰鬥和組織精神；在亞利桑那州讓家人有得吃穿，因為高雄在香菸和咳嗽發作之間幾乎無法喘息。她從不質疑身為人妻的命運，以極度的忠貞愛著丈夫，但是守寡對她而言是一種解脫。和兒女返回加州，面對兩公頃大的潛在前景時，她毫不遲疑地走在事業的前端。一開始惠美不得不服從她，拿起鐵鍬和耙子在田裡工作，腦子卻放在離農事非常遙遠的未來。一命熱愛植物，對粗重的工作擁有鋼鐵般剛強的意志力，但是對金錢卻不懂得講求實際也缺乏洞察力。他是個理想主義者，夢想家，心性喜歡書畫和詩詞，冥想的能耐遠遠高於做生意的才幹。直到他母親命令他洗去指甲上的泥土，穿上西裝、白色襯衫和有色彩的領帶——不准任何服喪裝扮——在小貨車上裝貨到城裡去，他才去販售自己在舊金山壯觀的花卉收成。

惠美列了一張最高貴花店的清單，秀子拿著清單挨家挨戶拜訪。因為很清楚自己日本農婦的外表和破爛的英文，她留在車子裡，一命則羞紅了耳朵去供應貨品。和金錢有關的一切都讓他不自在。根據惠美的說法，她弟弟不適合住在美國，他正經、簡樸、被動且謙卑；如果他能做主的話，他一定會套著遮羞布拿著托缽乞討食物，像印度高僧和預言家那樣。

那天晚上，秀子和一命駕著空蕩蕩的小貨車回到舊金山。秀子對他說：「這是我第一次也是最後一次陪你去，兒子。你要對這個家負責。我們無法吃下花朵，你得學會賣花。」一命試著把那個角色委託給他姊姊，但是惠美一隻腳已經踩在門口準備走人。他們意會到賣花獲得好價錢很簡單，並且估計，只要全家以最低的需求度日且不發生任何不幸，四或五年便可以付清土地的錢。而且伊薩克看過花卉收成之後向他們保證，他可以拿到和費爾蒙酒店的合約，由他們負責供應新鮮花束給這家以櫃檯大廳和客廳裡壯觀花藝而聞名的飯店。

走了十三年厄運後，這個家庭終於開始起飛；那時惠美宣布自己已經三十歲，是開始走自己道路的時候了。那幾年，博伊德結了婚也離了婚，成為兩個小孩的父親，他再度懇求惠美到夏威夷去，他的機械廠和卡車車隊已在那裡大展鴻圖。她回覆：「忘掉夏威夷吧，如果你想和我在一起，得要在舊金山。」她決定去唸護理。在托帕茲營地她處裡了幾次生產，每次接生一個剛出生的嬰兒，她都感到同樣的欣喜若狂，像極了她可以想像的神蹟顯靈。不久前，由醫生和外科醫生掌控的助產工作開始委託給產婆，而她想在這項專業打前鋒。她被接納攻讀一個護理師和女性健康的課程，好處是課程免費。接下來的三年，博伊德繼續從遠距離熱烈追求她，深信一旦她拿到學位就會和他結婚，前去夏威夷。

阿爾瑪，這看起來不可思議：惠美決定退休了。她花了很多心力拿到學位，又這麼熱愛她的職業，我們以為她永遠不會退休。我們估計，在四十五年的時間裡，她為這世上帶來大約五千五百名嬰兒。如她所說，那是她對人口爆炸的貢獻。她年滿八十歲，十年前開始守寡，有五個孫子，是該休息的時候了，但是她腦子裡卻想要經營餐飲生意。家裡沒人了解這件事，因為我姊姊連煎個荷包蛋都不會。我有幾個鐘頭的空閒可以畫畫。這次我不再創作畫了那麼多次的托帕茲景色。我正在畫日本南部山中的一條小徑，靠近很古老又偏僻的一座廟。我們得一起回去日本，我想帶妳看看那座廟。

一

二〇〇五年十一月二十七日

愛

一九五五那年對一命而言不僅僅是努力和汗水而已，也是他的情愛之年。阿爾瑪放棄了回波士頓、成為第二個薇拉．諾依曼以及環遊世界的計畫。她唯一的人生目標是和一命在一起。田裡工作結束後，他們幾乎每天傍晚在離馬丁尼茲九公里處公路上的一間汽車旅館碰面。阿爾瑪總是先到，把房間錢付給一個以強烈藐視態度從頭到尾仔細打量她的巴基斯坦職員。她高傲且蠻橫地盯著對方的眼睛，看到那男人垂下眼光、把鑰匙交給她為止。同樣這一幕，從星期一重複到星期五。

在家裡，阿爾瑪宣稱自己在柏克萊大學上夜間課程。對自詡有先進思維且可以和他的園丁經營生意並建立友誼的伊薩克而言，不可能接受家裡有人和福田家成員有親密關係。莉莉安的想法則是，阿爾瑪將和猶太人圈內的一位男子漢結婚，就像瑪莎和莎拉那樣，那沒什麼好討論的。唯一知道阿爾瑪祕密的是納坦尼爾，而他也不贊同。阿爾瑪沒向他提起旅館的事，他也沒問，因為他寧可不知道細節。他無法繼續把一命當作是表妹的一時興致，不再認為阿爾瑪一見到一命就會失去興致；但是他希望阿爾瑪某天會了解，他們沒有任何共同的東西。除了松樹街的武術課程，他不記得自己在童年和一命的關係。自從他開始上中學並結束閣樓上的話劇，他就很少看到對方，儘管一命經常到海崖區和阿爾瑪玩耍。

福田一家人回到舊金山後，父親派他把苗圃要用的錢交給一命，他有兩次短促機會和一命在一起。他不懂表妹在一命身上看到什麼鬼：一命是個沒什麼料的人，經過時不會留下痕跡，完全不是那種強壯有自信，能駕馭阿爾瑪這麼複雜女人的男人。他確信，縱使一命不是日本人，自己對他的看法仍然一樣；和種族一點關係都沒有，而是個性的問題。一命缺乏男人身上必要分量的野心和好鬥，反觀他自己，得憑意志力去開發這一切。他很清楚記得自己充滿畏懼的那幾年，記得學校的風暴，也記得費盡苦心攻讀一個需要使壞心眼的專業，而那正是他所欠缺的。他感謝父親慫恿他跟隨自己的腳步，因為當律師讓他變堅韌，取得了鱷魚皮，可以獨當一面往前進。

「那是你所想的，納坦，但是你不了解一命，也不了解你自己。」他向表妹解釋自己對男子氣概的理論時，阿爾瑪這樣回答。

未來幾年，當阿爾瑪想以極端力道抽掉愛情和愛慾，並以忠貞的懺悔替代時，支撐她的是和一命在汽車旅館相聚那幾個幸福月分的回憶，那家為了角落跑出來夜遊的蟑螂而無法關燈的旅館。跟著一命，她發現了愛情和歡愉的多重細膩之處，從無法遏抑又急迫的熱情，到激動情緒讓他們提升且靜止不動的那些神聖時刻，在那神聖時刻，他們面對面躺在床上，長久看著彼此的雙眼，感激自己的幸運，因為已經探觸到彼此靈魂的最深處而謙卑，因為已經脫離所有虛假並完全脆弱地躺在一起而淨化，他們如此欣喜若狂，已經無法辨識歡樂和悲傷，無法分辨生命的興奮和為了不再分開而死在那裡的甜蜜誘惑。阿爾瑪因為愛情魔力而遠離世界，她可以無視內心的聲音，那聲音警告她後果，同時呼喊她回歸次序，並且要求她謹慎行事。他們活著只為了當日的相會，沒有明天也沒有昨天，重要的只有卡住的窗戶、霉味、破損的床單和風扇發出恆久隆隆聲的那間污穢房間。只有他們兩人存在，只有跨過門檻後鑰匙插進房門前的第一個飢渴之吻，站立時的愛撫，只有順手剝衣讓衣物隨處掉落，赤裸的顫動身軀，只有感受對方的溫熱、味道和氣味，皮膚和頭髮的質地，只有迷失在渴望中直到精疲力盡為止的絕妙，只有擁抱著打盹一會兒又重燃歡愉、再次歡鬧、嘻笑、說知心話、重返親密關係那美妙宇宙的絕妙。一命能夠讓一株垂死植物回生或閉著眼睛修理手錶的綠手指，揭露了阿爾瑪身上瘋狂又饑渴的天性。她開心地給他驚喜、挑釁他、看他尷尬又愉悅地臉紅。她生性大膽，而他謹慎小心，她高潮時很吵，他摀住她的嘴。她會想到一大串浪漫、熱情、奉承又齷齪的話，吹送到他耳邊，或在緊急書信中寫給他；他則保持自己個性和文化教養中特有的不多話。

阿爾瑪沉溺在愛情無意識的歡樂中。她自忖為什麼沒人感受到一命皮膚的光澤，他雙眼無底的深邃、他腳步的輕盈、他聲音裡的柔弱、她無法也不想控制的炙熱能量。那個年代她在日記裡寫著，她輕飄飄走著，在皮膚上感受到礦泉水的氣泡，體毛高興地豎起；寫著，她的心臟像顆氣球般漲大，就要爆破，但是在那顆膨漲的巨大心臟裡只能容下一命，其他人類都已模糊；寫著，她光著身子在鏡子前研讀自己，想像一命自玻璃的另一邊觀看她，欣賞她的長腿、有力的雙手、暗色乳頭的堅挺胸部、從肚臍到陰部有一條細微黑毛線條的平坦腹部、上色的雙唇、貝督因人的皮膚；寫著，她睡覺時臉部陷入他一件充滿園丁、腐植土和汗水味道的汗衫裡；寫著，她摀住耳朵回想一命緩慢又輕柔的聲音，回想一命和她誇張又喧鬧的大笑形成對比的遲疑笑容，回想他謹慎的建議、對植物的解說、覺得用英文說出來枯燥無味而以日文說出的愛語，回想看到她拿出來的設計圖和她模仿薇拉·諾依曼的計畫時他驚訝的呼喊，不過他卻片刻也不曾惋惜，在她出現在他生命裡，獨占他所有空閒時間並耗盡他所有氣息之前，真正擁有天分的他在田裡粗野工作後爭取到的兩小時空檔也幾乎無法畫畫。阿爾瑪對感受被愛的需求貪得無厭。

過往的足跡

一開始，阿爾瑪和雷尼這個剛到雲雀之家的朋友規劃好，要享受舊金山和柏克萊的文化生活。他們上電影院、劇院、聽音樂會、看展覽，體驗異國風情的餐廳，帶小狗散步。阿爾瑪三年來頭一遭重返家族在歌劇院裡的專用包廂，但是她的朋友沒弄清楚第一幕的複雜劇情，在第二幕托斯卡把一把餐桌上的刀子插入斯卡皮亞心臟前就睡著了。他們不再看歌劇。雷尼的轎車比阿爾瑪的舒適，他們經常到納帕酒鄉享受如詩般的葡萄園景色同時品酒，或到波里那斯呼吸鹽味空氣並大啖生蠔，但是最後他們厭倦靠著意志力努力維持青春活躍，漸漸屈服於休憩的誘惑。他們不再做需要移動、尋找停車位和保持站立的外出活動，取而代之的是看電視播放的影片，在公寓裡聽音樂，或帶一瓶粉紅香檳拜訪凱西，好搭配凱西擔任漢莎航空空服員女兒從旅途帶回來的灰色魚子醬。雷尼在疼痛診所裡幫忙，教導患者用潮濕的紙張和牙用黏合劑製作阿爾瑪話劇要用的面具。他們在圖書館裡閱讀度過午後時光，那是唯一算是安靜的公共區域；噪音是群居生活其中一個不便之處。如果沒得選擇，他們就在雲雀之家飯廳裡，在羨慕阿爾瑪好運氣的那些女人細察下用餐。伊琳娜覺得自己被取代，儘管有時候他們會帶她一起外出；對阿爾瑪而言，她已經不是必不能少的人。

「伊琳娜，那是妳的想法。雷尼根本沒和妳競爭。」賽斯安慰她，但是他也擔心，如果祖母縮短伊琳娜每週的工作時數，自己將減少看到她的機會。

那天下午，阿爾瑪和雷尼一如往常坐在花園裡回憶過往，伊琳娜在距離不遠的地方拿水管幫蘇菲亞洗澡。兩年前，雷尼在網路上看到一個專門救援羅馬尼亞流浪犬的組織，那個國家街道上流浪犬成群悲情遊蕩，該組織把狗送到舊金山，交給愛狗人士領養。蘇菲亞一邊眼睛有塊黑色斑塊的臉吸引住他，他沒再多想，就在網路上填寫申請書，寄出需要的五塊錢，並在隔天去接牠回來。描寫特徵時他們忘了提到小狗缺一條腿。牠用剩下的三條腿過著正常生活，事故的唯一後遺症是牠會破壞任何有四隻腳東西的其中一隻腳，但是雷尼用貨源不斷的塑膠玩偶解決問題；母狗一把某個玩偶弄成獨臂俠或瘸腿，雷尼會再給牠一個玩偶，他們就這樣相安無事。而小母狗個性上唯一的弱點是對主人不忠。牠迷上凱瑟琳，稍有機會開脫，牠就會像顆子彈一樣跑去找凱西，跳進她的懷裡。小母狗喜歡坐在輪椅上兜風。

蘇菲亞在水管水柱下安靜不動，伊琳娜一邊用羅馬尼亞語對牠說話掩飾意圖，耳朵也注意聽著阿爾瑪和雷尼的對話，打算把對話內容轉達給賽斯。她覺得自己窺探他們很無恥，但是研究阿爾瑪的祕密已經讓她和賽斯上了癮。阿爾瑪告訴過她，因此她知道阿爾瑪和雷尼的友誼誕生於一九八四年，納坦尼爾過世那一年，不過只維持了幾個月，但是當時的情況使這份友誼深厚緊密，讓他們在雲雀之家再次碰頭時，能夠像從沒疏離過那樣敘舊。那時阿爾瑪向雷尼解釋，七十八歲的她疲於從少女以來不斷允諾人群及履行規矩，因而放棄了貝拉斯科家族的女主人身分。她在雲雀之家三年，越來越喜歡那個地方。她說，她把那當作自我贖罪，像是為她生命中的特權、虛榮和物質主義付出代價。最理想的是在一家禪修修道院度過餘生，但是她不吃素，打坐讓她背痛，因此在寧願看她剃光頭住在達蘭薩拉的兒子和媳婦的惶恐下，她選擇了雲雀之家。在雲雀之家她很舒服，沒捨棄任何最重要的東西，必要的時候可以回家，她離海崖區不過三十分鐘時間，儘管她只在家庭聚餐時才回去和家人在一起，她從來不覺得那是自己的家，因為那裡原是屬於公公婆婆，後來屬於兒子和媳婦。一開始她在雲雀之家不和任何人說話，像是單獨住在一間二等旅館裡，但是隨著時間過去，她結交了幾個朋友，而自從雷尼到來，她覺得更有人陪伴了。

「阿爾瑪，妳可以選擇比這裡更好的地方。」

「我不需要更多了。我唯一缺乏的是一座冬天的壁爐。我喜歡看火，火像是大海的波濤。」

「我認識一個寡婦，她在郵輪上度過人生最後六年。船隻一在最後停泊處靠岸，她的家人就給她另一張環遊世界的船票。」

「我兒子和媳婦怎麼沒想到呢？」她大笑。

「那樣的好處是，如果妳死在深海區，船長會從船舷把屍體丟出去，妳的家人可以省下葬禮。」雷尼補充說明。

「雷尼，在這裡我很好。我正在發現，一旦脫下裝飾品和束縛的我到底是誰；那是個相當緩慢的過程，但是很有用。大家在遲暮之年都應該要這樣做。如果我是個有紀律的人，會想辦法贏過我的孫子，寫下自己的回憶錄。我有的是時間、自由和安靜，這些是我以前的紊亂人生裡從來沒有的東西。我在為死亡做準備。」

「那還要很久，阿爾瑪。我看妳依舊光鮮亮麗。」

「謝謝。應該是因為愛。」

「愛？」

「可以說我心裡有個人。你知道我指的是誰：一命。」

「不可思議！你們在一起幾年了？」

「嗯，讓我算算……從我們兩人快八歲起，我就愛他，但是我們從一九五五年成為情人，五十八年了，中間有幾次長時間間斷過。」

「妳為什麼和納坦尼爾結婚呢？」

「因為他想保護我，而那時我也需要他的保護。你回想一下，他是個多麼高貴的人。納坦協助我接受一件事實：有些力量強過於我的意志力，甚至強過於愛情。」

「阿爾瑪，我很想認識一命。他來看妳時，通知我。」

「我們之間的事還是祕密。」她紅著臉回答。

「為什麼？妳的家人會懂的。」

「不是為了貝拉斯科家族，而是為了一命的家人。為了尊重他的妻子、兒女和孫子。」

「過了這麼多年，他的妻子得要知道了，阿爾瑪。」

「她對別人的暗示一向佯作不知。我不想要她受苦，一命也不會原諒我的。況且，這也有好處。」

「什麼好處？」

「首先，我們從來不必為了家務事、小孩、金錢以及情侶面對的其他更多問題爭吵。我們在一起只為了相愛。而且，雷尼，地下情脆弱又美麗，應該被捍衛。你比任何人都更清楚。」

「阿爾瑪，我們兩個早生了半個世紀。我們是禁果關係的專家。」

「我和一命很年輕時有個機會，但是我不敢。我被束縛在固有觀念裡，無法捨棄安全感。那是五〇年代，世界很不一樣。你記得嗎？」

「我怎麼會不記得？這樣的關係幾乎不可能。妳還是會後悔的，阿爾瑪。偏見可能早就毀了我們也殘害了愛情。」

「一命知道，卻從來沒要求我公開戀情。」

兩人沉浸在長長的停歇裡，觀看蜂鳥熱切地在一叢燈籠海棠上盤旋。正當伊琳娜自覺地放慢步調，用毛巾擦乾蘇菲亞並為牠梳理之際，雷尼告訴阿爾瑪，他很遺憾幾乎三十年沒見到她。

「我得知妳住在雲雀之家。這個巧合迫使我相信命運，阿爾瑪，因為好幾年前我登記在候補名單裡，比妳來之前早許多。我遲遲沒決定來拜訪妳，是因為不想挖出死去的回憶。」

「回憶沒有死去，雷尼。那些回憶現在比任何時候都來得鮮明。上了年紀就會這樣：過往的故事活了過來，黏在我們皮膚上揮之不去。我很高興接下來幾年我們會一起度過。」

「不是幾年，而是幾個月，阿爾瑪。我有一顆無法動手術的腦部腫瘤，不久後就會出現明顯的症狀。」

「我的天！真的很遺憾，雷尼！」

「為什麼呢？阿爾瑪，我活夠了。侵入性治療可以維持久一點，但是那不值得經受。我很膽小，怕痛。」

「我很訝異雲雀之家接受了你。」

「沒人知道我有什麼病，也沒有傳開來的道理，因為我不會占用這裡太久。情況開始惡化時我會自我了結。」

「你怎麼會知道是否惡化呢？」

「現在我會頭痛，感到虛弱，有點遲鈍。我已經不敢從事我一生熱愛的自行車運動，因為我摔了好幾次。妳知道我有三次騎著自行車從太平洋穿越美國到大西洋嗎？我想享受剩下的時間。之後會有嘔吐、步行和說話困難等現象，我的視力會變差，會痙攣……但是我不會等那麼久的。我得在頭腦清醒時做點事。」

「雷尼，我們的人生過得真快！」

伊琳娜對雷尼的表白並不訝異。雲雀之家最清醒的住民都會很自然地討論自願性死亡。根據阿爾瑪的說法，地球上有過多的老人活超過生物必要的時間，也超過經濟上的可能供應，要求他們持續囚困在一尊疼痛的身軀裡或一顆沒希望的心裡是沒意義的。「開心的長者很少，伊琳娜。大部分的人生活貧困，沒有健康也沒有家人。這是生命中最脆弱也最艱困的階段，比童年更脆弱更艱困，因為隨著日子過去會更糟，擁有的未來只有死亡。」伊琳娜和凱西聊過這件事，女醫生堅信不久後將可以選擇安樂死，那會是一種權利而不是罪行。凱西證實，雲雀之家好幾個人都為有尊嚴的離去做好必要的準備；儘管了解下那種決定的理由，她自己還是沒有意圖那樣離開。「伊琳娜，我和長久的病痛一起活著；如果我不去注意還可以忍受。最糟糕的是手術後的復健。那時甚至連嗎啡也無法減輕疼痛，唯一對我有幫助的是知道那不會永久持續。一切都是暫時的。」伊琳娜猜想，雷尼因為他的職業拿到的藥物，會比泰國來的那些用咖啡紙包裝且沒有標示的藥物更有效。

「我心裡很平靜，阿爾瑪。」雷尼繼續說：「我享受人生，特別是妳我一起共度的時光。很久以前我就開始準備了，這件事並非出乎我意料。我已經學會關注身體。身體透露一切訊息給我們，只需要聆聽罷了。被診斷出來前，我早就知道我的病，我知道任何治療都沒用。」

阿爾瑪問他：「你害怕嗎？」

「不怕。我想，死後和出生前是一樣的。妳想呢？」

「有點兒一樣……我想像死後和這世界沒有關聯了，沒有痛苦、個性、記憶，彷彿這個阿爾瑪・貝拉斯科不曾存在過一樣。或許有東西是超越死亡的：靈魂，人的本質。但是我坦白對你說，我害怕脫離這個軀體，我希望那時一命和我在一起，或是納坦尼爾來接我。」

「如果像妳說的，靈魂和這個世界沒有關聯，我看不出來納坦尼爾怎麼可能來接妳。」

「的確。那是個矛盾。」阿爾瑪笑了起來。「雷尼，我們如此緊抓住生命！你說你膽子小，但是需要勇氣才能與一切道別，才能跨越我們不知通往哪裡的門檻。」

「所以我來到這裡，阿爾瑪。我不相信我自己辦得到。我想妳是唯一可以幫助我的人，當死亡時刻到來，我唯一可以要求和我在一起的人就是妳。這個要求過分嗎？」

昨天，阿爾瑪，我們終於可以碰面慶祝我們的生日時，我發覺妳心情不好。妳說，不知道為什麼，我們突然走到七十歲了。妳怕我們的身體出問題，而妳叫那是老年的醜態，儘管妳現在比二十三歲時更美。我們並不因為滿七十歲而變老。從出生那一刻，我們就開始衰老，我們一天天改變，生命是不間斷的順流。我們在變化。唯一的不同是，現在我們稍微更接近死亡。而那有什麼不好呢？愛情和友誼是不會衰老的。

—

二〇〇二年十月二十二日

光與影

阿爾瑪這把年紀已經受到腦部衰弱威脅，她為了孫子的書練習有條理地回憶，對她很有幫助。過去她心不在焉，無法找到想要搶救的確切細節，但是為了給賽斯滿意的答覆，她專注地用條理秩序重建過去，而不是像她和雷尼在雲雀之家的空閒時光裡所重建的那樣跳躍無章。她假想不同顏色的盒子，每個盒子代表她生命的每一年，並且把她的經驗和感覺放在裡面。她把盒子堆放在有三個分櫃的大衣櫃裡，她七歲時在姨丈姨媽家嚎啕大哭的地方。虛擬的盒子裝滿了思念和幾絲懊悔，裡面隱密藏放著童年的恐懼和想像、年輕時的叛逆，以及成年後的傷痛、辛勞、熱情和愛戀。她試著原諒造成他人痛苦之外的自己所有錯誤，因此她以輕鬆的心情拼湊生平的碎片，並以些許想像當調味料調理那些碎片，允許自己誇張與造假，因為賽斯並不能反駁她自己的回憶錄。她這麼做是把它當作想像力的練習，出於渴望說謊的意味不大。然而，她為自己把一命藏起來，沒有想到伊琳娜和賽斯會在背後調查她生命中最珍貴也最私密的事，她唯一無法透露的事，因為如果她說了，一命就會消失，那樣她就再也沒有繼續活下去的理由。

伊琳娜是阿爾瑪飛往過去那趟旅行的副手。照片和文件都由伊琳娜經手，是她把這些東西分類，是她慢慢讓相簿成冊。阿爾瑪在死胡同左顧右盼時，伊琳娜的發問讓幫助她走回正路；她就這樣漸漸清醒，為自己的生命下定義。伊琳娜沉浸在阿爾瑪的生命中，彷彿兩人身處在一部維多利亞時代的小說：家世好的夫人和陪伴她的仕女困頓在一間鄉間小屋裡，厭倦了那沒完沒了的午茶。阿爾瑪聲稱大家都擁有一座可遮風避雨的心靈祕密花園，但是伊琳娜不想窺探自己內心，她寧願以阿爾瑪討人喜愛的花園替代自己的那一座。她認識從波蘭來的憂鬱小女孩、波士頓的年輕阿爾瑪、藝術家和妻子，她知道阿爾瑪最喜愛的洋裝和帽子，知道阿爾瑪確立風格前在裡面以畫筆和色彩獨自做實驗的第一間工作室，知道阿爾瑪貼滿紋身貼紙的破舊皮箱，那些皮箱過時得已經沒有人在用了。這些影像和經驗清澈、精確，宛如她曾在那些年代裡活過，伴隨阿爾瑪一步一步走來。她覺得很神奇，言語或一張照片喚醒的回憶，就足以讓那些影像變成真，讓她可以據為己有。

阿爾瑪曾是個活力充沛的女人，非常無法容忍自己的弱點，對他人的弱點也一樣；但是歲月慢慢柔和軟化她，她對他人和對自己都比較有耐心了。早上醒來時她得慢慢伸展肌肉避免抽筋，她會對自己說：「如果我哪裡都不痛了，那代表我死著醒過來。」她的身體大不如前，得想辦法避免走樓梯，或聽不到一個句子時猜測那句話的意思。做每一件事都讓她更吃力更花時間，有些單純是她再也辦不到了，像是夜間開車、替車子加油、打開水瓶的蓋子、提市場的袋子。那些事她需要伊琳娜幫忙。不過，她的頭腦很清醒，只要不陷入令她失序的誘惑，她能清楚記得現在和過去；她的注意力和推理不會出差錯。她還可以作畫，對色彩有同樣的直覺；她去工作室，但是畫得很少，因為她感到疲倦，寧可把工作委派給克絲汀和助理。她沒提自己的侷限，而是不動聲色地面對，但伊琳娜都看在眼裡。阿爾瑪討厭老人沉迷於自己的疾病和病痛，沒人會對那種議題感興趣，甚至連醫生也沒興趣。

她曾說過：「有個看法大家都知道，卻沒人敢公開談：我們老人是多餘的，我們占用了有生產力的人需要的空間與資源。」

很多照片中的人她無法辨識，他們是可以從過去裡刪除的過客。但是在伊琳娜貼在相簿裡的照片中，她可以體會到生命各個階段，在生日、派對、假期、畢業典禮和婚禮中的歲月腳步。都是歡樂的時刻，沒人會拍攝痛苦時刻的影像。阿爾瑪很少出現在照片裡；但是在初秋，伊琳娜有機會更清楚地欣賞阿爾瑪曾是怎樣的女性。納坦尼爾拍攝她的攝影作品是貝拉斯科基金會的部分資產，舊金山的小藝術圈發現了這些照片。因為這些肖像照，一家報社稱阿爾瑪是「全城被拍攝得最好的女人」。

前一年聖誕節，一家義大利出版社發行了納坦尼爾的精裝版攝影選集。幾個月後一個腦筋動得快的美國經理人在紐約舉辦了一場展覽，另外在舊金山吉瑞街最負盛名的藝廊也舉辦了一場。阿爾瑪拒絕參與那些計畫，也不和媒體談話。她說，她寧可大家看到當年的模特兒，而不是現在的老人，但是對伊琳娜坦承那不是虛榮而是謹慎。她沒有力氣重新檢視自己過去的那段時期；她害怕肉眼看不到，但是相機可以揭露的東西。然而賽斯的頑固終於戰勝她的抗拒。她的孫子參觀那家藝廊好幾次並且震撼不已。他不容許阿爾瑪錯過展覽，他認為那對緬懷納坦尼爾是種污辱。

「為了爺爺去看展吧，如果妳不去，他會在墳墓裡輾轉難眠。明天我過來接妳。叫伊琳娜陪我們去。妳和她會抱走一個驚喜。」

他說的話有理。伊琳娜曾匆匆翻閱過義大利出版社的選集，卻沒能讓她做好心理準備去接受那些大幅肖像作品帶來的衝擊。因為三人無法塞進阿爾瑪的車或賽斯的摩托車，他開家裡那輛笨重賓士載她們去。時間是下午中段的一個死寂時刻，他們想藝廊在那時間不會有民眾。他們只遇到一個躺在門前人行道上的流浪漢，以及一對澳洲觀光客，一個像中國陶瓷娃娃的負責人意圖對這兩個觀光客兜售東西，根本沒注意到剛抵達的人。

納坦尼爾在一九七七年到一九八三年間拍下妻子倩影，用的是可以清晰捕捉微小細節的一架最早期拍立得二十乘二十四相機。貝拉斯科不屬於他那一代的卓越專業攝影師，認定自己是業餘，但他是少數有足夠資產買得起相機的人。此外，他還有個特別的模特兒。阿爾瑪對丈夫的信任讓伊琳娜很感動；看到那些肖像作品時她覺得難為情，彷彿褻瀆一場私密又赤裸的儀式。藝術家和模特兒之間沒有分野，他們牢牢勾住一個打不開的結，從那共生現象催生出肉體官能但沒有情色意味的相片。相片裡好幾個姿勢全裸，阿爾瑪態度自然，不自覺正在被觀察。某些影像有股飄逸、半透明的特殊氛圍，女體消失在相機後面男人的夢中；其他較寫實的影像裡，阿爾瑪獨自站在鏡子前，以女人的平靜好奇心面對納坦尼爾，她悠然自得，沒有任何保留，讓人看見她腿上的靜脈，一個剖腹產疤痕，以及被生命刻畫半世紀的臉孔。伊琳娜無法表達自己的慌亂，但是了解阿爾瑪不願意自己被丈夫寫實鏡頭公諸於世的保留態度，看來是一種比夫妻之愛更複雜更邪惡的感情把他們結合在一起。阿爾瑪巨大又屈從地展現在藝廊的白色牆壁上。那女人引起伊琳娜畏懼，那對她來說是個陌生人。她的喉嚨哽塞，或許受她情緒感染的賽斯拉起她的手。這次，她沒把手抽回。

觀光客沒買任何東西就離去，而那個中國娃娃貪婪地轉向他們。她自我介紹名叫美莉，開始用一段準備好的台詞煩他們，內容是關於拍立得相機、納坦尼爾・貝拉斯科的技巧和意圖、光與影、法蘭德斯油畫的影響。阿爾瑪聽得津津有味，默默地點頭贊同。美莉並沒有把這位白髮女人和肖像作品的模特兒聯想在一起。

接下來的星期一，結束雲雀之家的輪班工作後，伊琳娜去找阿爾瑪，要帶她再去看一次電影《林肯》。雷尼離開幾天去聖塔芭芭拉，伊琳娜暫時恢復她的文化參事職務，雷尼來到雲雀之家並篡取那份殊榮前，阿爾瑪是那樣稱呼她的。她們幾天前只把那部電影看了一半，因為阿爾瑪胸口感到刺痛，痛到哀叫一聲，她們得離開放映廳。她徹底拒絕想要求援的放映廳負責人，因為救護車和醫院讓她覺得比就地死亡還糟糕。伊琳娜載她回雲雀之家。阿爾瑪把自己嬌小汽車的鑰匙借給她讓她開車有好一陣子了，純粹因為伊琳娜拒絕以乘客身分冒上生命危險；阿爾瑪視力變差，雙手顫抖，面對繁忙交通的膽識卻有增無減。途中她的胸口疼痛漸漸消散，但抵達時她面無血色，臉色鐵灰，指甲轉為青藍。伊琳娜協助她就寢，沒取得她的認可便叫來凱瑟琳；比起院方特派醫師，伊琳娜更信任她。凱西坐著輪椅快速前來，以一貫的關懷與照料為她做檢查，確定阿爾瑪必須盡快去看心臟科醫師。那個晚上，伊琳娜把公寓沙發當臨時床，留下來陪她，結果那沙發比她在柏克萊房間地板上的床墊還舒服。阿爾瑪安穩地睡覺，阿喵躺在她腳邊，但是她早晨醒來時沒什麼精神，那是伊琳娜認識她以來，她第一次決定在床上過一整天。

「明天妳要強迫我起床，伊琳娜，聽到沒？不可以讓我躺著喝茶或看本好書。我不要淪落到穿著睡衣和拖鞋過日子。鑽進床上的老人是不會再站起來的。」

她忠於所言，隔天努力一如往常開始一天的生活，不再提起那虛弱的二十四小時，而心裡有其他事的伊琳娜很快就忘記那件事。不過，凱瑟琳建議在看專科醫生前別讓阿爾瑪無所事事，但是阿爾瑪卻想方設法延遲就醫。

這次她們看電影期間沒有意外，離開電影院時還心繫林肯，也心繫扮演那角色的演員，不過阿爾瑪疲憊不堪，兩人因此決定返回公寓，取代先前去餐廳吃飯的計畫。抵達後，阿爾瑪在兩次喘息間宣稱她冷，並且馬上就寢，那時伊琳娜還在準備燕麥加牛奶當晚餐。她靠在枕頭堆裡，肩上罩著一條祖母披肩，看起來像是比幾小時前少了五公斤也多了十歲。伊琳娜以為她勇健無比，因此到那天晚上以前一直沒注意到，最近幾個月她改變很大。她體重掉了，風霜臉上的黑紫眼圈讓她看起來像隻浣熊。她已經不是直挺走路，也不是穩穩踏步，從椅子上起身時會搖晃，在街上會挽著雷尼的手臂，有時候會毫無緣由驚醒或是感到迷失方向，猶如身處陌生的國度裡。她很少去工作室，最後決定解雇那些助理，她買漫畫書和糖果安慰克絲汀，彌補自己的缺席。克絲汀的情緒安穩端視她的日常作息和受到的關愛而定；只要沒有任何事情改變，她就開心。她住在她哥哥嫂嫂的車庫上方一個房間裡，三個自己協助帶大的侄子姪女寵愛著她。她在工作日總是在正午搭上同一部公車，公車會在離工作室兩個街區的地方讓她下車。她以自己的鑰匙開門，開窗通風，打掃，在寫著她名字的導演椅上坐下，那是她滿四十歲時侄兒們送的禮物，她會吃下帶在背包裡的雞肉或鮪魚三明治。之後，她會準備布料、畫筆和顏料，煮用來泡茶的開水，眼睛盯著門口等候。如果阿爾瑪不想來會打手機給她，她們會聊一會兒，阿爾瑪會派給她可以忙到五點的工作，那是克絲汀關上工作室、前往公車站準備回家的時間。

一年前，阿爾瑪估算自己會這樣一成不變地活到九十歲，但是她現在已經不那麼確定了；她懷疑死神已經漸漸接近。以前她感覺死神在鄰近區域散步，後來聽到死神在雲雀之家的角落呢喃，現在卻已鑽進她的公寓來了。六十歲時，她想像死神是和她無關的抽象物；七十歲時，她認為死神是個遙遠容易被遺忘的親戚，不會被提起，但是有一天將無情來訪。然而，八十歲之後，她開始熟悉死神，開始和伊琳娜談死。她到處看得到死神，有時候是公園裡一棵被撂倒的樹木，有時候是一個被癌症剝光皮的人形，有時候是她父母親過街的模樣；她可以認得出他們，因為他們和但澤那張照片裡一模一樣。有時候是在床上平靜死去的哥哥，第二次死亡的塞謬爾。姨丈伊薩克出現在她面前時很有活力，像是他心臟有問題之前那樣；莉莉安姨媽偶爾會在清晨的驚醒時分前來問候她，模樣和當時接近生命末期時一樣，一個穿著淡紫色衣服的矮小老女人，眼盲、耳聾但幸福，因為她以為先生牽著她的手。

「伊琳娜，妳看牆壁上那個影子，妳不覺得那是個男人的剪影嗎？一定是納坦尼爾。女孩，別擔心，我沒失智，我知道那只是我的幻想。」她對伊琳娜談起納坦尼爾，談他的良善、他解決問題和處置困難的才華，談他是怎麼曾經是也繼續是她的守護天使。

「那不過是一種說法，伊琳娜，肉身天使並不存在。」

「當然存在呀！如果我沒有兩個守護天使，我早就死了，或許早就犯了罪被關在牢裡。」

「妳怎麼會有這種想法，伊琳娜！在猶太人傳統裡，天使是上帝的信差，不是人類的保鏢，但是我信賴我的保鏢納坦尼爾。他總是照顧我，先像個大哥，後來像個完美丈夫。我永遠無法償還他為我做的一切。」

「阿爾瑪，妳和他當夫妻幾乎三十年，有一個兒子和孫子，一起在貝拉斯科基金會工作，他生病時妳照顧他，扶持他到最後。他一定也這麼想，他無法償還妳為他做的一切。」

「納坦尼爾值得更多愛，比我給他的更多，伊琳娜。」

「也就是說，妳愛他更像愛哥哥，不像愛丈夫？」

「朋友、表哥、哥哥、丈夫……我不知道差別在哪。我們結婚時有些閒言閒語，因為我們是表兄妹，當時那被認為是亂倫，我想現在還是。我想我們的愛一直是不倫的愛。」

威爾金斯探員

十月第二個星期五，榮恩．威爾金斯出現在雲雀之家找伊琳娜。他是美國聯邦調查局的探員，非裔美國人，六十五歲，體型壯碩，頭髮灰白，雙手強烈表達出性格。伊琳娜驚訝地問探員怎麼找到她的，威爾金斯提醒她，消息靈通是他工作的絕對必要條件。他們三年沒見面了，但是經常通電話。威爾金斯偶爾打電話給她了解她的狀況。「我很好，別擔心。過去已經過去了，我已經不記得那一切了。」那是女孩不變的回覆，但是兩人都知道那不是真的。伊琳娜認識他時，威爾金斯舉重選手般的肌肉像是就要撐破西裝；十一年後，肌肉變成了脂肪，但依舊給人他年輕時結實與活力的印象。他告訴伊琳娜，他當祖父了，也拿孫子的照片給她看，那是膚色比祖父白許多的兩歲男孩。「他父親是荷蘭人。」威爾金斯以解釋的口氣說，儘管伊琳娜沒問。他補充說明，以他的年紀該退休了，事實上那是局裡的規定，但是他捨不得工作。他沒辦法退休，繼續調查著大半工作生涯所關注的罪行。

探員在上午十時左右抵達雲雀之家。他們在花園裡一張木長椅坐下來，喝淡而無味的咖啡，這咖啡在圖書館裡隨時喝得到，但是沒人喜歡。一陣薄弱水氣從夜間被露珠潤濕的泥土裊裊升起，空氣開始在秋天蒼白的太陽裡變得溫熱。他們單獨在一起，可以安心談話。某些住民已經在晨間課堂上，但是大部分的人都晚起。只有園丁工頭維克多．維卡什夫，這個從十九年前就在雲雀之家工作，外表長得像韃靼戰士的俄國人在菜園裡哼唱，凱西坐在電動輪椅上飛速通過，往疼痛診所前進。

威爾金斯告訴伊琳娜：「我帶來好消息給妳，伊莉莎貝塔。」

「好幾年沒人叫我伊莉莎貝塔了。」

「當然。抱歉。」

「請記住現在我是伊琳娜．巴濟利。是你幫我選擇這個名字的。」

「孩子，告訴我。妳生活過得如何？妳在做治療嗎？」

「威爾金斯先生，我們要務實一點。你知道我賺多少嗎？根本不夠我付給諮商心理師。郡政府只付三次諮商，我已經用光了，但是，就像你看到的，我沒自殺。我過著正常的生活，工作，也考慮透過網路上課。我想學治療按摩；對我這種雙手強有力的人，那是個不錯的工作。」

「妳有做醫療監督嗎？」

「有。我正在服用一種抗憂鬱的藥。」

「妳住在哪裡？」

「柏克萊，一間夠大又便宜的房間裡。」

「這份工作很適合妳，伊琳娜。這裡妳可以安心，沒有人打擾妳，妳很安全。我聽到大家都稱讚妳。我和院長談過，他說妳是他最好的員工。妳有男朋友嗎？」

「曾經有過，但是他死了。」

「妳說什麼？耶穌呀！怎麼這麼倒楣，孩子，我很遺憾。他怎麼死的？」

「老死的，我覺得；他超過九十歲了。但是這裡有其他上了年紀的先生隨時想成為我的男友。」

威爾金斯並不覺得好笑。他們沉默了一會兒，邊吹涼邊喝著紙杯裡的咖啡。伊琳娜突然感覺被悲傷和孤獨壓得喘不過氣來，彷彿那個好男人的思維侵襲她，和她的思維混在一起，她的喉嚨頓時堵塞。威爾金斯在回應她的心靈感應，把一隻手臂放在她肩上，把她摟在厚實的胸前。他散發出甜膩古龍水的味道，和他那樣的漢子很不搭調。她感受到威爾金斯發出的火爐熱度，感受臉頰接觸到那件厚外套的粗糙質感，感受他手臂帶來的慰藉分量。她休息了兩分鐘，被呵護著，聞著那宛如妓女身上的濃郁味道，威爾金斯在她背部輕輕拍幾下，像是安慰自己的孫子。

稍微恢復正常後，伊琳娜問他：「你帶給我哪些消息？」

「補償，伊琳娜。有一條沒人記得的老舊法令，給像妳這樣的受害者獲得補償的權利。拿那筆錢，妳就可以支付妳真的需要的治療、妳的學業，如果我們運氣好的話，甚至可以支付一間小公寓的頭期款。」

「那是理論上，威爾金斯先生。」

「有些人已經收到補償金。」

威爾金斯向她解釋，儘管她不是最近的個案，一個好律師可以證明她遭受到嚴重傷害是發生事件的後遺症，她患有創傷後症候群，需要心理協助和醫藥。伊琳娜提醒他，罪犯沒有財產可以徵收來償還她。

「他們已經逮捕到同一掛的其他人，伊琳娜。有錢有勢的人。」

「那些人沒對我做任何事。罪犯只有一個，威爾金斯先生。」

「孩子，聽我說。妳不得不改變身分和住所，妳失去母親、學校的同學和其他妳認識的人，妳根本是躲藏在另一州過活。當初發生的事情並不屬於過去，事情可以說還在發生，而且有很多的罪犯。」

「威爾金斯先生，以前我是這樣想，但是我決定不要成為永遠的受害者，我已經脫離那個階段。現在我是伊琳娜．巴濟利，擁有另一個生命。」

「提醒妳這件事我也覺得不好受，但是妳依舊是受害者。可以支付妳一筆補償金來擺脫醜聞，某些被告會感到開心。妳可以授權給我，把妳的名字給一個專門處理這種事的律師嗎？」

「不要。為什麼要翻舊帳呢？」

「考慮一下吧，孩子。考慮清楚再打這個電話給我。」探員對她說，把名片遞給她。

伊琳娜陪威爾金斯走到出口，把名片收好不打算用；事情她早已經自行處理好，不需要那筆錢，她認為那筆錢骯髒，也意味著再次忍受同樣的審問以及簽署包含最粗暴細節的供詞；她不想要在法庭上對過往的炭火搧風，她已經成年，沒有法官會讓她迴避那些被告。媒體呢？她在乎的人知道了會讓她毛骨悚然，包括她為數不多的朋友、雲雀之家那些老女人、阿爾瑪，尤其是賽斯。

凱西下午六點鐘打手機給伊琳娜，邀她到圖書館喝茶。她們坐在偏僻的角落，靠近窗戶，遠離通道。凱西不喜歡喝保險套裡的茶，她那樣稱呼雲雀之家的茶包，她有自己的茶壺、瓷器茶杯和一個源源不絕的法國品牌散裝茶葉和豬油餅乾。伊琳娜到廚房把滾燙開水倒入茶壺，不打算幫助凱西做餘下的準備工作，因為那個儀式對凱西很重要，儘管雙臂不停抽搐也要履行。她無法把易碎的茶杯端到脣邊，必須使用塑膠杯和吸管，但是她喜歡看女客人用雙手端著她祖母遺留下來的茶杯。

討論過兩人都熱烈追看的一齣獄中女人電視影集最後一集後，凱西問她：「今天早上在花園擁抱妳的那個黑人是誰？」

「只是一個很久不見的朋友……」伊琳娜支支吾吾，為了掩飾慌張，她又幫對方倒茶。

「伊琳娜，我不相信。我觀察妳好一陣子，我知道有事情在內心啃咬妳。」

「啃咬我？凱西，那不過是妳的想法。我跟妳說過了，只是個朋友。」

「榮恩．威爾金斯。櫃檯給了我他的名字。我去問誰來看妳，因為我覺得那個男人讓妳心神不定。」

多年行動不便和為了倖存付出的極大努力，讓凱西的體型縮小，她在龐大電動輪椅上看起來像個小女孩，卻能射發出強大力量，她向來和善，加上意外事故使她加倍良善，柔化了那股力量。她永恆的微笑和極短的頭髮讓她看來有股調皮氣質，與她千年僧人的智慧形成對比。肢體痛苦讓她擺脫了個性避免不了的束縛，並把她的靈魂磨得像一顆鑽石。腦溢血沒影響她的智商，但是就像她自己說的，改變了困住她的鐵絲網，結果喚醒了她的直覺，讓她可以看見看不到的東西。

凱西對她說：「伊琳娜，靠過來。」

凱西的雙手又小又冷，手指頭因撕裂而變形，她的雙手抓住女孩的一隻手臂。

「伊琳娜，妳知道悲痛裡最能幫得上忙的是什麼嗎？說話。沒人可以在世上獨行。妳認為我為什麼開一間疼痛診所？因為分擔的疼痛比較容易撐得過。診所為病患服務，更是為我服務。我們大家在自己靈魂的黑暗角落裡都有魔鬼，但是如果我們把魔鬼抓出來見陽光，魔鬼會變小、變弱、沉默，最後放我們一馬。」

伊琳娜試著從鉗子般的手指頭裡掙脫出來，但是沒成功。凱西灰色的眼睛以濃厚的憐憫和關愛久久盯住她的雙眼，讓她抵擋不住。她跪倒在地上，把頭靠在凱西到處是結節的膝蓋上，任由對方僵硬的雙手撫摸。從離開祖父母以來，從來沒人這樣摸過她。

凱西告訴她，人生最重要的功課是清理自己的作為，完全對現實負責，把所有的力氣放在當下並且現在就做，馬上做。不可以等待，那是她從發生意外以來學到的東西。在她那種情況下，她有時間可以填滿思維，可以更認識自己。生存，存在，愛陽光、人們、小鳥。疼痛會來也會去，噁心會來也會去，腸子不順會來也會去，但是因為某些理由，她並沒花很多時間在意這些事。相反的，她清醒是為了享受淋浴的每一滴水，享受有雙溫柔的手用洗髮精幫她洗頭，享受夏日裡一杯檸檬汁美味的清涼。她不想未來，只想著眼前這一天。

「伊琳娜，我試著告訴妳，妳不應該繼續牽掛過去，也不該被未來嚇到。妳只有一次的生命，妳把日子過好就足夠了。唯一真實的是現在，這一天。妳要等到什麼才要開始幸福呢？我看得很清楚，每一天都算數！」

「幸福不是大家都能擁有的，凱西。」

「我認為是的。我們大家生來都幸福。在路上，我們的生命被弄髒，但是我們可以弄乾淨。幸福並不像歡愉或快樂那樣，既不豐沛也不喧嘩。幸福是無聲、平靜、柔和，是一種從愛自己開始的一種內心滿足。妳該像我愛妳那樣、像所有了解妳的人愛妳那樣愛妳自己，尤其是阿爾瑪的孫子。」

「賽斯並不了解我。」

「那不是他的錯，可憐的他好幾年來試著靠近妳，任何人都看得出來。如果他還沒成功，是因為妳躲起來。伊琳娜，跟我談談那個威爾金斯。」

⁂

伊琳娜有一段關於過往的官方說法故事，那是她藉由威爾金斯的幫助建立起來的故事，無法避免時可用來滿足他人的好奇心。那故事有事實，但並非全部的事實，只有可以容忍的部分是事實。十五歲時，法庭派給她一位諮商心理師，心理師治療她好幾個月，直到她拒絕繼續談發生過的事，並決定採用另一個名字，離開到另一州，而且為了重新開始有必要換幾次住所就換幾次。心理師向她重複說明，創傷不會因為輕忽就消失不見；那就像在黑暗中等候、一有機會就用海蛇頭髮攻擊的頑固梅杜莎。伊琳娜沒有正視問題，而是逃走；從那時起，她的生活就是持續逃亡，直到抵達雲雀之家為止。她藏匿在工作、電玩遊戲的虛擬世界和夢幻小說裡，在小說中她不是伊琳娜．巴濟利，而是一個擁有魔力的神勇女英雄；但是威爾金斯出現，再次破壞那個脆弱的幻想宇宙。她過往的噩夢像在路上落定的塵埃，只要最小的吹灰之力便足以掀起滾滾煙塵。她認輸了，她明白只有拿著金盾的凱瑟琳能幫她。

一九九七年她十歲，那時祖父母收到拉德米拉寄來的信，那封信改變了她的命運。她母親看到一個關於性販賣的電視節目，得知像摩爾達維亞這種國家供應年輕肉體給阿拉伯大公國和歐洲妓院。她不寒而慄地想起自己在土耳其粗野流氓手中度過的日子，決定避免女兒遭受同樣厄運。她說服自己在義大利認識並帶她到德州的美籍技工丈夫，協助女孩移民到美國。伊琳娜將會擁想要的任何東西，最好的教育、漢堡和炸薯條、冰淇淋，甚至他們會去迪士尼樂園，信中是這樣承諾的。外祖父母吩咐伊琳娜不要告訴任何人，以免招來忌妒或通常用來懲罰炫耀者的詛咒，他們同時忙著辦理手續以便取得簽證。那個程序辦了兩年。當機票和護照終於送到時，伊琳娜已經滿十二歲，看起來卻像個營養不良的八歲男童，因為她矮小，相當瘦，頭髮泛白又不聽話。因為夢想著美國，她慢慢意識到身邊的飢荒與醜惡，她以前沒注意到，因為沒東西可以比較。她的村莊像曾被轟炸過，一半的房子圍起藩籬或像廢墟，飢餓的狗成群在泥路上遊蕩，放養的母雞在垃圾堆翻找食物，老人們坐在矮屋門檻上沉默抽著黑菸，因為一切該說的都說完了。那兩年，伊琳娜向樹木、山丘、土地和天空一一道別，根據外祖父母的說法，那些東西和共產時代都一樣，也會永遠一樣。她默默向鄰居和學校小朋友道別，向童年陪伴她的驢子、母羊、貓咪和小狗道別。最後，她向科斯特亞和佩魯塔道別。

外祖父母準備了一個用繩子捆住的厚紙箱，裡面裝著伊琳娜的衣服，和他們在最近的鎮上的一個聖人市集裡買來的帕拉斯基娃聖女的嶄新偶像。或許三個人都猜測他們不會再見面。伊琳娜從那時開始養成習慣，不管她人在哪裡，儘管只是一個晚上，她都會搭個小小神壇擺放聖女和她唯一擁有的那張外祖父母照片。那張照片用手工修飾過，是在他們結婚時拍下的，他們一身傳統服裝，佩魯塔穿著刺繡裙、戴著針織頭巾，科斯特亞穿著長及膝蓋的褲子、短小的外套、腰上繫著一條寬版腰帶，他們挺直得像枝小木棍，讓人認不出來，因為工作還沒砸碎他們的背脊。伊琳娜沒有一天不向他們禱告，因為他們比帕拉斯基娃聖女還要有神力，他們是她的守護天使，就像她對阿爾瑪說過的那樣。

女孩總算獨自從奇西瑙抵達達拉斯。之前她只旅行過一次，和外祖母搭火車去探望當時在最近那個都市的醫院裡接受膽囊手術的科斯特亞。她從來沒近距離看過飛機，只在空中看過，除了流行歌曲外她不會說半句英文，她聽熟了背下來但不知道意思。航空公司在她脖子上掛了一個塑膠信封，裡面放著她的身分證、護照和機票。伊琳娜在十一個小時的航程中沒吃也沒喝，因為不知道飛機上的食物是免費，空中小姐也沒向她說清楚。在達拉斯機場度過的那四個小時，她身上沒錢，也都沒吃喝。進入美國夢的門口巨大又讓人摸不著頭緒。她母親和繼父弄錯飛機的抵達時間了，終於去接她的時候他們這麼說。伊琳娜不認得他們，但是看到一個頭髮非常金黃的小女孩坐在長凳上，腳邊放著一個厚紙箱，他們認出她來，因為他們有她的照片。對於那次碰面，伊琳娜只記得他們兩人全身酒氣，那是她很熟悉的酸味，因為她的外祖父母和村內其他村民慣常喝自釀的葡萄酒來壓抑心中的失望。

拉德米拉和丈夫吉姆・羅賓斯開車載著剛到的女孩到他們的房子，她覺得那房子很奢華，儘管那不過是城市南方一個勞工住宅區裡一間很破舊的普通木屋。她母親意圖布置好家裡兩個房間的其中一間，胡亂在裡面擺放了幾個心形靠墊和一隻玩偶熊，熊一邊腿上綁著一顆粉紅色氣球的長線。她建議伊琳娜在能夠忍受的最高時數內盡量窩在電視機前面；那是學習英文的最佳方式，她以前就是那樣做。四十八小時後，她幫女兒在一間公立學校註冊，裡面大部分學生是黑人和西班牙裔，那是女孩從沒看過的兩種種族。伊琳娜花了一個月的時間學了幾句英文，但是她的耳朵很靈敏，很快就可以跟上課程。一年後她說英文都沒腔調了。

吉姆・羅賓斯是電工，屬於工會，他收取可能的最高時薪，遇上意外和其他不如意時會受到保護，但是並非永遠有工作。合約是輪班制分派，依照一張成員的清單，從單子上第一個人開始，然後輪到清單上的第二位、第三位，如此陸續排序。結束一個合約的人被排到最後面，有時候要等上幾個月才會再叫到他，不然就得和工會主管們有良好關係。拉德米拉在一家商店的童裝部門工作；她搭公車花一個小時又一刻抵達，再花同樣的時間返家。吉姆有工作時，她們很少看到他，因為他利用機會工作到筋疲力盡；加班的工時會是他兩倍或三倍的工錢。工作期間他不喝酒也不吸毒，因為一不小心就可能電到自己，但是在漫長的閒置期，他喝得爛醉並且吸食大量混合毒品，可以站得住還真令人訝異。

拉德米拉驕傲地說：「我的吉姆有公牛的酒量，沒人可以撂倒他。」她陪他狂飲玩樂，直到身體負荷不了，她沒有同樣的酒量，因此很快就倒下。

在美國最初幾天，繼父就讓伊琳娜了解他口中的規矩。她母親不知道，或佯裝不知道，直到兩年後，榮恩．威爾金斯到她家門口，向她出示聯邦調查局的徽章為止。

祕密

幾經伊琳娜哀求，阿爾瑪自己數度躊躇後，接下了領導「捨得社團」的工作。那是伊琳娜想到的點子，因為她注意到雲雀之家那些緊抓自己財物的住戶極其苦惱，東西少的住戶卻過得很開心。伊琳娜曾經看到阿爾瑪捨棄很多東西，還擔心得把自己的牙刷借給她，因此為了鼓舞那個社團，伊琳娜想到阿爾瑪。第一次會議就要在圖書館召開。有五個人報名，雷尼是其中之一，他們準時出席，但是阿爾瑪卻沒到。他們等了十五分鐘，伊琳娜才去叫她。公寓空無一人，她找到阿爾瑪一張字條宣稱會離開幾天，並請求她照顧阿喵。小貓剛生過病，無法獨處。伊琳娜的住處禁止攜帶動物進入，她得把貓放在市場購物袋裡偷偷夾帶進去。

那天晚上賽斯為了找祖母打手機給伊琳娜，因為他在晚餐時間過去看她，卻找不到人，他很擔心；他以為阿爾瑪還沒從電影院那次事件完全復元。伊琳娜告訴他，阿爾瑪去赴另一場愛情約會，完全忘了約定，留下她與社團尷尬得面面相覷。賽斯剛和一位客戶在奧克蘭港開完會，眼見離柏克萊很近，便邀請伊琳娜去吃壽司；他覺得那是最適合談論日本情人的料理。她和阿喵正在床上玩她最喜愛的電玩《上古卷軸V》，但是她換了衣服出門去。那間餐廳儼然一片東方和平的止水，一切都是淺色木材製作，宣紙圍籬隔出隔間，紅色燈籠照明，燈的溫暖光線讓人平靜下來。

點過菜後，賽斯問她：「妳想阿爾瑪失蹤時會去哪裡？」

她幫賽斯的小瓷杯斟滿清酒。阿爾瑪告訴過她，在日本正確的做法是幫同桌同伴斟酒，然後等候別人為你服務。

「去雷斯岬海岸一間民宿，離舊金山大約一小時又十五分鐘。一間面海的鄉間小屋，地處相當偏僻的地方，有美味的魚和海鮮、蒸氣浴、美麗的視野及浪漫的房間。這種季節天氣冷，但是每個房間都有壁爐。」

「妳怎麼知道這一切？」

「因為阿爾瑪信用卡的收據。我在網路搜尋那家民宿。我猜她在那裡和一命相會。賽斯，你可別去打擾她！」

「妳怎麼會這麼想呢！她永遠不會原諒我的。但是我可以派我的調查員去瞧一眼⋯⋯」

「不行！」

「不行，當然不行。但是妳要承認這實在令人不安，伊琳娜。我祖母身體虛弱，可能像電影院那次又發作。」

「她依舊是自己生命的主人，賽斯。你還知道更多關於福田家人的事嗎？」

「知道。我想到問我爸爸，結果他記得一命。」

一九七〇年賴瑞十二歲，當時他父母親翻新海崖區的房子，並取得鄰居的土地要擴建花園，原本的花園已經很寬敞，伊薩克過世時，花園受春季霜凍毀損，後來又被棄置，一直沒完全恢復。根據賴瑞的說法，有一天來了一個外表有亞洲特徵的男人，身穿工作服、頭戴棒球帽，他拿靴子沾了泥巴當藉口不願意進入屋內。那是福田一命，他曾經和伊薩克合夥苗圃，現在是那個花卉植物苗圃的主人，苗圃也已經屬於他。賴瑞直覺認為他母親和那男人彼此熟識。他父親對福田說，自己對花園最基本的東西一無所知，阿爾瑪將是下決定的人，那讓男孩感到奇怪，因為納坦尼爾領導貝拉斯科基金會，至少理論上他對花園應該懂很多。由於土地的幅員和阿爾瑪的宏偉計劃，專案工程花了好幾個月才完成。一命測量土地，檢查泥土的品質、溫度和風向，在圖畫本上劃下線條和數字，賴瑞緊緊跟著他，相當好奇。不久之後，他和一個六人小組抵達，全部都是和他同個種族，第一輛載著材料的貨車也到了。一命是個舉止嚴謹的平靜男人，他細心觀察著，從來看不出來慌張，他話少，而當他說話時，聲音低到賴瑞得靠近才聽得到。他很少主動開口說話或回答關於自己的問題，但是看到賴瑞有興趣，便對他聊起大自然。

「我爸爸告訴我一件很奇怪的事，伊琳娜。他向我保證一命有光環。」賽斯補充說明。

「有什麼？」

「光環，一種看不見的暈輪。頭部後方的一個光圈，像宗教圖畫上聖人擁有的那種光圈。一命的光圈是看得見的。我爸爸告訴我，並不是一直能看得到他的光圈，但有時候可以，視光線而定。」

「賽斯，你在開玩笑……」

「我爸爸不開玩笑的，伊琳娜。啊！還有一件事。那個男人應該是某種苦行僧，因為他會控制脈搏和體溫，可以把一隻手增溫到像發燒般滾燙，卻同時冰凍另一隻手。一命表演好幾次給我爸爸看。」

「那是賴瑞告訴你的，還是你編造的？」

「我向你保證是他告訴我的。我父親是個懷疑論者，伊琳娜，他不相信任何無法親自確認的事。」

福田一命結束專案工程，還附贈一座小型日本花園當禮物，那是他為阿爾瑪設計的花園，之後委託給其他園丁做。賴瑞只在每一季他出現來監督時才見到他。賴瑞注意到一命從來不和納坦尼爾聊天，只和阿爾瑪聊，這位園藝師傅和阿爾瑪保持一種禮貌的關係，至少在納坦尼爾面前。一命帶來一束花抵達僕人出入的後門，脫下鞋子並以簡短的彎腰問候走入屋內。阿爾瑪總是在廚房等他，以相同方式回應他的問候。她把花插放在花瓶裡，一命接受一杯茶，他們有好一會兒共享著那緩慢又沉默的儀式，那是兩人生命中的一種歇息。兩年後，當一命不再到海崖區去，母親向賴瑞解釋他已經到日本旅行。

伊琳娜問他：「賽斯，那段時間他們會是情人嗎？」

「那件事我沒辦法問我父親，伊琳娜。況且他也不會知道。我們幾乎不知道我們自己父母親的任何事。不過，我們可以猜測他們在一九五五年是情人，就像我祖母對雷尼說的那樣，阿爾瑪和納坦尼爾結婚時他們分開，一九六二年再相遇，從那時開始他們在一起。」

伊琳娜問他：「為什麼是一九六二年呢？」

「我猜的，伊琳娜，我不確定。那年我曾祖父伊薩克去世。」

他向伊琳娜描述伊薩克的兩次喪禮，以及那時家人如何得知男主人一輩子下來所做過的善事，得知他免費當律師辯護過哪些人，得知他贈予或借錢給有困難的人，得知他教育別人的兩個小孩以及他支持的高貴善行。賽斯發現福田家人虧欠伊薩克不少恩情，他們尊崇他、敬愛他，賽斯推斷，他們無疑應該是參加了其中一次喪禮。根據家人的傳聞，伊薩克過世前，福田家人去取回藏放在海崖區的一把古刀。伊薩克用來做記號的碑牌還在花園裡。阿爾瑪和一命在那時候很可能已經重逢了。

「從一九五五年到二〇一三年是五十多年的時間，大約是阿爾瑪對雷尼所說的時間。」伊琳娜估算著。

「如果我的祖父納坦尼爾懷疑他妻子有情人，他會佯裝不知情。在我家，外像比事實來得重要。」

「你也是嗎？」

「不。我是家族異類。告訴妳，我愛上一個蒼白得像摩爾達維亞吸血鬼的女孩就夠了。」

「吸血鬼來自特蘭西瓦尼亞，賽斯。」

這幾天我常想起伊薩克．貝拉斯科先生，因為我的兒子邁克滿四十歲，而我決定把福田家族的武士刀交給他；看管這把刀是他的責任。一九六二年初，妳的姨丈伊薩克有一天打電話給我，為的是告訴我或許把刀拿回去的時候到了，那把刀已經在海崖區花園裡埋藏了二十年。肯定他是懷疑自己病得嚴重並且末日已近。我們家剩下的所有成員都去了，我母親、姊姊和我。大本教的靈魂領袖森田景實陪我們去。花園裡舉行儀式那天，妳和先生外出旅行。或許妳姨丈剛好選擇那個日期是為了避免妳我重逢。他知道我們之間的事嗎？我猜他知道得很少，但是他很精明。

一

二〇〇四年三月三日

伊琳娜以綠茶配壽司，賽斯卻喝下多於自己可承受的溫清酒。小杯裡的內容物一口就消失，而樂在對話的伊琳娜不斷為他斟滿酒杯。穿著藍色和服、額頭上綁著方巾的男服務生端來另一瓶酒時，兩人都沒人注意到。點心——焦糖冰淇淋——時間，伊琳娜注意到賽斯醺醉的哀求表情，那是情況變成不對勁之前道別時刻已至的徵兆，但是伊琳娜無法丟下那個狀況的他。服務生要去叫計程車，但是他拒絕了。他靠在伊琳娜身上踉蹌走出來，外面的冷空氣加強了清酒的效力。

「我覺得我不該騎車……我可以和妳過夜嗎？」他用打結的舌頭說話。

「你的摩托車該怎麼辦？放這裡會被偷走。」

「去他的摩托車。」

他們慢慢走了十個街區到伊琳娜的住所，那段路幾乎花了他們一個小時，因為賽斯像螃蟹一樣走路。她曾經住過更糟的地方，但是在賽斯陪同下，她為那個雜亂又骯髒的大房子感到難為情。她和十四個房客分租房子，他們擠在合成木板當隔間的房間裡，有幾間沒有窗戶或通風設施。那是柏克萊合乎規定的不動產，房東因為無法漲房租所以沒花心思維護。外面油漆斑駁，百葉窗已經從鉸鏈掉下來，庭院裡堆滿沒用物品：破輪胎、自行車肢體、一個丟在那裡十五年的酪梨色馬桶。屋內聞起來是廣藿香和噁心的花椰菜湯的混合味道。沒有人清掃走廊和公共浴室。伊琳娜通常在雲雀之家淋浴。

賽斯驚愕地問她：「妳為什麼住在這豬舍裡？」

「因為便宜。」

「妳比我想像中更窮，伊琳娜。」

「賽斯，我不知道你想像什麼。幾乎全世界都比貝拉斯科家窮。」

她協助他脫鞋子，把他推倒在地板的床墊上。床單乾淨，就像那房間裡的所有東西一樣，因為伊琳娜的祖父母教導她貧窮並不是藏污的藉口。

「那是什麼？」賽斯指著牆上一個小鈴鐺，被穿過一個小洞通向隔壁房間的一條繩子綁著。

「沒什麼，別擔心。」

「怎麼沒什麼？誰住在另一邊？」

「提姆，我咖啡廳的朋友，小狗洗澡生意的合夥人。有時候我會做惡夢，如果我開始吼叫，他會拉那條繩子，小鈴鐺響起，我就會醒過來。那是我們之間的約定。」

「伊琳娜，妳會做惡夢？」

「當然。你不會嗎？」

「不會。但是我會做春夢，沒錯。妳要我說一個給妳聽嗎？」

「睡吧，賽斯。」

不到兩分鐘時間，賽斯聽從了她的話。伊琳娜幫阿喵餵藥，用角落的水罐和洗臉盆梳洗，她脫下牛仔褲和上衣，穿上一件破損的汗衫，蜷曲貼在牆邊，和賽斯中間隔著小貓。她很費勁才能睡著，因為顧慮到身邊有個男人、家裡的吵雜聲和花椰菜的臭味。通往外面世界的唯一窄小窗戶相當高，只能隱約看見一小塊四邊形的天空。有時候月亮會過來短暫問候，再繼續旅程，但是那天晚上並不是那種幸運夜晚。

伊琳娜隨著早上灑進房間的微弱光線醒來，確認賽斯已經不在。那時已經九點，她應該一個半小時前出門去上班的。她的頭和全身骨頭都很痛，清酒的後勁彷彿經過滲透作用傳染給她。

告白

阿爾瑪那天沒回雲雀之家，隔天也沒有，也沒打電話問阿喵的情形。小貓三天沒進食，好不容易才吞下伊琳娜用餵食管推進嘴裡的水，藥物對牠沒效。伊琳娜正要去尋求雷尼協助，請他帶自己去找獸醫，不過賽斯在雲雀之家出現了，顯得神清氣爽，刮過鬍子，穿著乾淨衣物，一副悔悟的模樣，對前晚的事感到難為情。

他說：「我剛剛才知道清酒有百分之十六的酒精含量。」

伊琳娜打斷他：「你找到摩托車了嗎？」

「有。在我們停放的地方找到的，完好無缺。」

「那好，載我去找獸醫。」

接待他們的是卡雷特醫師，幾年前幫蘇菲亞截肢的醫師。那不是巧合：這位獸醫是羅馬尼亞流浪狗認養組織的志工，是雷尼向阿爾瑪推薦的。卡雷特醫師診斷出腸阻塞，小貓應該馬上開刀，但是伊琳娜無法做決定，阿爾瑪的手機又沒回應。賽斯扛起責任，支付診所向他們索取的七百元預付款之後，把小貓交給護士。沒多久後，他和伊琳娜就在她為阿爾瑪服務前曾工作過的咖啡廳裡了。招呼他們的是提姆，三年來他的生活一直沒改善。

清酒依然不斷在賽斯的胃裡翻攪，但是他的頭腦已經清醒，也得到結論，他照顧伊琳娜的責任不能再拖延了。他這次戀愛並不像以往愛戀其他女人一樣，以前是占有性的熱情，卻沒有留下空間給予柔情對待。他渴望伊琳娜，期待她開啟情慾的窄道，但是他的耐心等待沒奏效；已經是跳到直接行動或永遠捨棄她的時候了。伊琳娜的過去讓她踩煞車，否則無法解釋她對親密行為的強烈恐懼。求助兩位調查員的想法一直在誘惑他，但是他認為伊琳娜不應得到那樣可恥手法對待。他猜想謎團會在某個時刻自行釐清，因此把問題吞下，但是他已經厭倦多番的體諒。最緊急的要務是把她從她住的老鼠窩裡撤出來。他準備好的論述像是要去面對一個評審團，但是伊琳娜露出幽魂的臉孔、戴著破舊帽子出現在他面前時，他忘光了台詞，唐突地建議她過來和他一起住。

「我的公寓很舒適，有多餘的坪數，妳會有妳個人的房間和衛浴。免費。」

她不信任地問他：「要拿什麼交換？」

「為我工作。」

「到底是做什麼事？」

「貝拉斯科家族的那本書需要深入研究，不過我沒有時間。」

「我每星期在雲雀之家工作四十小時，還得再替你奶奶工作十二小時，另外，週末我幫小狗洗澡，還想晚上開始唸書。我的時間比你少，賽斯。」

「除了我奶奶，妳可以把一切丟下，全心投入我的書。妳會有地方住，也會有一份不錯的薪水。我想嘗試和一個女人住在一起，我從來沒經驗，最好練習一下。」

「我看你是被我的房間嚇到了。我不要你可憐我。」

「我沒可憐妳。目前我是氣妳。」

「你企圖要我丟下工作和穩定收入，丟下我好不容易才在柏克萊爭取到用固定租金租下的一個房間，你要我住在你的公寓，然後當你厭倦了我，就讓我流落街頭。很划算。」

「伊琳娜，妳什麼都不懂！」

「我懂你的意思，賽斯。你要一個你有權帶上床的祕書。」

「天呀！伊琳娜，我不會哀求妳的，但是我提醒妳，我就要轉身然後從妳的生命中消失。妳知道我對妳的感覺，連我奶奶都看得一清二楚。」

「阿爾瑪？你奶奶和這件事有什麼關係？」

「這是她的意見。原本我想向妳提議結婚，但是她說最好試著同居一兩年。那樣可以給妳時間適應我，也給我父母親時間適應妳不是猶太人而且妳窮困的事實。」

伊琳娜沒有試著忍住淚水。她把臉藏在桌上交叉的手臂裡，被那幾個小時加劇的頭痛弄得心神不寧，被排山倒海而來的矛盾情緒弄得不知所措：對賽斯的柔情和感激，對自己那些限制感到羞愧，對自己未來感到沮喪。這個男人要給她小說裡的浪漫愛情，但是那並不屬於她。她可以愛雲雀之家裡的老人，愛阿爾瑪，愛少數幾個朋友，像這時從吧台擔心看著她的合夥人提姆，愛她住在紅杉樹幹裡的外祖父母，愛阿喵、蘇菲亞和院區的其他寵物；她對賽斯的愛可以超越對生命中任何人的愛，但是都嫌不夠。

賽斯驚慌失措地問她：「伊琳娜，妳怎麼了？」

「和你一點關係都沒有。是過去的事了。」

「告訴我。」

「何必呢？不重要。」她回覆，拿張餐巾紙擤鼻涕。

「伊琳娜，這很重要。昨晚我想牽妳的手，妳差點打我。當然妳是有道理的，我那時像豬一樣。原諒我。不會再發生的，我向妳保證。我愛了妳三年，妳很清楚。妳在等什麼才願意愛我呢？女人呀，請小心，我可以擄獲另一個摩爾達維亞女孩的心，有好幾百個那樣的女孩願意為了美國簽證而結婚。」

「這個想法不錯，賽斯。」

「和我在一起妳會幸福，伊琳娜。我是世界上最好的男人，完全不會傷害人。」

「沒有一個騎摩托車的美國律師不會傷害人的，賽斯。但是我承認你是個很棒的人。」

「那麼，妳接受了？」

「我不行。如果你知道我的理由，你會逃跑。」

「看看我能不能猜得到：是販賣瀕臨絕種的珍禽異獸嗎？沒關係。妳來看我的公寓，然後再決定。」

公寓位於內河碼頭一幢現代建築內，有管理員，電梯裡鑲著磨斜邊的鏡子，公寓完美沒有瑕疵，給人無人居住的感覺。除了一組菠菜色澤的皮沙發、一架巨大的電視機、一張上面整齊堆高雜誌和書本的玻璃桌和幾盞丹麥燈飾外，在那片由落地窗和暗色木質地板組成的撒哈拉沙漠裡沒有別的東西。沒有地毯、圖畫、裝飾品或盆栽。廚房裡主要是一張黑色花崗岩桌子，和一排沒用過的晶亮銅鍋和紅銅平底鍋吊在天花板幾個掛鉤上。伊琳娜好奇心作祟，窺探冰箱裡面，看到柳橙汁、白酒和脫脂牛奶。

「賽斯，你吃硬的東西嗎？」

「吃呀，在我爸媽家或餐廳吃。像我母親說的，這裡少了一雙女性的手。伊琳娜，妳會煮菜嗎？」

「馬鈴薯和高麗菜。」

賽斯提過正在等她的那間房間就像公寓裡其他地方一樣，一塵不染又很陽剛，只有一張寬大的床鋪，上面鋪著亞麻床罩和無助於氛圍歡樂的三種咖啡色系大枕頭，還有一張床頭小桌和一張金屬製椅子。黃沙色澤的牆壁上掛著納坦尼爾幫阿爾瑪拍下的一幅黑白照片，和伊琳娜覺得揭露許多祕密的照片不同的是，這張只看得到她半張臉沉睡在一種朦朧夢幻氛圍裡。那是伊琳娜在賽斯那片沙漠中看到的唯一裝飾品。

她問賽斯：「你在這裡住多久了？」

「五年，妳喜歡嗎？」

「視野絕佳。」

「但是妳覺得公寓很冷。」賽斯下結論，「嗯，如果妳想做點變化，我們必須在細節上取得一致的意見。不可以有任何流蘇或粉彩色調，那不符合我的個性，但是我願意在裝潢上做些讓步。並非是現在，而是晚一點，等妳懇求我和妳結婚的時候。」

「謝謝，但是現在麻煩載我到地鐵，我得回到我的房間。我想我得了重感冒，全身痠痛。」

「不，小姐。我們來叫中國菜外送，看部電影，然後等卡雷特醫師打電話給我們。我給妳阿斯匹靈和一杯茶，那會有幫助。可惜我沒有雞湯，那是萬無一失的良方。」

「抱歉，但是可以讓我泡個澡嗎？我好幾年沒泡澡了，我用的是雲雀之家的員工淋浴間。」

那是個陽光充足的下午，從浴缸旁的落地窗可以觀賞到吵雜都會的景觀，繁忙的交通，海灣的帆船，街上走路、騎單車、溜滑板的人群，人行道上橘橙色遮陽棚下桌旁的客人，渡輪大廈的鐘塔。伊琳娜顫抖著，全身沉浸到熱水裡直到耳朵，感覺身上僵硬的肌肉慢慢鬆弛、酸痛的骨頭慢慢放鬆；她再一次感激貝拉斯科家族的金錢和慷慨。不久後，賽斯從門的另一邊通知她餐點已經送達，但是她繼續再浸泡半小時。最後她意興闌珊地穿上衣服，滿臉睡意，頭昏腦脹。紙盒裡糖醋豬肉、炒麵和北平烤鴨的味道讓她覺得噁心。她蜷縮在沙發上睡著了，好幾個小時後窗外天色都黑了才醒過來。賽斯在她頭下安放一個枕頭，幫她蓋上一條毛毯，坐在沙發一邊角落看他那個晚上的第二部電影——間諜、國際犯罪和俄國黑手黨流氓——膝蓋上放著她的腳丫子。

「我不想叫醒妳。卡雷特打電話過來，說阿喵手術情況良好，但是脾臟有個大腫瘤，這是死亡的開端。」他告知消息。

「好可憐，希望牠沒受苦……」

「卡雷特不會讓牠受苦的，伊琳娜。頭痛情形還好嗎？」

「我不知道。我很睏。賽斯，你應該沒在茶裡面下藥吧？」

「有，我放了K他命。妳為什麼不到床上乖乖睡覺呢？妳發燒了。」

賽斯把她帶到掛著阿爾瑪照片的房間，幫她脫下鞋子，協助她躺下，替她蓋上被子，然後去看完他的電影。隔天，發燒流汗昏睡後的伊琳娜很晚才醒來；她覺得好些了，但是雙腿仍然沒力氣。她找到賽斯留在廚房黑色桌子上的一張紙條：「可以濾煮咖啡了，打開咖啡壺的開關。我奶奶已經回到雲雀之家，阿喵的事我跟她提了。她會去通知沃伊特妳生病，不去上班。妳休息吧。我晚點打給妳。親吻。妳未來的丈夫。」那兒還有一碗紙盒裝的細麵條雞湯、一小盒覆盆子和裝在附近一家糕餅店紙袋裡的甜麵包。

賽斯下午六點前返家，走出法庭時滿心渴望看到伊琳娜。他已經打了好幾次電話確定伊琳娜沒離開，但是他怕最後一刻她會消失不見。想起她時，第一個出現在他腦海的影像是準備好飛奔而逃的野兔，第二個影像是她蒼白又專注的臉孔，微張的嘴，驚恐的圓眼，正聽著阿爾瑪的故事並把故事吞進肚子裡。他才一打開門就感受到伊琳娜存在。看到她之前，他知道她人在那裡，公寓有人氣，牆壁的黃沙色看起來較溫暖，公寓有種他從來沒發覺到的柔和光澤，甚至連空氣都變和善了。她踱著蹣跚的腳步出來迎接他，雙眼睡得發腫，頭髮像死白色的假髮亂七八糟。賽斯對她展開雙臂，而她，第一次躲藏在他懷裡。他們的擁抱對她來說像是永恆，對他卻只是一個歎息的剎那；隨後她牽著他的手走到沙發。

她對賽斯說：「我們得談談。」

凱西聽過伊琳娜的過去後，要她承諾會把事情告訴賽斯，不僅僅為了拔除讓她中毒的有害植物，也因為他應該知道真相。

二〇〇〇年的年尾，威爾金斯探員和兩名加拿大調查員聯手鑑別網路上流傳的一位年約九歲女童好幾百張影像來源，她遭受過度姦汙和暴力，可能沒存活下來。那些是專門收藏兒童色情圖片收藏者最喜愛的照片，他們透過一個國際網路私下購買照片和影片。孩童的性剝削不是什麼新鮮事，已經好幾世紀完全不受懲罰，但是警官們依據的是一條一九七八年頒訂的法條，該法條在美國視該行為違法。那一年開始，照片和影片的生產與經銷都銳減，因為利潤不符合法律上的風險。那時網路時代到來，市場以無法控制的情勢拓展。估計有好幾十萬幼童色情網站，超過兩千萬的消費者，其中半數在美國。他們的挑戰在於找到顧客，但是最重要的是逮捕生產者。他們為頭髮金白、削尖耳朵、下巴有美人窩的女孩取的代號是愛麗絲。資料是最近的。他們懷疑愛麗絲可能比看起來還要年長，因為生產者總是意圖讓他們的受害者盡量看起來很年輕，以符合消費者要求。經過十五個月的密切合作後，威爾金斯和加拿大人找到其中一位收藏者的行蹤，他是蒙特婁的一位整形醫師。他們在他的房子和診所翻箱倒櫃，沒收他所有的電腦，找到超過六百張影像，其中有愛麗絲的兩張照片和一支影片。整形醫師被逮捕，並接受與當局合作以減緩刑責。威爾金斯根據取得的資訊和聯繫資料開始行動。健碩的探員把自己描寫為獵犬，他說一旦聞到線索，就沒有任何東西能讓他分心；他會追蹤線索直到最後一刻，非得捕捉獵物，否則絕不善罷干休。他假裝自己是個愛好者，下載了好幾張愛麗絲的照片，用數位方法把照片修飾到看起來像原版而且看不到她的臉，不過內行人還是認得出她來。靠著這些照片，他終於進入了蒙特婁收藏家使用的網頁。很快他就抓到了好幾個有興趣的人。他已經有第一條線索了，剩下就是鼻子靈不靈敏的問題。

二〇〇二年十一月的一個晚上，威爾金斯按下達拉斯南方一處貧民區一間房子的電鈴，愛麗絲幫他開了門。威爾金斯第一眼就認出她來，根本不可能弄錯。「我是來找妳的父母談話的。」他欣慰地嘆了一口氣，因為之前他不確定小女孩還活著。那是吉姆在別的城市工作的幸運時期，小女孩單獨和母親在一起。探員出示聯邦調查局徽章，不等邀請便推開門走進屋裡，直接走到客廳。那一刻伊琳娜永遠記憶猶新，彷彿剛剛才經歷過；巨人般的黑人、他身上甜膩的花香味、深沉又緩慢的聲音、有粉色掌心的雙手巨大卻細緻。

探員問她：「妳幾歲了？」

拉德米拉喝著第二瓶伏特加和第三罐啤酒，她依然以為自己很清醒，試著干涉說她女兒未成年，有問題應該要問她。

威爾金斯做個手勢要她住嘴。

「我要滿十五歲了。」愛麗絲氣若游絲地回答，像是犯錯被抓到。男人哆嗦了一下，因為他生命中的光芒，自己唯一的女兒，也是同樣的年紀。愛麗絲有個貧困的童年，蛋白質不足，發育得晚，以她矮小的身高和細弱的骨骼很容易被當作年紀更小的女孩。威爾金斯估算，如果那時候愛麗絲看起來像十二歲，那麼網路上流傳的那些最初影像裡，她應該是九歲或十歲。

「讓我跟妳母親單獨談談。」威爾金斯難為情地向她要求。

但是拉德米拉在那幾分鐘已經進入酒醉時的攻擊階段，喊叫著堅稱她女兒可以知道探員必須說出的事。「伊莉莎貝塔，是吧？」

小女孩像被催眠般點頭同意，眼睛直盯在牆壁上。

「我很抱歉了，孩子。」威爾金斯說著，並在桌上擺放半打的照片。拉德米拉就這樣面對了在自己的家裡兩年多來一直在發生，而她自己拒絕看到的事，愛麗絲就這樣得知，世界各地幾百萬個男人在她和繼父的私密遊戲中都看過她。好幾年來她覺得自己骯髒、邪惡、罪過；看過桌上的照片後她想死。她沒有可能的救贖方法。

吉姆向她保證，和父親及男人們進行的那些遊戲很正常，很多男孩女孩都是心甘情願且心懷感激地參與那種遊戲。那種小孩很特殊。但是沒人談那件事，那是個藏得很好的祕密，她永遠不該向任何人提起，不能對女性朋友或女老師說，更不能跟醫生說，因為人們會說她是個不潔的罪人，她會變得孤單沒有朋友；甚至自己的母親也會排斥她，拉德米拉是個酯譚子。她為什麼要反抗？想要禮物嗎？不是？嗯，那麼他把她當作成年小女人付錢給她，不是直接給她，而是給她的外祖父母。他本人負責以孫女的名義把錢寄到摩爾達維亞；她應該隨著款項寫張卡片給他們，但是不能告訴拉德米拉：那件事也是他們倆之間的祕密。有時候老人家總需要一筆額外收款，得整修屋頂或買一頭山羊。沒問題；他心腸好，了解摩爾達維亞生活困苦，幸好伊莉莎貝塔運氣不錯可以來到美國；但是開免費拿錢的先例並不好，她應該賺錢，不是嗎？她得微笑，那又不花她任何錢，她得穿上他要求的衣服，她得臣服於繩索和鐵鍊，她得喝下琴酒放鬆身體，加上柳橙汁才不會燒到喉嚨，很快她就會習慣那味道，要再加點糖嗎？儘管酒精、毒品和恐懼在身上的作用，她還是發現了工具房裡有攝影機，那裡是他們兩人的「小屋」，沒有別人，甚至她母親也不能進入。羅賓斯向她發誓那些照片和影片是私人物品，只屬於他一個人，永遠不會有其他人看得到，他會留存做紀念，幾年後她去上大學時，那些東西可以陪伴他。

他會多麼想念她呀！

擁有大手和悲傷眼神，且拿著她照片的那個陌生黑人出現，證明了她的繼父欺騙她。在小屋發生的所有一切都在網路上流傳，還會繼續流傳，無法取回或銷毀，將會永遠存在。每一分鐘在某個地方都有人正在強暴她，都有人藉由她的痛苦在自慰。她剩餘的人生，不管走到哪裡都有人可能認出她來。她沒有退路。恐怖永遠不會結束。酒精的味道和蘋果的滋味將永遠把她送返小屋的記憶；她走路將永遠自慚形穢，逃離；她永遠會覺得被觸摸很噁心。

威爾金斯走後的那天晚上，女孩關在自己房間裡，因恐懼和噁心而發愣，深信繼父回來會把她殺掉，就像他曾經警告過她的，如果她說出有關遊戲的任何一個字，他會殺了她。死亡是她唯一的出路，但不是死在他手下，不是他經常描寫而且永遠加上推陳出新細節的那種緩慢殘酷的方式。

那時，拉德米拉把伏特加剩下的酒精倒進體內，倒下沒有知覺，接下來十個小時躺在廚房地板上。稍微從酒醉中甦醒過來時，她衝過去對女兒呼巴掌，那個誘惑她丈夫、讓她丈夫墮落的妓女。那一幕的時間很短，因為一輛載著威爾金斯派過來的兩名警察和一名女性社會工作人員的巡邏車到達。他們逮捕拉德米拉，把女孩帶到一家兒童精神醫院，同時少年法庭在考慮該怎麼處置女孩。她沒再看到母親和繼父。

拉德米拉及時通知了吉姆大家正在找他，他逃離美國，但是沒料到威爾金斯接下來四年在世界各地找人，直到在牙買加找到他，將他上銬遣送回美國。他的受害人不需要在審判時看到他，因為律師們聽取了他私下的自白，而女法官免她出庭。透過這名女法官，女孩得知外祖父母已經過世，金錢款項從來沒被寄出去。吉姆．羅賓斯被判入獄十年，不得緩刑。

「他還剩下三年又兩個月。等他出獄自由了會來找我，我沒有地方可以躲藏。」伊琳娜下結論。

賽斯回答：「妳不需要躲藏。他會受到保持距離的限制令約束。如果他靠近妳，就再回去坐牢。我會和妳在一起，我會確保那條法令履行。」

「但是，賽斯，你沒看到那不可能嗎？任何時刻，你圈裡的某個人，合夥人、朋友、客戶、你自己的父親，都可能認出我來。此時此刻我就在成千上萬個螢幕上。」

「不，伊琳娜。妳是個二十六歲的女人，在網路上流傳的是愛麗絲，一個已經不存在的小女孩。戀童癖的人已經對妳沒興趣。」

「你錯了。我好幾次得逃離不同地方就是因為有蠢蛋跟蹤我。去警察局求助一點也沒用，他們無法禁止那個人不讓我的照片流傳。我以為把頭髮染成黑色或使用彩妝可以不被注意到，但是沒用；我有張容易辨識的臉，這幾年我沒什麼改變。賽斯，我永遠不得安寧。如果你的家人因為我窮，不是猶太人而拒絕我，你能想像，如果他們發現這件事會是怎麼樣嗎？」

「我們來告訴他們，伊琳娜。他們一開始要接受並不容易，但是我想最後他們會因為妳的遭遇而更愛妳。他們是很好的人。妳的苦難過去了；現在應該開始治療和原諒。」

「賽斯，原諒？」

「如果妳不原諒，仇恨會把妳打垮。幾乎所有傷口都可以用關愛療癒，伊琳娜。妳要愛妳自己，也要愛我。知道嗎？」

「凱西也這麼說。」

「聽她的話，那個女人懂很多。讓我幫妳。我不是什麼智者，不過我是個好伴侶，我讓妳看到的堅持夠多了。我永遠不會認輸的。妳認命吧，伊琳娜，我不想讓妳安靜過日子。妳感受得到嗎？我的心正在呼喚妳呢！」賽斯對她說，拉著她的手放到自己胸前。

「賽斯，還有一件事。」

「還有？」

「自從威爾金斯從我繼父那邊把我救出來，沒人碰過我……你知道我指什麼。我一直是一個人，我寧願這樣子。」

「嗯，伊琳娜，那需要改變，但是我們慢慢來。過去的事情和愛情一點關係都沒有，永遠不會再發生在妳身上，也和我們沒有關係。有一次妳告訴我，老人交歡是不疾不徐的。那個想法不錯。我們就像一對祖父母那樣相愛，妳覺得呢？」

「賽斯，我不認為行得通。」

「那麼我們得去做心理治療。好了，女孩，別哭了。餓了嗎？梳理一下頭髮，我們出去吃飯，再聊聊我奶奶的罪惡，那件事一直都能提振我們的精神。」

蒂華納

一九五五年阿爾瑪和一命在馬丁尼茲破爛汽車旅館裡自在相愛的那幾個幸福月裡，她對他坦承自己不能生育。與其說是謊言，那更是種渴望，一種期待。她那麼做是為了維護床笫之歡，因為她倚仗子宮帽避免意外，也因為她的生理期總是那麼不規則，甚至莉莉安阿姨帶她去過兩次的婦產科醫生也在卵巢裡診斷出會影響受孕的囊腫。既然為人母是阿爾瑪最後才會考慮之事，像其他事情一樣她延緩了手術。她猜想自己將奇蹟般地不會在那個年輕階段懷孕。那些意外是發生在沒受教育也沒資源的另一種階級女人身上的。因為她沒計算週期，到了第十周才發現自己懷孕，當她知道時，她還指望運氣兩個多星期。或許那是一個計算上的錯誤，她想；但是如果那是最擔心的事，靠著激烈運動應該可以自然解決；她開始騎腳踏車去所有地方，死命地踩踏。每隔一段時間會查看裡褲上是否有血，她的苦悶與日俱增，但是她繼續和一命約會，繼續以她踩踏單車上下山丘的同一種發狂焦慮交歡。最後她無法繼續坐視不斷腫脹的胸部、早晨的噁心和焦慮症衝擊，她不是求助於一命，而是找納坦尼爾，像兩人從小習慣的那樣。為了避免阿姨姨丈得知消息，她前去貝拉斯科律師事務所見他，就是一九二〇年在蒙哥馬利街上開幕、從大家長年代就存在的辦公室。那裡的家具莊嚴大氣，書櫃排著深綠色皮革的精裝法律書，儼然一座法令陵寢，那裡的波斯地毯會淹沒腳步聲，談話都是私密低語。

納坦尼爾坐在自己的辦公桌後面，只穿著襯衫，領帶鬆綁，頭髮凌亂，被堆積如山的文件和翻開的無聊書冊圍繞，但是看到阿爾瑪時他立即上前擁抱。阿爾瑪把臉藏在他的頸項上，深深欣慰可以把自己的不幸卸載在那個從來沒讓她落空的男人身上。

「我懷孕了。」那是所有她能對他說的話。

納坦尼爾沒放開她，把她帶到沙發，兩人並肩而坐。阿爾瑪對他談她的愛、汽車旅館，談起懷孕並不是一命的錯而是她的錯，如果一命知道的話，一定會堅持結婚，並為孩子負起責任；但是她清楚想過，也缺乏勇氣捨棄自己向來擁有的東西去成為一命的妻子；她崇拜一命，但是知道貧窮的不利處境會磨滅他們的愛情。選擇和她沒有任何共同點的日本群體，過著經濟艱困的生活，或是繼續在自己的環境裡受到保護。面對這樣二選一抉擇，戰勝她的是對陌生事物的畏懼；她的脆弱令自己難堪，一命值得無條件的愛，他是個絕妙的男人、智者、聖人、純淨的靈魂、在他懷裡讓她感到幸福的細膩又溫柔的情人。

她說出一連串慌亂句子，為了不哭出來而擦拭鼻子，試著維持尊嚴。

她補充說，一命生活在一種靈性境界裡，他永遠要當個單純的園丁，不想開發自己豐沛的藝術天分或試著讓他的花卉苗圃成為一樁大生意；那些都不要，他不追求更多東西，只要賺取足夠維生的錢就夠了，他壓根不在乎飛黃騰達或成就，他的熱情是冥想和平靜，但是那些東西不能吃，她不會在波紋錫皮屋頂下一間木板小屋裡組成家庭，不會和手持鐵鍬的農夫們住在一起。

「我知道，納坦尼爾，原諒我，你警告我上千次，我卻沒理會你，你說的話有道理，你說的話總是有道理，現在我發覺我無法和一命結婚，但是我也無法捨棄不愛他，沒有他，我會像一株植物在沙漠中枯萎，我會死去，從現在開始我會更加注意，我向你保證，納坦尼爾，我對你發誓。」她繼續說，繼續不停地說，因歉意和犯錯而張口結舌。納坦尼爾聽她說話，等到她沒氣息繼續哀嘆而且聲音轉弱成為低語才打斷她。

「阿爾瑪，看我是否了解妳的意思。妳懷孕，但不打算告訴一命。」納坦尼爾做結論。

「我沒辦法未婚生子，納坦。你要幫我。你是我唯一可以求救的人。」

「墮胎？阿爾瑪，那是違法又危險的行為。妳別想找我幫忙。」

「聽我說，納坦。我查清楚了，安全，沒有風險，只要一百塊美金，但是你得陪我去，因為那在蒂華納。」

「蒂華納？墮胎在墨西哥也是違法的，阿爾瑪。這真是瘋狂！」

「這裡危險性高多了，納坦。那裡有醫生當著警察的面墮胎，沒人在意的。」

阿爾瑪拿出一張上面有個電話號碼的紙條給他看，向他解釋自己已經打過電話，和蒂華納某個名叫拉蒙的人說過話。聽她電話的是一個英文很破的男人，問是誰通報她去的，知不知道條件是什麼。她給了一個聯繫人的名字，向他保證會帶現金過去，他們約定兩天後他開車過去接她，下午三點鐘，在那個城市某個角落。

「妳告訴那個拉蒙有律師會陪妳去嗎？」納坦尼爾問她，默默接受她指派給自己的角色。

他們隔天早上六點鐘開著家裡的黑色林肯車出發，對十五個鐘頭的旅程而言，那輛車比納坦尼爾的跑車更恰當。一開始納坦尼爾感到生氣無法逃脫，保持敵視的沉默，嘴巴緊閉，眉頭深鎖，雙手像鐵鉤般抓住方向盤，眼光盯住公路，但是阿爾瑪為了上洗手間第一次請他在一處卡車休息站暫停，他就心軟了。年輕女子在洗手間待了半小時，他差點要去找她時，看到她臉色蒼白回到汽車來。她對他解釋：「納坦，早上我會嘔吐，但是之後我就沒事了。」剩下的路途他想辦法逗她開心，最後他們唱著唯一會唱的帕特・布恩（Pat Boone）最膾炙人口的幾首歌，直到她精疲力盡、倒在他身上、頭靠在他肩上睡睡醒醒。

他們在聖地亞哥一間旅館停留吃飯休息。櫃檯人員以為他們是夫妻，給了一間雙人床房間，兩人像孩童時期一樣手牽手躺在那裡。好幾個星期來阿爾瑪第一次睡覺沒做惡夢，納坦尼爾卻清醒著直到天亮，吸著表妹頭髮上洗髮精的味道，想著風險，他既痛苦又緊張，彷彿自己就是小孩的父親，他想像著後續影響，後悔接受這次沒有尊嚴的冒險，後悔沒在加州賄賂一個醫師，在加州一切都可以用合理的價錢完事，和在蒂華納一樣。隨著窗簾縫隙間投射進來第一道光，疲憊感征服了他，直到九點聽到阿爾瑪在浴室嘔吐他才醒來。他們不疾不徐地穿越邊界，一如預料有所延誤，再前往赴拉蒙的約。

墨西哥以其典型風貌迎接他們。他們不曾來過蒂華納，期待的是一座沉睡的小鎮，但是卻身處在一座環抱不住的城市，刺耳且充滿色彩，人群擁擠、交通繁忙，破舊公車和現代汽車與木板車和驢子交錯而過。在一家商店裡可以買到墨西哥食品和美國家電，鞋子和樂器，機械零件和家具，籠子裡的鳥和蛋餅。空氣充滿油炸食物和垃圾的味道，嘈雜的流行音樂、福音派傳教士和足球評論員的聲音震動著酒吧和墨西哥捲餅店的收音機。他們費勁辨識方向：很多街道沒有名字或號碼，每隔三或四個街區他們得再問路，但是兩人聽不懂西班牙文，那些指示幾乎總是指出任何方向的模糊手勢，加上一句「到那兒轉個彎就到了」。他們疲憊地把林肯車停放在一間加油站附近，繼續步行直到找到約定的轉角，結果那是四條繁忙街道的交叉口。面對一條孤單小狗和一群乞討的衣衫襤褸小孩無禮的探究眼神，兩人交叉抱肘等候著。他們收到的唯一指示除了轉角的一條街道的名字外，就是專賣第一次聖餐禮禮服和天主教聖母聖人雕像的一家商店，取的是一個八竿子打不著的名字「鞋子萬歲」。

等了二十分鐘後，納坦尼爾認為他們受騙，應該回家去，但是阿爾瑪提醒他，準時並不是那個國家的特點，然後走進「鞋子萬歲」。她比手畫腳借用電話打了拉蒙的號碼，響了九次才有一個說西班牙文的女人聲音回應，但無法和對方溝通。差不多下午四點鐘，阿爾瑪已經接受事實肯離去時，轉角停下一輛符合拉蒙描寫的後車座墨色窗戶、一九四九年碗豆顏色的福特車。他們看見前座上安穩坐著兩個男人，一個臉上有天花留下的烙印、留著馬尾和濃密連鬢鬍子的年輕人坐在方向盤後方，另一個下車讓他們進去，因為那輛車只有兩扇門。他介紹自己是拉蒙。三十幾歲，修剃整齊的小鬍子，上髮油的頭髮往後梳，身穿白襯衫、牛仔褲和尖頭高根的皮靴。兩個男人抽著菸。「錢。」他們一上車，留著小鬍子的那個人馬上要錢。納坦尼爾把錢交給他，對方數了錢再塞到口袋裡。阿爾瑪和納坦尼爾覺得漫長的整段路途中，兩個男人一句話都沒交談；由於他們不認識那個城市，確定對方一再繞路想把他們弄迷糊，那是對方再一次的戒備行為。阿爾瑪緊抓著納坦尼爾，想著如果是自己單獨一個人，那又會是怎樣的情況，納坦尼爾則在擔心已經拿錢的兩個男人大可賞他們一顆子彈，把他們丟入懸崖。他們沒告訴任何人要去哪裡，家人得花上幾個星期或幾個月才會知道他們出了什麼事。

最後福特車停下來，對方指示他們等候。留鬢鬚的年輕人走向屋子，另一個則看守車子。他們面前是和同一條街上其他房屋很相似的一間便宜建材屋子，這區域在納坦尼爾看來是又窮又髒，但是他無法以舊金山的參數來評斷。兩分鐘後，年輕人回來了。他們命令納坦尼爾下車，對他上上下下搜身，拉他一隻手臂要引領他走，但是他猛力甩開，用一句英文咒語對付他們。拉蒙驚訝之餘對他擺出和解的手勢。

「平靜下來，老兄，沒事。」然後笑了起來，露出兩顆金牙。

對方給他一支菸，納坦尼爾接受了。另一個人協助阿爾瑪下車，他們走進屋內，那不是納坦尼爾所擔心的逃犯巢穴，而是一戶人家的簡陋房子，低矮的天花板，小小的窗戶，悶熱又昏暗。客廳裡有兩個小孩躺在地上玩玩具兵，一張配著幾張椅子的桌子，一張鋪著塑膠皮的沙發，一盞有流蘇的浮誇吊燈和一座像船隻馬達那麼吵雜的冰箱。從廚房飄來炸洋蔥的味道，他們可以看到一個穿黑衣的女人翻煮著平底鍋裡的食物，她和小孩一樣，對剛進來的人不怎麼感到好奇。年輕男人對納坦尼爾指著一張椅子，然後走向廚房，同時拉蒙引領阿爾瑪通過一條短窄走廊，走向門檻上懸掛一塊墨西哥彩虹條紋毯當房門的另一個房間。

「等等！」納坦尼爾喝止他，「誰來動手術？」

「我。」拉蒙回答，看來他是唯一會說點英文的人。

「你懂醫學嗎？」納坦尼爾問他，注意到男人雙手留著上了亮漆的長指甲。

又一次友善的大笑和金牙的閃閃發亮，加上幾個請人放心的動作，兩句半吊子的句子解釋他很有經驗，事情不到十五分鐘就能解決，沒有問題。「麻醉？不，老兄，我們這裡沒那種東西，但是這玩意兒幫得上忙。」他把一瓶龍舌蘭遞給阿爾瑪。看她猶豫不決，不信任地打量著酒瓶，拉蒙喝下好大一口，用袖子把瓶頸擦乾淨，再一次遞給她。納坦尼爾看到阿爾瑪蒼白臉孔的驚嚇表情，一瞬間他下了一生中最重要的決定。

「我們反悔了，拉蒙。我們要結婚把小孩生下來。錢你可以留下。」

⁂

往後阿爾瑪有好幾年的時間細心檢視自己在一九五五年的行為。那一年她終於安住於現實世界，為了減輕讓自己難受又無法克服的羞愧感，她所使出的花招卻完全沒奏效，她羞於愚蠢受孕，羞於愛自己更勝過愛一命，羞於自己對貧困的恐懼，羞於屈從社會壓力和種族偏見，羞於接受納坦尼爾的犧牲，羞於跟不上自己佯裝的現代女豪傑高度，羞於自己膽怯、傳統，以及好幾個她用來自我懲罰的形容詞。她清楚知道自己逃避墮胎是怕痛、怕死於出血或感染，不是因為敬重在肚裡醞釀的那條小生命。她再次到衣櫃大鏡子前檢視自己，但是找不到以前的阿爾瑪，找不到如果一命在那裡會看得到的那個大膽撩人的女孩，找到的卻是一個膽小、虛榮又自私的女人。這些歉意沒有用，一點也無法減輕失去尊嚴的感受。幾年後，開始流行與另一個種族相愛或未婚生子時，阿爾瑪在內心承認自己最深根蒂固的是她從來沒能克服對社會階級的偏見。儘管那趟到蒂華納的旅程令人難受，既摧毀了愛情的憧憬，也讓她丟臉丟到得拿強勁驕傲當避風港，她卻從來沒質疑自己對一命隱瞞事實的決定。告白會意味著攤開自己所有的膽怯。

從蒂華納歸來，她在比平常更早的時間與一命約在向來的汽車旅館碰面。她高傲赴約，備好謊言，內心卻流著淚水。一命第一次比她早抵達。他正在一間破舊骯髒房間裡等候阿爾瑪，那裡儼然是蟑螂王國，但他們一直以愛的火焰照亮那個空間。兩人五天沒見面了，而且好幾個星期來有種混濁東西把他們會面的完美弄模糊了，一命感受到一團濃霧把他們籠罩住，威脅他們，但是她輕挑地排除可能，推說他因醋意而胡言亂語。一命注意到她有點不一樣，情緒躁鬱，話太多又說得太快，幾分鐘時間會改變心情，從賣弄風情和甜言蜜語轉換為陰險的沉默，或一種無法解釋的暴怒。在情感上她無疑慢慢走遠，儘管她突然的熱情和達到高潮的衝勁一再表現出相反的意思。有時候，他們交歡後擁抱著休息時，她的臉頰是溼的。「這是愛的淚水。」她說，但是從沒看過她哭的一命覺得那是失望的淚水，如同那些性愛技巧，他也覺得是逗他開心的企圖。他以祖傳的謹慎試著弄清楚阿爾瑪怎麼了，但是她用一抹嘲弄的笑容或妓女般的挑逗回應他的問題，儘管那種挑逗是開玩笑，卻讓他覺得不舒服。阿爾瑪像蜥蜴般逃脫。她辯解在那分開的五天裡，她和家人到洛杉磯做了一趟義務旅行，而一命進入他的一次出神時期。那星期他以慣常的忘我精神耕作土地、種植花卉，但是他的動作卻像是受到催眠。比誰都了解他的母親放棄追問他，自己帶著收成到舊金山的花店去。一命沉默、安靜，對植物彎下腰，讓太陽曬在背上，沉浸在很少騙得了他的預感裡。

阿爾瑪在汽車旅館房間磨損窗簾篩過的光線下看到他，內心再度感受罪惡的撕裂感。在那撕裂的一秒鐘，她恨起那個男人，那個強迫她面對自己最可悲面向的男人，但是她立即回到在一命面前永遠感受得到的那波愛情與渴望的浪濤。一命站在窗戶旁等她，以他內心不可動搖的力量、他對虛榮的不貪戀、他的溫柔和細膩、他平靜的表情等她；一命以他木頭般的身軀、他粗厚的頭髮、他的綠手指、他柔情的雙眼、以他發自內心最深處的笑容、每次彷彿最後一次和她交歡的模樣等她。她無法直視一命的臉，佯裝一陣咳嗽來淹沒內心燃燒自己的惶恐。

「阿爾瑪，怎麼了？」一命問起，但沒碰她。她對一命脫口說出自己以打混律師態度所準備的精細說詞，說她多麼愛他以及終其一生會繼續愛他，但是那種關係沒有未來，是不可能的，家人和朋友開始懷疑和詢問，他們來自很不一樣的世界，各自都該接受自己的命運，她決定到倫敦繼續藝術學業，他們必須分開。

一命以準備好的堅定接受那排炮般的攻擊。阿爾瑪的話由一段漫長的沉默接續，在那次停歇中，她想像他們可以瘋狂地再交歡一次，一次火熱的道別，一份最後的感官禮物，再一刀剪斷自童年在海崖區花園裡粗率愛撫以來所耕耘的憧憬。她開始解開外衣的鈕釦，但是一命一個手勢阻止了她。

他說：「阿爾瑪，我了解。」

「一命，原諒我。為了繼續在一起，我想像過千百種瘋狂行為；例如擁有一個可以相愛的避風港，而不是這間令人作嘔的汽車旅館，但是我知道那不可能。我已經對這個祕密束手無策了，它正在摧毀我的神經。我們得永遠分開。」

「永遠是很久的時間，阿爾瑪。我想，我們會在最佳的時機或來生再相遇。」一命說道，試著保持沉著，但是一股冰凍的悲傷湧出他的心，把他的聲音弄沙啞了。

他們無助地擁抱，像是被愛情遺棄的孤兒。阿爾瑪的膝蓋下彎，差點跌落在情人厚實的胸前，差點向他坦承一切，甚至要把自己最隱密的羞恥也說出來，差點哀求他讓他們結婚，住在一間小屋裡養育混血的小孩，差點向他承諾她會是個溫馴的妻子，會捨棄她的絲絹繪畫、海崖區的安逸生活和生來就屬於她的耀眼未來，她會為了他以及把他們連結在一起的獨特愛情而捨棄更多東西。或許一命猜到了那一切，他好心阻止她自我折磨，以一個純潔又短暫的親吻封住她的嘴。一命沒放開她，引領她走到門口，再從那裡走到她的車。他在阿爾瑪額頭上再親吻一次，然後走向自己的園藝小卡車，沒有回頭看最後一眼。

我們的愛是必然的，阿爾瑪。向來我都知道，但是幾年來我反抗著，既然永遠無法將妳抽離我的心，我試著把妳從我的思維抽離。當時妳沒給我理由就拋下我，我無法理解。我覺得受騙。但是第一次前往日本的旅行中，我有空靜下心來，最後我接受我這一生已經失去了妳。我不再對我們之間發生的事做無謂的猜測。我不期待命運再度把我們結合在一起。現在，遙遠的十四年之後，那十四年每天想著妳之後，我了解我們永遠不會是夫妻，但是我們也無法捨棄我們如此強烈的感受。在我們剩餘的生命和死後的日子，我邀請妳在一顆泡沫中經歷我們的愛，保護愛不受到世界磨損，悍衛它完整無缺。愛情是不是永恆，端視我們自己。

一

一九六九年七月十一日

最好的朋友

阿爾瑪和納坦尼爾在海崖區露台上舉行的一場私人典禮結婚，那天天氣一開始溫煦得陽光普照，隨著意想不到的烏雲出現而漸漸變冷、變暗，反映著新人的情緒。阿爾瑪露出茄黑色的眼圈，她徹夜未眠，在浩瀚大海的疑問中掙扎，一見到猶太拉比就往浴室跑，嚇到連內臟都翻騰不已，不過納坦尼爾也把自己和她關在裡面，讓她用冷水洗臉，責成她自我控制並且露出笑臉。

他對她承諾：「在這件事裡妳不孤單，阿爾瑪。我和妳在一起，也將永遠和妳在一起。」

拉比一開始因為他們是表兄妹而反對婚禮，教團裡最傑出的成員伊薩克向他解釋由於阿爾瑪懷孕而不得不讓他們結婚時，拉比只好接受。伊薩克對拉比說，兩個年輕人從小青梅竹馬，阿爾瑪從波士頓回來後感情轉變為熱情，那種意外都會發生的，這就是人類境況，面對既成事實只能祝福他們。

瑪莎和莎拉突發奇想，認為可以散播故事來平息背後的議論，例如阿爾瑪是孟德爾夫婦在波蘭領養的，因此她並非血親，不過伊薩克反對。他們無法在已造成的錯誤上再加上一個粗糙的謊言。看到世上除了妻子外他最喜愛的兩個人結合，他內心裡感到滿滿的幸福。他已千百次祈願阿爾瑪跟納坦尼爾結婚，和這個家庭緊緊綁牢在一起，也不願她和一個陌生人結婚而離開他身邊。莉莉安提醒他，亂倫結合會生下有缺陷的小孩，但是他向她保證那是一般人的迷信，只有在好幾代重複近親繁殖的封閉群體中才有科學根據。納坦尼爾和阿爾瑪不是那種情況。

僅有家人、法律事務所的會計師和家裡僕人參加的典禮結束後，他們在重要場合才使用的豪宅大飯廳裡宴請所有觀禮人享用正式晚宴。女廚師、廚師助理、女僕們和司機靦腆地和男女主人同桌，讓城裡最精緻優雅的 Ernie's 餐廳兩名服務生招待。這創舉是伊薩克想到的，目的是從那一天起正式確立阿爾瑪和納坦尼爾是夫妻。對知道他們是同一家庭成員的僕人來說，要習慣這個改變並不容易；事實上，有一位替貝拉斯科夫婦工作四年的女僕以為他們是兄妹，因為在那天之前沒人想到要告訴她他們是表兄妹。晚餐以墓園般的沉默開動，大家眼睛盯在盤子上，都不自在，但是隨著斟倒葡萄酒、伊薩克迫使賓客為新婚夫妻舉杯而漸漸熱絡起來。伊薩克快樂、健談，不停斟滿自己和他人的酒杯，近年來垂垂老矣的他儼然年輕健康起來。莉莉安很擔心，深怕他心臟負荷不了，在餐桌下拉扯丈夫的長褲要他平靜下來。最後新郎新娘切了一個奶油杏仁蛋糕，拿的是伊薩克和莉莉安好久以前在自己婚禮上所用的同一把銀製刀子。自家司機因為喝多了，坐在椅子上用他家鄉的愛爾蘭語吟詩啜泣著，兩人和大家一一道別，搭乘一部計程車離開。

他們在皇宮酒店的新婚套房以香檳、巧克力糖和花朵度過新婚之夜，阿爾瑪也在同一家酒店忍受過成人禮舞會。隔天他們將飛向紐約，從那裡再飛向歐洲兩個星期，那是伊薩克堅決要求他們接受的一趟旅行，兩人卻都不嚮往。納坦尼爾手上有好幾個法律個案，不想丟下辦公室，但是他父親買了機票塞到他的口袋，並且以蜜月是一種傳統需求的說詞來說服他啟程；表兄妹間突然結婚已經有夠多八卦流傳，不要再多加一個。阿爾瑪在浴室脫下禮服，換上莉莉安臨時添購嫁妝時買下的絲絹蕾絲睡衣和長袍回到房裡。還穿著禮服的納坦尼爾坐在床尾長椅上等她，阿爾瑪在他面前像走台步般轉了一圈。

「看清楚，納坦，因為你沒有別的機會欣賞我了。我穿這睡衣腰圍已經很緊。我不相信能再穿上它。」

她丈夫察覺她聲音裡連嬌媚言語也掩飾不了的顫抖，他以手掌在座椅上拍了幾下要她過去。阿爾瑪在他身旁坐下。

「我並不抱幻想，阿爾瑪，我知道妳愛著一命。」

「我也愛你，納坦，我不曉得怎麼解釋。你生命中應該有五、六個女人，我不知道為什麼你一個都不曾介紹給我。有一次你跟我說你戀愛時，我會是第一個知道的人。嬰兒出生後，我們離婚，你就自由了。」

「阿爾瑪，我沒為了妳而捨棄一段偉大的戀情。而且我覺得妳在新婚之夜向我提出離婚協議很低俗。」

「別嘲笑我了，納坦。告訴我實話，我對你有吸引力嗎？我的意思是，把我當女人看。」

「直到現在我一直把妳當妹妹看待，但是隨著共同生活那可能改變。妳要嗎？」

「我不知道。我茫然、悲傷、生氣，我的腦海裡一團亂，肚子裡又有個生命。和我結婚是你很划不來的生意。」

「那還得再看看，但是我要妳知道，對這個男孩或女孩來說，我會是個好父親。」

「納坦，他會有亞洲人的外表特徵。我們該怎麼解釋？」

「我們不用解釋，沒人敢要求解釋，阿爾瑪。心中坦蕩、嘴巴緊閉就是最好的策略。唯一有資格問的人是福田一命。」

「納坦，我不會再見到他。謝謝你，萬分感謝你為我做的一切。你是這世上最尊貴的人，我會試著成為你值得擁有的妻子。幾天前我想著沒有一命我會死，但是現在，我想有你的幫助我會活下來。我不會辜負你的。我會永遠對你忠誠，我對你發誓。」

「嗤，阿爾瑪。我們別做也許無法履行的承諾。我們將以最大的善意一起走這條路，一步又一步，一天又一天。那是唯一我們可以互相承諾的事。」

伊薩克完全拒絕新婚夫婦另外擁有自己的房子，因為海崖區有足夠空間，而且建造一幢那種規模的房子的目的，一直是希望家族好幾世代住在同一屋簷下。另外，阿爾瑪得要好好照顧身體，需要莉莉安和兩個表姊的照料和陪伴；他堅決地說，建造並管理一間房子需要的力氣不成比例。他用情感要脅，提出不可反駁的論述：他希望剩下不多的人生可以和他們一起度過，希望之後他們可以陪伴孀居的莉莉安。納坦尼爾和阿爾瑪接受大家長的決定；她繼續睡在自己的藍色房間裡，那裡唯一的改變是一張床頭小桌隔開的兩張床替代了她原來的床，納坦尼爾則出售他的閣樓，回到父親的房子來住。他在單身時的房間裡放置一張書桌、書本、音樂和一張沙發。家裡大家都知道，這對新婚夫婦的每日作息無益於促進親密行為：她中午起床，早早就上床去睡；他像個大帆船奴工賣力工作，很晚才從辦公室回來，和自己的書本與古典唱片關在房裡，過了半夜才就寢，睡得很少，在阿爾瑪醒過來之前出門。週末他打網球，慢跑上塔瑪佩斯山，在海灣駕他的帆船兜風，返回時已被太陽曬傷，全身是汗，心情平靜。大家也注意到他經常睡在書房的沙發上，但是大家把那件事歸因於他妻子需要休息。納坦尼爾那麼關心阿爾瑪，阿爾瑪那麼依賴他，他們之間有那麼強烈的信任與好心情，只有莉莉安懷疑有事情不對勁。

「妳和我兒子之間怎麼了？」他們蜜月後回到家第二個星期她問阿爾瑪，那時她懷孕已經進入第四個月。

「莉莉安阿姨，為什麼問我這個？」

「因為你們相愛的方式和以前一樣，沒有任何改變。沒有熱情的婚姻就像沒有鹽巴的食物。」

阿爾瑪笑著說：「妳要我們公開曬恩愛嗎？」

「阿爾瑪，我和伊薩克的愛是我擁有最珍貴的東西，比小孩孫子還珍貴。我希望你們也是一樣：要彼此愛戀過日子，像伊薩克和我。」

「莉莉安阿姨，什麼讓妳認為我們之間沒有愛戀？」

「阿爾瑪，妳正在懷孕期的最佳階段。四個月到七個月間，女人會覺得強壯，充滿活力和性慾。沒人會談那種事，醫生們不會提，但是那就像發情一樣。我懷三個小孩時就是如此，我追著伊薩克跑。很難為情！在妳和納坦尼爾間，我看不到那種狂熱。」

「妳怎麼知道在關起來的門後面我們之間發生什麼事？」

「阿爾瑪，別拿問題回答我！」

舊金山海灣的另一邊，一命把自己監禁在持續的緘默裡，跌入背叛愛情的憂鬱裡。他全心投入於花卉工作，那些花朵開得比往常更繽紛、更芬芳來安慰他。他得知阿爾瑪結婚的消息，因為惠美在美髮院翻閱一本八卦雜誌，在社會生活版看到阿爾瑪和納坦尼爾穿禮服的一張照片，兩人正在主持家族基金會的年度晚宴。照片說明指出他們剛從義大利蜜月旅行返國，描寫著出色派對和阿爾瑪身上從古希臘皺摺長袍得到靈感所縫製的高雅禮服。根據雜誌的說法，那一對是年度最熱門的話題。惠美剪下那一頁帶回來給一命，沒料到那會在弟弟的胸口扎下長矛。一命仔細觀察照片，沒有顯露任何情緒。他好幾個星期白費功夫地試著理解，那幾個月和阿爾瑪在汽車旅館的誇張交歡裡發生了什麼事。他以為經歷到無比非凡，值得文學高度的熱情，注定要在一起的兩個靈魂一再重逢，但是當他懷抱那宏偉的確信，她卻計畫和另一個男人結婚！

這場騙局大到他的胸口無法容納，連呼吸都困難。在阿爾瑪和納坦尼爾的世界裡，婚姻的意義大於兩個個體結合，那是一種社會、經濟、家族的策略。阿爾瑪籌備著婚禮，卻連最細微的意圖都沒顯露，這怎麼可能；證據擺在眼前，而他，眼瞎、耳聾、沒看見。現在他可以整理零碎的念頭，並且理解最後那段時間阿爾瑪的無條理行為，她游移的情緒，她閃爍的言詞，她為了迴避問題的做作，她逗他開心的那些拐彎抹角伎倆，她為了交歡不看他眼睛而表現出來的扭捏動作。虛假是那麼完整，謊言圈套是那麼複雜曲折，造成的傷害是那麼無法復元，他只能接受自己一點也不了解阿爾瑪，她是個陌生人。他愛的女人從來不存在，他是以夢想建構她。

福田秀子受不了看她兒子如夢遊者靈魂出竅，她認為帶他回日本尋根的時候到了，運氣好一點還可以幫他找到女朋友。那趟旅行將會幫助他揮去壓迫他的沉重感，那種沉重原因她和惠美都無法發現。一命要成立家庭還太年輕，但是他已經有老年人的成熟；在兒子受美國惡習掌控，沒有癡情熱戀就結婚之前，她最好盡快介入選擇未來媳婦。惠美完全專注在學業上，但是她接受監督在他們旅行期間雇來經營花卉生意的兩名同胞。她想要求博伊德放掉夏威夷的一切搬來馬丁尼茲種植花卉，當作是最後的愛情試驗，但是秀子仍然拒絕唸出那位頑固戀人的名字，提起他時總是稱他為集中營衛兵。還得過五年時間，她的第一個孫子查爾斯．安德森才誕生，那是惠美和博伊德的兒子，而她才願意對著白種洋鬼子說話。

秀子沒問一命的意見就安排旅程。她對一命宣布，他們得履行祭拜高雄祖先那不可規避的責任，那是她在高雄臨死前為了讓他安心離開而許下的承諾。活著時，高雄無法履行，現在由他們負責朝拜。他們得參拜一百間廟宇，並在每間廟宇灑下高雄的一些骨灰。一命表達出純粹修辭上的反對，因為內心深處，這裡或那裡對他都一樣；地理位置不會影響他已啟航的內心淨化過程。

在日本，秀子對兒子宣告她的首要責任並不是她死去的丈夫，而是她那也許還活著的高齡父母，以及她自從一九二二年就沒再見過的兄弟姐妹。她沒邀請一命陪她。她輕描淡寫地道別，宛如去逛街，沒興趣知道兒子怎麼存活。一命把他們帶來所有的錢交給母親。他看著母親搭火車離開，自己在車站丟下行李後，僅穿著一身衣物，帶著一把牙刷和裝著父親骨灰的油布紙開始走。他不需要地圖，因為他已經把路線背起來。第一天他整天空著胃步行，向晚時分抵達一間小小的神道教神社，在那裡靠著一面牆壁躺下。他開始要入睡時，一位行乞的和尚靠近他，對他說明神社裡一向備有茶飲和米蛋糕敬奉朝聖者。這就是他接下來四個月的生活。白天他步行到被疲憊征服，飢餓到有人給他東西吃，在晚上抵達的地方睡覺。他從來不乞討，從來不需要錢。他的腦子一片空白，陶醉在風景和疲憊裡，而繼續前進的努力慢慢撕咬下他對阿爾瑪的不好回憶。參拜一百家廟宇的任務結束時，油布袋已經空了，他也把旅程最初壓迫他的陰暗思緒完全拋開了。

活在不確定裡沒有安全，沒有計畫也沒有目標，任我像隻鳥被微風帶走，這是我在朝聖途中學到的。妳會覺得奇怪，六十二歲我仍然可以驟然離開，沒有路線也沒有行李地遊蕩，像個沿路攔車的少年，妳會覺得奇怪，我離開的時間不明確，沒打電話給妳也沒寫信給妳，妳會覺得奇怪，我歸返後無法告訴妳我去了哪裡。沒有任何祕密，阿爾瑪。我行路，那就是一切。為了倖存，我需要的很少，幾乎什麼都不需要。啊，自由！

我走了，但是回憶裡永遠有妳。

一

一九九四年八月二日

秋天

阿爾瑪連續缺席公園長凳約會的第二天，雷尼到她在雲雀之家的公寓找人。在雲雀之家上班時間前去協助阿爾瑪穿衣的伊琳娜幫他開門。

雷尼說：「阿爾瑪，我在等妳。妳遲到了。」

阿爾瑪嘆口氣回應：「人生苦短，準時沒那麼重要。」

好幾天來伊琳娜提早抵達幫她準備早餐，在淋浴間看顧她，幫她穿衣，但是兩人對此絕口不提，因為那等於承認阿爾瑪開始無法不依賴照護度日，應該轉到第二級或回到海崖區和家人同住。她們寧可把突來的虛弱當作暫時的不便。賽斯曾要求伊琳娜捨棄雲雀之家的工作，退掉他稱為老鼠窩的租屋，乾脆搬來跟他同住，但是伊琳娜一隻腳仍放在柏克萊，用以防範依賴關係的陷阱，她害怕依賴關係，如同阿爾瑪害怕轉到雲雀之家第二級一樣。她試著對賽斯解釋，這樣的比較讓他很生氣。

阿喵不在的傷痛，形同心肌梗塞般打擊著阿爾瑪：她的胸口疼痛。那隻貓時時刻刻以沙發上抱枕、地毯的邊角皺摺、沒掛好的大衣、窗戶上樹木陰影的模樣出現在她眼前。阿喵是她十八年來的密友。為了不要自言自語，她和貓說話，不用擔心貓不回話，也放心對方以貓的智慧懂得一切。他們的個性雷同：自負、懶散、孤僻。她不僅愛牠那普通動物的醜相，也愛時間在牠身上造成的毀損：皮毛上的脫皮、彎扭的尾巴、有眼眵的雙眼、吃香喝辣的大肚子。她在床上懷念牠；身側或腳邊沒有阿喵的重量令她難以入眠。除了克絲汀，那是唯一撫摸她的動物。伊琳娜想過要撫摸她，幫她按摩、洗頭髮、修剪指甲，總之，想過找到一種方式在肢體上接近阿爾瑪，讓她感到不孤單，但是那女人不跟任何人有親近關係。和雲雀之家其他女性的肢體接觸，伊琳娜覺得很自然，而且慢慢開始希望和賽斯有那種接觸。她試著在阿爾瑪的床上放個熱水袋來掩蓋阿喵不在的事實，卻眼看這種荒謬方法使傷痛更嚴重。她建議到動物保護協會領養一隻貓。阿爾瑪讓伊琳娜看清楚，她不要領養一隻會比自己活更久的動物。阿喵是她最後一隻貓。

那天雷尼的狗蘇菲亞在門檻等候，像阿喵活著時捍衛自己領域那樣，牠看見有機會出去散步，甩尾巴拍打著地面，但是阿爾瑪因費力穿衣已筋疲力盡，無法從沙發站起來。伊琳娜道別時說：「阿爾瑪，我把妳交給可靠的人照料。」雷尼很擔心，他注意到阿爾瑪外表及公寓的變化，那裡還沒通風，聞得到滯悶味道和垂死梔子花的氣味。

「我的朋友呀，妳怎麼了？」

「沒什麼大不了。或許我聽力有點問題，才會失去平衡感。有時候胸口感覺像是大象的撞擊。」

「妳的醫生怎麼說？」

「我不要醫生、檢查和醫院。人一旦掉進那圈圈就出不來了。也不要任何貝拉斯科的人！他們喜歡悲劇，會弄出一團糟。」

「妳別想死得比我早。記住我們的約定，阿爾瑪。我來這裡是為了死在妳懷裡，不是反過來。」雷尼開玩笑地說。

「我沒忘記。但是如果我辦不到，你可以向凱西求助。」

這份友誼發現得晚，卻像陳年葡萄酒令人陶醉，為兩人逐漸失去光澤的無情現實畫上色彩。阿爾瑪的脾氣相當孤僻，從來不會感受到自己的孤單。她插隊住進貝拉斯科家裡，受到姨丈姨媽保護，以訪客姿態住在別人——她的婆婆、管家、她的媳婦——管理的海崖區寬敞房子裡。她在每個地方都覺得有隔閡，與眾不同，但是那非但不是問題，還成為感到驕傲的動機，因為那有助於她把自己當作孤僻又神祕且比其他凡人略為優越的藝術家。她不需要和一般人類扯在一起，覺得倒不如把人類評斷為愚蠢，人類如果有機會的話會殘酷，充其量會感性。她很小心，從未在公開場合表達過這些見解，但是在老年，這些想法愈發牢固。

算算在她超過八十年的生命中，她愛過的人很少，但是愛得很深刻，她以一種狂野浪漫精神將他們理想化，反抗現實的抨擊。她不曾有過童年或青少年那種會傷害人的戀愛，大學時代她孤伶伶度過，獨自旅行、工作，沒有合夥人或同事，只有下屬；取代那一切的是對福田一命執著的愛，以及獨占納坦尼爾的友誼，她並不把他當作丈夫懷念，而是當作最親密的朋友。她人生的最後階段擁有一命，她傳奇般的情人，擁有孫子賽斯和伊琳娜、雷尼和凱西這些酷似長年以來的朋友；多虧了他們，她能免除無聊，無聊可是老年諸多苦難其一。雲雀之家社區的其他人宛如海灣的景色：她從遠處欣賞風景，不沾濕雙腳。

她有半世紀時間身屬舊金山上流階級的小圈圈，出現在歌劇院、慈善活動和不能免除的社會義務活動裡，從第一次問候就與人建立起不可逾越的距離。她對雷尼說，他人的噪音、空洞的閒聊和怪癖會干擾她，只有對苦難眾生抱持模糊不清的同理心才讓她免於成為變態。她很容易憐憫不認識的不幸者。她不喜歡人群，比較喜歡貓。她只能以微小劑量吞嚥人類，超過三個人就難以消化。她向來迴避團體、社團和政黨。即使原則上支持，她從不捍衛任何意識形態，像是女性主義、公民權利或和平。

「我不出去捍衛鯨魚是為了不和環保人士混在一起。」

她從來沒為了另一個人或一個理想犧牲自己，忘我精神並非她的美德。除了生病中的納坦尼爾，她不必照顧任何人，甚至自己的兒子也不必。她的母愛並不是假設母親該付出狂風暴雨般的寵愛與焦慮，而是一種溫和和持久的關愛。在她生命中，賴瑞穩若泰山，永遠對她無條件付出，她則回以絕對的信任長久愛他，那是一種她輕鬆付出便能自在享用的情感。她尊崇並且敬愛伊薩克和莉莉安，成為她的公公婆婆後，她依然稱呼他們姨丈阿姨，但是他們的善良和服務熱忱一點都沒感染到她。

她對雷尼說：「感謝老天，貝拉斯科基金會是從事綠地建造，不是救助乞丐或孤兒，這樣我不接近受惠者就能行善。」

「別說了。如果我不了解妳，會以為妳是個自戀的怪物。」

「如果我不是，那要感謝一命和納坦尼爾，是他們教導我施與受。沒有他們，我早就屈從於漠不關心的本性。」

「很多藝術家都是內向，阿爾瑪。他們得要抽離才能創作。」

「別找藉口。事實上，我越老越喜歡自己的缺點。老年是一個人成為自己高興做的人或做自己高興做的事的最佳時機。很快就沒有任何人可以受得了我。雷尼，告訴我，你有沒有後悔什麼事？」

「當然有。後悔我沒做的瘋狂事，後悔戒菸和戒瑪格麗特酒，後悔成為素食者、死勁地運動。我還不是一樣會死去，而且還無病無痛。」雷尼笑著說。

「我不要你死……」

「我也不要，但是那無法選擇。」

「我認識你時，你常喝得酩酊大醉。」

「三十年來我節制飲酒。我想那時候喝那麼多是為了不要思考。以前我過動，幾乎無法坐下來剪腳指甲。年輕時我是隻群居動物，總是被噪音和人群圍繞，但是儘管這樣，我還是覺得孤寂。害怕孤寂刻劃我的性情，阿爾瑪。以前我需要被接受、被愛。」

「你說的是過去式。現在不是這樣了？」

「我變了。年輕時我追尋認同和冒險，直到我認真談了戀愛。後來我的心碎了，花了十年時間試著把碎片重新組合起來。」

「你做到了嗎？」

「可以說做到了，感謝心理學的大雜燴：個人、團體、完形、生物動能治療法，反正只要是隨手可得的療法，甚至還有吶喊治療法。」

「那是什麼鬼東西？」

「我和諮商心理師關在一起，五十五分鐘的時間像個魔鬼附身的人尖叫，拳打一個大枕頭。」

「我不相信你說的。」

「是真的。妳想看看，我為了那樣還得付錢。我治療了好幾年。阿爾瑪，那條路上亂石密布，但是我學到了解自己，正視我的孤寂。孤寂已經不會嚇到我了。」

「那種東西應該會對我和納坦尼爾有幫助，但是我們並沒想到。在我們的環境裡沒人使用那些方法。心理學開始流行時，對我們來說已經太晚了。」

正是需要梔子花讓阿爾瑪開心的時候，週一會寄到的匿名花卉包裹卻突然不再送來，不過她沒流露出她注意到了。自從上一次出遊後她就很少出門。要不是伊琳娜、賽斯、雷尼和凱西幫助她擺脫不想動的惡習，她早像個隱士閉關修行。對以前填滿時間的閱讀、電視影集、瑜珈、維克多的菜園和其他嗜好，她都失去興趣。她吃飯時沒胃口，要是伊琳娜沒留意，她可能會好幾天以蘋果和綠茶度日。她沒告訴任何人她的心臟經常快速蹦跳、視力變模糊、會把最簡單的事情搞錯。以前剛剛好合乎需求的住處，現在看起來變大了，空間布局不斷在改變：她以為站在浴室前時，卻是站在大樓走廊上，走廊變長也變得歪七扭八，讓她很費力才能找到自己的門，每扇門根本長得都一樣；地板像波浪般起伏，她得靠在牆上才能穩住站姿；電燈開關改變位置，在黑暗中她找不到開關；新抽屜和擱板不斷冒出來，在那裡找不到日常用品；沒人動過的相簿裡那些照片也被弄亂了。她找不到任何東西，打掃的雇員或伊琳娜把她的東西藏了起來。

她理解這世界不太可能對她玩弄這些詭計，最可能的是她的腦子裡缺氧。她依照從圖書館借來的一本手冊把頭探出窗外做呼吸練習，卻拖延凱西叫她去看心臟科醫生的建議，因為她依舊忠於自己的信念，認為只要給時間，幾乎所有小病痛會自行痊癒。

她就要滿八十二歲，老了，但是拒絕跨進老年的門檻。她不想坐在歲月的陰影下，眼睛直盯著空虛，腦子想著假想的過去。她跌倒過兩次，除了瘀青沒有其他後遺症；接受有時候讓人扶著走路的時候已經到了，但是她用些許餘力餵食剩下的虛榮心，對抗著放任自己輕易變懶散的誘惑。轉入第二級的可能性讓她感到毛骨悚然，到那邊她將沒有隱私，雇傭照護者將護理她最私密的需求。

「晚安，死神。」入睡前她這樣說，隱隱約約期待不再醒過來；那會是最高雅的離開方式，只有交歡後在一命懷裡永遠睡著能相媲美。事實上，她不相信自己值得那份禮物；她已曾擁有一段美好人生，沒理由讓她的終點也是美好。三十年前她就失去對死亡的畏懼，那時死亡像個朋友來帶走納坦尼爾。是她本人把死神喚來，把丈夫交到死神懷裡。她不再對賽斯聊起那件事，因為孫子說她有病，但是跟雷尼在一起那卻是個常聊起的議題；他們長時間臆測另一個世界的可能、靈魂的永恆，以及陪伴死神的那些沒有殺傷力的幽靈。和伊琳娜可以聊任何事，女孩懂得聆聽，但是女孩的年紀對不死還有憧憬，無法完全領悟幾乎已經走完全部人生之人的感受。女孩無法想像，需要多少膽量才能變老卻不受到過度驚嚇；伊琳娜對年紀的理解是紙上談兵。

談論老年的出版物也都是理論，圖書館中所有那些自恃博學的無聊書籍和自我成長手冊都是些年紀不大的人寫的。雲雀之家的兩位女諮商心理師也是年輕人。不管她們有多少張文憑，她們對失去一切懂些什麼？能力、活力、獨立性、遊經歷和人群。儘管要是說真話，其實她不懷念大家，只懷念納坦尼爾。家人她看夠多了，她很感謝家人不常來訪。她的媳婦認為雲雀之家是藏放有共產思想和吸食大麻那種老人的地方。她寧可透過電話和他們溝通，寧可在海崖區最舒服的地方見到他們，或在他們好心帶她去散步的最舒適地方看到他們。她不能抱怨，那個僅由賴瑞、朵麗絲、寶琳和賽斯組成的小家庭從來沒讓她失望。她不能算是被遺棄的老人，不像雲雀之家自己週遭那麼多人那樣。

她無法繼續拖延關閉繪畫工作室的決定，她保留工作室是為了克絲汀。她向賽斯解釋，她的助理智能上有些限制，但是已經跟著她工作了好幾年，那是克絲汀一輩子做過的唯一一份工作，而且履行職責的方式向來無可指責。

「賽斯，我必須保護她，那是我最起碼可以為她做的事，但是我沒力氣應付細節，那由你來做，你當律師不是沒道理的。」

克絲汀有保險、年金和自己的存款；阿爾瑪幫她開了一個帳戶，每年幫她存一筆錢以應不時之需，但是一次緊急事件都沒出現過，而且那些資金也做了很好的轉投資。為了保障克絲汀未來經濟所需，賽斯和她哥哥取得共識，而為了讓院長雇用她在疼痛診所裡當凱瑟琳的助理，也和沃伊特達到共識。他們對院長說明不必撥薪資給她時，他對雇用唐氏症患者的顧慮馬上煙消雲散。克絲汀在雲雀之家的工作由貝拉斯科家族獎助。

梔子花

沒有梔子花的第二個星期一，賽斯帶著一只裝著三朵梔子花的箱子來訪，他說是要紀念阿喵的。小貓剛剛過世讓阿爾瑪倒盡了胃口，花朵壓迫感的香味對安撫她的無精打采毫無幫助。賽斯把花放在一碟水盤中，為兩人泡了茶，和奶奶安坐在小客廳的沙發上。

「奶奶，福田一命的花怎麼了？」他以平淡的口吻問她。

「賽斯，你對一命知道些什麼？」阿爾瑪不安地回覆。

「相當多。我猜妳那位朋友和收到的信件、梔子花，以及妳的出遊都有關係。當然，妳可以做任何想做的事，但是我覺得妳的年紀不好獨自一人，或由不適當的人作陪在外面遊蕩。」

「你竟然跟蹤我！你怎麼敢插手管我的私生活？」

「奶奶，我是為妳操心。應該是我太關心妳，儘管妳很愛咕噥。妳不用隱藏，妳可以信任我和伊琳娜。我們是妳想做任何蠢事的共謀。」

「那不是什麼蠢事！」

「當然不是。抱歉。我知道那是一輩子的愛。伊琳娜恰巧聽到妳和雷尼之間的一段對話。」

那時，阿爾瑪和貝拉斯科家族其他人都知道伊琳娜住在賽斯的公寓裡，如果不是長期，至少一星期好幾天。朵麗絲和賴瑞不做負面評論，希望摩爾達維亞那位悲慘的移民者只是兒子暫時輕率玩玩的對象，不過他們以冰冷的禮貌接待伊琳娜，女孩看到那情形，不再參加阿爾瑪和賽斯堅持拖她去的海崖區週日午餐。反而是未曾解釋為何反對哥哥那些運動員女友的寶琳敞開懷抱歡迎她。「哥哥，恭喜你。伊琳娜令人感到清新，比你有個性。她懂得掌控你。」

賽斯懇求阿爾瑪：「奶奶，妳為什麼不把一切都告訴我呢？我沒錢請偵探也不想跟蹤妳。」

那杯茶快要從阿爾瑪顫抖的雙手潑灑出來，孫子把杯子拿下來放在桌上。女人一開始的怒氣不見了，取而代之的是朝她襲擊而來的一陣強烈疲乏，一股深切渴望，渴望傾吐心事並對孫子坦承錯誤，渴望告訴他，她的內心正被蟲子蛀蝕，自己正在慢慢結束天年，因為她已經無法承受更多疲憊，她想沉醉在愛情裡滿足地死去。經歷過轟轟烈烈的人生、愛情，且吞噬過淚水的八十多歲年紀，夫復何求？

她對賽斯說：「叫伊琳娜過來。我不想又得重複說故事。」

收到手機簡訊時，伊琳娜正在沃伊特辦公室裡，和凱瑟琳、露碧姐，以及養護與護理部門兩位女主管在一起，討論著選擇性死亡，那是替代院長禁止自殺這術語的委婉說法。櫃檯有一個從泰國寄來的致命包裹被攔截下來，平放在院長的書桌上當證據。包裹署名寄給海倫·丹普西，她是第三級住戶，八十九歲，有復發性癌症，沒有家人也沒有精神再次忍受化療。說明書指示，內容物須配合酒精服用，終點會在睡夢中平靜到來。

凱西說：「應該是巴比妥。」

「或是老鼠藥。」露碧姐補上一句。

院長想知道海倫是怎麼搞鬼訂購那東西，卻沒有任何人知道；員工應該留意才對。如果傳出去雲雀之家有人自殺，那很不妥，對機構的形象會是大災難。可疑死亡的情形，像是雅克·迪凡的死，他們要小心不做過度細微調查；最好忽略細節。員工怪罪艾蜜麗和她兒子的鬼魂總是把絕望的人帶走，因為每次有人過世，不管是自然原因或非法原因，海地照護員尚．丹尼爾都會遇見披著粉紅色薄紗的年輕女子和她不幸的小孩。那個景象讓他毛骨悚然。他要求院方雇用一位他的女同胞——她因生活需求是個美髮師，出於使命是位巫毒教女教士——請她把這兩條鬼魂送到他們應該在的另一個世界國度裡，但是沃伊特沒有足夠預算可做那種花費，他在財務上想方設法才讓這個群體好不容易度過難關。

這個話題對依然難過啜泣的伊琳娜有點不恰當，因為兩天前有人幫阿喵注射藥劑結束牠的老年病痛時，把阿喵抱在懷裡的是她。阿爾瑪和賽斯無法在那彌留之際陪伴小貓，前者是因為難過，後者是因為膽怯。他們讓伊琳娜單獨留在公寓裡招呼獸醫。卡雷特醫生在最後一刻因為家人臨時有事沒能來，來的是外表看起來像畢業生的一個緊張的近視女孩。然而年輕女孩有效率又有愛心；小貓一沒注意就咕嚕咕嚕叫著離開了。賽斯應該把屍體帶到動物火化場，但是現在阿喵裝在一個塑膠袋放在阿爾瑪的冰箱裡。露碧妲認識一個製作動物標本的墨西哥人，可以讓牠變成像活著的模樣，用麻絮填補身軀，裝上玻璃眼睛，或是把頭顱清理乾淨加以拋光，可以放在一個小型底座上當裝飾品。她建議伊琳娜和賽斯給阿爾瑪一個驚喜，但是他們覺得那樣做並不會得到奶奶該給的賞識。

「在雲雀之家，我們有責任打消任何選擇性死亡的念頭，了解嗎？」沃伊特第三或第四次堅持己見，以堅定的警告眼神看著凱瑟琳，因為有慢性疼痛也就是最脆弱的病患會尋求她的協助。他懷疑，而且不無道理，這些女人知道的事情比她們願意告訴他的來得多。伊琳娜看到賽斯在手機螢幕上的留言時打斷院長：「抱歉，沃伊特先生，這是緊急事件。」那讓她們五個女人有機會逃走，丟下話說到一半的院長。

她看到阿爾瑪坐在自己的床上，雙腿上蓋著一條披肩，稍早是孫子看到她顫抖，把她安置坐在那邊的。她臉色蒼白，嘴上沒塗口紅，分明是個縮水的老人。

她要求：「你們打開窗戶。玻利維亞這稀薄空氣真要我的命。」伊琳娜向賽斯解釋他奶奶並不是胡言亂語，她是指窒息的感覺、耳朵的嗡嗡聲響和身體四肢無力，那和多年前她在拉巴斯三千六百公尺高度罹患高山症的感覺一樣。賽斯懷疑那些症狀不應該歸因於玻利維亞的空氣，而是冰箱裡的貓。

阿爾瑪先讓他們發誓為她保守祕密直到她過世，接著開始重複已經告訴過他們的事情，因為她認為最好從頭編織她的一生。她從但澤碼頭和父母親辭別、抵達舊金山，以及如何緊抓住納坦尼爾的手開始說起，當時預感或許永遠不會放開那隻手；她繼續敘述確切認識福田一命的那一刻，珍藏在記憶中最難忘的一刻，從那裡慢慢順著過往道路往前推移，以宛如高聲朗誦書本的清晰次序述說故事。賽斯對祖母腦部狀況的疑問頓時煙消雲散。他為了寫書向奶奶套資料的前面三年裡，阿爾瑪已經表現出她述說的精湛技藝、她的節奏感和步步懸疑的技巧，表現出她對比燦爛事蹟和最悲慘事件的能力，亦即光與影，像納坦尼爾的照片那樣，但是在那個下午前，他從來沒機會在如此努力不懈的馬拉松賽中讚美她。阿爾瑪說了好幾個小時，只暫停幾次喝茶、咬幾塊餅乾。天黑了，但是三個人都沒察覺到，祖母述說故事，年輕人專心聆聽。她對他們述說，十二年沒見過面後，她與一命在二十二歲那年重逢，述說沉睡的童年愛情如何以抗拒不了的力量一拳把兩人打倒，儘管他們知道這段愛該下地獄，而且事實上維持不到一年。

世世代代以來，熱情是普遍又永恆，她說，但是環境與習俗在所有的時間都會改變，六十年後的人很難理解他們那個年代所面對的不可克服阻礙。如果她可重新年輕一次，以現在年老了對自己的了解，她還是會重複曾做過的事；因為她還是不敢和一命踏出決定性的一步，常規仍然會阻礙他們；她服從規定，從來不勇敢。七十八歲，她做出唯一一次造反，那時她為了在雲雀之家安頓下來而拋下海崖區的房子。二十二歲時，她和一命懷疑他們時間有限，兩人為了消費完整的愛情而狼吞虎嚥，但是他們越是耗盡愛情，慾望就越魯莽，會說所有慾火遲早會自動熄滅的人錯了，因為有些熱情在被命運之爪突擊毀滅之前仍是火災，而且儘管如此，仍然殘留著炙熱炭火，一有氧氣就復燃。她對他們說蒂華納、與納坦尼爾的婚禮，以及如何再過七年才在她公公喪禮上看到一命，那七年她平靜地想著他，因為她並不期待再度與他相遇，也談著如何再過七年，才終於落實他們依然共有的愛情。

「那麼，奶奶，我爸爸不是納坦尼爾的兒子囉？那麼我就是一命的孫子了！告訴我，我到底是姓福田還是貝拉斯科！」賽斯大喊。

「如果你姓福田，會有點日本人的五官不是嗎？你姓貝拉斯科。」

沒出生的男嬰

婚後最初幾個月，阿爾瑪全神貫注於自己的妊娠，因此對捨棄一命的愛情這件事的怒氣變成一種可以忍受的不舒服，猶如鞋子裡的一顆小石子。她陷於反芻動物的平靜中，在納坦尼爾殷切呵護下以及家人提供的窩巢裡躲避風雨。儘管瑪莎和莎拉已經給莉莉安和伊薩克生了孫子，兩老仍是滿心期待宛如留著皇室血液的嬰兒，因為嬰兒將冠上貝拉斯科的姓氏。他們將家裡一間陽光充足的房間分給他，在裡面擺設幼兒家具，從洛杉磯請來一位藝術家在牆壁畫上迪士尼人物。他們專心照顧阿爾瑪，甚至滿足她最細微的嘴饞。六個月她已過胖，有高血壓，臉龐長斑，雙腿沉重，與頭痛共存，鞋子穿不下只能穿海灘涼鞋，但是自從肚子裡第一次胎動開始，她就愛上自己正在孕育的胎兒，那不屬於納坦尼爾也不屬於一命，僅只屬於她自己。她想要一個兒子，要幫他取名為伊薩克，給公公可延續貝拉斯科姓氏的後代。她向納坦尼爾保證，永遠不會有人知道小孩並沒有相同的血液。她飽受罪惡感折騰，想到要是納坦尼爾當初沒阻止她，那小孩早就在蒂華納的下水道結束了生命。

她對胎兒的偏愛越來越強烈，對自己母體變化的嫌惡也隨之有增無減，但是納坦尼爾對她保證她很亮麗，比任何時刻都漂亮，還拿包著柳橙的巧克力和孕婦嘴饞的零嘴讓她超重。好兄妹的關係依舊如常。他優雅又愛乾淨，使用家裡另一端靠近書房的浴室，不當妻子的面脫衣服，但是阿爾瑪在丈夫面前可一點也不害羞，她放任自己在妊娠中體態變形，和他分享著最平淡無味的細節以及害喜的不適，說出即將身為人母的精神危機和恐懼，她從來沒那麼投入過。那段期間，她違背父親強制她遵守不抱怨、不要求也不相信任何人的基本規則。

納坦尼爾變成她生命的中心，在他的翅膀下，她感到開心、安全、被接納。那在他們之間建立起一種很自然的不平衡親密感，因為正好符合兩人的個性。如果他們曾經提過這種畸形關係，也是為了達成協議，同意在嬰兒出生、阿爾瑪分娩復元後，兩人試著像對正常夫妻生活，但是看起來兩人對那件事都不急。阿爾瑪發現他下巴下方的肩膀是最美好的地方，她可以把頭靠在那裡，也可以打瞌睡。

「納坦，你有自由去和其他女人在一起。我只要求你要低調，避免讓我蒙羞。」阿爾瑪常常這樣對他說，而他回以一個親吻和一個玩笑。雖然她無法擺脫一命烙在自己心裡和身體的痕跡，但能感受到自己對納坦尼爾吃醋；有半打女人倒追他，她猜想，他結婚並不是一種阻礙，反而對或許不只一個女人而言還是一種刺激。

他們在冬季滑雪入住的太浩湖畔家族房子裡，貝拉斯科老夫婦早上十一點喝著熱西打，等待暴風雨散去好出門透透氣，那時阿爾瑪穿著睡衣光著腳丫搖搖晃晃出現在客廳。莉莉安向前攙扶，但她拒絕了，自己試著集中視線。

「告訴我哥哥塞謬爾，我的頭要裂開了。」她喃喃低語。

伊薩克努力把她帶到一張沙發，一邊呼喊納坦尼爾，但是阿爾瑪像是釘在地板上，像一座家具那麼沉重，她雙手撐著頭，口唸塞謬爾、波蘭和一件大衣內裡的鑽石等等不連貫的話。納坦尼爾及時趕到，看見妻子在抽搐中倒下。

她懷孕二十八週出現妊娠毒血症，持續了一分鐘又十五秒。在現場的三個人都不理解那是怎麼一回事，他們以為那是癲癇。納坦尼爾只能讓她側躺、扶著她免得她痛苦哀嘆，並用一根湯匙讓她咬著維持嘴巴張開。可怕的襲擊很快就平息了，阿爾瑪變得毫無血色，失去方向感，她不知道自己身在何處，也不知道誰跟她在一起，因頭痛和腹部痙攣而呻吟。他們用毯子把她裹住送上車，車子在結冰的路上打著滑把她載往診所，那裡的輪值醫師專長是滑雪客的扭傷和挫傷，除了幫她降血壓沒能多做什麼。救護車冒著暴風雪，不顧路途艱險，花了七個小時從太浩湖開到舊金山。一個婦產科醫師終於幫阿爾瑪做了檢查，他警告家屬有再發痙攣或腦溢血的即時風險。懷孕五個半月，小孩生存的可能性等於零，他們得再等大約六週才能催生，但是母體和胎兒在那段時間都可能死亡。胎兒彷彿聽到了，幾分鐘後，他的心跳在子宮裡停歇，替納坦尼爾省下一個慘烈的決定。阿爾瑪火速被推進手術室。

納坦尼爾是唯一看到小男嬰的人。他的雙手接過胎兒，因疲憊和悲傷而顫抖著，他掀開襁褓的皺褶，看到一條極小的生命，蜷縮著，泛藍，皮膚如洋蔥薄膜般細嫩半透明，完全成形，雙眼微張。他把胎兒抱近臉邊，在頭上烙下一個深長的吻。冰冷把他的雙唇燙傷，他感受到自己平息下來的深沉嗚咽聲從腳底竄升上來拍打他全身，變成淚水淌出來。他哭了，以為是為了死去的胎兒和阿爾瑪哭泣，但是他在為自己哭泣，為了他中規中矩的人生，為了他永遠無法甩開的重責大任，為了從出生以來壓得他喘不過氣的孤寂，為了他渴望卻永遠不會擁有的愛情，為了那些發給他的騙人紙牌，也為命運對他祭出的所有該死詭計而哭泣。

自然流產七個月後，納坦尼爾帶著阿爾瑪環遊歐洲，想轉移支配她意志的沉重愁緒。那時她突然常提起當年一起住在波蘭的哥哥塞謬爾，常提起噩夢中揮之不去的女家庭教師，某件藍色絲絨洋裝，戴著貓頭鷹眼鏡的薇拉．諾依曼，學校兩個討厭的同學，曾經讀過、不記得書名但她覺得書中人物可憐的書，以及其他沒用的回憶。納坦尼爾想，一趟文化之旅可能會讓阿爾瑪的靈感復甦，並且喚回她對彩繪布料的熱情，而如果是那樣，他會建議妻子到皇家藝術學院進修一段時間，那是大不列顛帝國最古老的藝術學校。他認為對阿爾瑪最好的治療是遠離舊金山，整體說來是遠離貝拉斯科家人，個別說來是遠離他。他們沒再提起一命，納坦尼爾猜想忠於諾言的她並沒有和對方聯繫。他打算和妻子共度更多時光，因此減少了工作時數，而可能的時候，他會在家中研究案件、準備辯護稿。他們繼續分睡在不同房間，但不再佯裝睡在一起。納坦尼爾的床最後安置在他單身時的房間裡，四周牆壁還貼著狩獵場景、馬匹、獵犬和狐狸圖案壁紙。他們兩人都失眠，卻將所有性慾誘惑昇華。他們在客廳裡一起閱讀到午夜過後，兩人坐同一張沙發，蓋同一條毯子。氣候不允許納坦尼爾出航的星期天，他想辦法讓阿爾瑪陪自己上電影院，或者兩人靠著坐在那張沙發上午睡，那張失眠時共用的沙發取代了他們不曾擁有的雙人床。

他們從丹麥旅行到希臘，包括一趟多瑙河的航行和一趟土耳其郵輪之旅，旅程應該維持兩個月並在倫敦結束，他們也將在那裡分手。第一個星期，一頓令人難忘的午餐和兩瓶最好的奇揚地酒之後，他們牽著手在羅馬小巷弄裡散步，阿爾瑪在一座路燈下停下，抓住納坦尼爾的襯衫，一把將他拉近並在他嘴上親吻。她命令他：「我要你跟我睡覺。」那個晚上，在變成他們下榻旅館的沒落宮殿裡，兩人陶醉在葡萄酒和羅馬夏日中交歡，以觸犯禁忌行為的感受發覺他們已經熟知彼此的東西。阿爾瑪將對肉慾性愛以及對自己身體的了解歸功於一命，他以不可超越的直覺彌補了經驗的不足，那是他用來讓憂鬱植物復活的同一種直覺。在蟑螂四竄的汽車旅館裡，阿爾瑪曾是一命充滿愛意雙手中的樂器。和納坦尼爾在一起，她經歷不到那種感覺。他們迅速交歡，慌亂又笨拙，像是兩個犯錯的小學童，沒時間彼此檢視、互相嗅聞、一起大笑或呻吟；事後，他們蓋著被單躺在穿越窗戶監視他們的泛黃月光下，兩人默默抽著菸，意圖掩飾的那股難以言明的憂傷朝他們襲擊過來。

隔天，他們在廢墟中散步，攀爬千年石塊砌成的階梯，隱約看見教堂，迷失在大理石雕像和誇張的噴泉間，筋疲力盡。傍晚時分，他們再度喝酒過量，搖搖晃晃抵達沒落的宮殿，再次以鮮少的慾望但滿滿的心意交歡。如此，一天又一天，一夜又一夜，他們跑遍許多城市，在旅程安排好的海域航行，並逐漸奠定他們曾經如此小心迴避的夫婦例行公事，最後甚至覺得共用浴室、在同一個枕頭上醒來都很自然。

阿爾瑪沒在倫敦留下。她回到舊金山，帶著博物館如山的摺頁和明信片、藝術書籍以及納坦尼爾拍下某些如畫角落的照片，情緒高昂打算重新開始作畫；她滿腦子都是過目事物的色彩、圖案和設計，土耳其地毯、希臘水罐、比利時掛毯、每個時代的畫作、鑲著寶石的聖像畫、憔悴的聖母瑪利亞和饑餓的聖人；但是也不乏蔬果市場、漁船、吊掛在窄小巷弄陽台的衣服、在酒館裡玩著多米諾骨牌的男人、海灘上的小孩、沒有主人的流浪狗群、遵守常規與傳統的盹睡小鎮裡的悲傷驢子和老舊屋瓦。一切都應該以亮麗色澤的大筆觸在她的絲絹上成形。那時候，她在舊金山工業區有一間八百平方公尺大的工作室，幾個月前已停擺，她打算讓工作室恢復生命。她專心投入工作，好幾個月沒想起一命和失去的小孩。從歐洲回來後，和丈夫的親密行為減少到幾乎沒有；他們各有自己的嗜好，在沙發上閱讀的無眠之夜也結束了，但是向來擁有的友愛情誼繼續把兩人維繫在一起。阿爾瑪鮮少把頭靠在丈夫肩膀和下巴間她以前感到安全的那個位置打盹了。他們不再睡在同一條被單上，也不再使用同一間浴室。納坦尼爾睡在他書房裡的床，阿爾瑪獨自留在藍色房間裡。如果他們偶爾交歡，那是巧合，而且靜脈裡總是有過量的酒精。

「阿爾瑪，我想免除妳對我忠誠的承諾。那對妳不公平。」他們抽著大麻在花園涼亭裡觀賞流星雨的一個晚上，納坦尼爾對她說：「妳還年輕，充滿生命力，除了我能給妳的之外，妳值得更多羅曼史。」

「你呢？外面有沒有人給你羅曼史呢？你想要自由嗎？納坦，我從來沒阻止你。」

「我不是在說我，阿爾瑪。」

「你免除我的承諾的時機不怎麼恰當，納坦。我懷孕了，這次唯一可能的父親是你。我本來想等確定後再告訴你。」

伊薩克和莉莉安獲知那次懷孕的消息時和第一次一樣興奮，他們翻修曾經為前一個小孩準備的房間，趕緊準備好要寵愛他。「如果是男孩，而且出生時我已往生，我想你們會幫他取我的名字，但是要是我活著就不行，因為那會給他帶來霉運。那種狀況下，我想幫他取名為勞倫斯．佛蘭克林．貝拉斯科，像我父親和偉大的羅斯福總統一樣，希望他們安息。」大家長這樣要求。他正逐漸凋零，但是依舊屹立不搖，因為他不想丟下莉莉安；他的妻子已經成為他的影子。莉莉安幾乎全聾，但是她不需要聽得見。她已經學會精準解讀他人的沉默，不可能有人隱瞞她或欺騙她，她已經開發出一種令人毛骨悚然的能力，可以猜測別人想對她說的話，也可以在別人話說出口之前就回應。她有兩個堅定的想法：改善丈夫的健康，讓納坦尼爾和阿爾瑪正常地相愛。為了這兩件事，她訴諸另類療法，包括磁性床墊和有療效或增進性慾的藥酒。走在自然巫術前端的加州，希望和慰藉的販賣者種類繁多。伊薩克心甘情願把玻璃掛在脖子上，喝著苜蓿果汁和毒蠍藥水，而阿爾瑪和納坦尼爾忍受著用依蘭催情油按摩、喝華人的魚翅湯，還有莉莉安設法用來助燃他們不冷不熱愛情的其他煉金術。

勞倫斯．佛蘭克林．貝拉斯科出生於春天，沒發生醫生們因為母體之前曾經有過妊娠毒血症而預告的任何問題。自從在這世上的第一天開始，他的名字就顯得過於龐大，大家都叫他賴瑞。他胖胖地健康成長，自給自足，不需要任何特別照顧，他那麼安靜又低調，有時候會在家具下方睡著了，好幾個小時沒有任何人會注意到他不見了。他的父母親放心把他託付給祖父母和應該餵他喝奶的幾個奶媽，兩人沒親自給他很多關照，因為海崖區有半打的成人在關注他。他不在自己的床上睡覺，而是輪流睡在伊薩克或莉莉安的床上，叫他們爸比和媽咪；對生他的雙親則正式稱呼母親與父親。

納坦尼爾在家的時間不多，他已經成為城裡最出色的律師，賺進大筆財帛。他在空閒時間運動，研究攝影藝術；他等待兒子長大一點，好啟發他揚帆航行的樂趣，完全沒有料到那一天不會到來。由於公公婆婆占有了孫子，阿爾瑪開始旅行，尋找工作上可用的題材，並不因為丟下他而有罪惡感。最初幾年她為了不要和賴瑞分開太久而計畫些短程旅行，但是她證明結果都一樣，因為每次返家，不管她曾經是長時間或短時間不在，兒子都以同樣的禮貌握手迎接她，而不是她那麼期待的瘋狂擁抱。她不悅地下結論，賴瑞愛貓勝過愛她，於是她可以前往遠東、南美洲和其他遙遠地方。

大家長

賴瑞前四年的人生被祖父母和家裡傭人當成寶，像一朵蘭花般被細心照顧，所有任性要求都得到滿足。那種方式早就可以永遠毀掉一個心理不太平衡的小孩，卻把他教育成和善、樂於助人、不愛惹麻煩。他平靜的個性在一九六二年伊薩克過世時也沒改變；在他當時生活的夢幻宇宙裡有兩根支柱，祖父是其中一根。

伊薩克的健康在最喜愛的孫子出生時頗有起色。「莉莉安，我的內心只有二十歲，我的身體到底出了什麼鬼問題呀？」伊薩克有活力每天帶著賴瑞出門去散步，教導他自家花園的植物奧祕，和他在地板上爬行，買自己兒時候想要的寵物給他：一隻吵雜的鸚鵡、養在水族箱的魚、賴瑞一打開籠子就在家具間永遠消失的一隻兔子，以及一隻大耳朵的狗，那是家中未來幾年繁衍出好幾代的第一代可卡獵鷸犬。醫生無法解釋伊薩克的起色，但是莉莉安把那歸功於她的療癒藝術和奧祕科學，而她已儼然成為專家。

過完快樂的一天後，那個晚上，賴瑞在祖父的床上睡覺。下午他在金門公園騎租來的馬匹，祖父坐在馬鞍上，他在前面，安穩地坐在祖父懷裡。他們回家時已被太陽曬得通紅，汗味四溢，興奮打著買一匹公馬和一匹小馬一塊兒騎馬的念頭。莉莉安在花園等他們，烤肉架好準備烤香腸和蘗蜀葵，那是祖孫倆最喜愛的晚餐。隨後她給賴瑞泡澡，在丈夫房間裡哄他就寢，為他讀一篇故事直到他入睡。她喝下一小杯加了鴉片酊的雪莉酒，再到自己的床上睡。

早上七點鐘，她被賴瑞拉扯她一邊肩膀的小手叫醒。「媽咪，媽咪，爸比跌倒了。」他們看到伊薩克躺在浴室。需要結合納坦尼爾和司機的力氣才能移動那已變成鉛塊的冰冷僵硬身軀，並把他平放在床上。大家想避免莉莉安看到那一幕，但是她把所有人都推到房間外面，把門關上，緩慢地幫丈夫梳洗，用乳液和古龍水搓揉他，仔細檢查她如此深愛的身體的每個細節，她了解那身體比自己的更清楚。她很訝異那具軀體沒有任何老化現象；保養得和她向來看到的一模一樣，依舊是可以笑著用雙手把她抱起來的那個高大強壯年輕人，因花園工作而曬成古銅的膚色，一頭二十五歲的濃密黑髮和一雙好男人的漂亮巧手。她打開房門時心情很平靜。家人怕莉莉安沒有他會在短時間內因難過而枯萎，但是她讓他們看到，兩個真心相愛的人要溝通，死亡並非不可逾越的阻撓。

幾年後，當賴瑞的妻子威脅要拋棄他，在做第二次心理治療時，他回想起祖父倒在浴室的景像，那是他童年最重大的時刻，也回想起他穿著壽衣的父親，那是他年輕時期結束被迫降落在成年期的開始。第一起事件發生時他四歲，第二起事件降臨時他二十六歲。諮商心理師聲音裡有著懷疑意味，問他是否有四歲時的其他記憶，賴瑞一一背誦，從家裡每個傭人和寵物的名字，到祖母唸給他聽的故事名稱，還有祖父過世幾小時後祖母突然瞎眼時身上衣服的顏色。在祖父母呵護下的最初那四年是他人生中最幸福的時期，他也珍藏著回憶裡的所有細節。

莉莉安被診斷出暫時性歇斯底里視盲，但是那兩個形容詞沒有一個結果是對的。賴瑞直到六歲進入幼兒園前是幫她引路的小孩，之後她就自己來，因為她不想依賴別人。她記得海崖區的房子和屋裡的東西，她安穩地移動，甚至入侵廚房為孫子烘烤餅乾。而且，如她半開玩笑半認真的肯定說法，伊薩克還牽著她的手帶領她。為了取悅見不到的丈夫，她開始只穿紫丁香顏色的衣服，因為一九一四年認識丈夫時，她身上衣服就是那個顏色，也因為那樣，就解決了每天盲眼選擇衣服的問題。她不允許大家像失能者那樣對待她，也不因為失聰失明而表現出孤立。根據納坦尼爾的說法，他母親有著獵犬般的嗅覺以及蝙蝠般的雷達，可以找到方向並且辨識每個人。直到一九七三年莉莉安去世，賴瑞一直接受著無條件的愛，而根據幫助他挽回婚姻的諮商心理師的說法，他無法從妻子身上期待得到那種愛。在婚姻裡，沒有任何東西是無條件的。

福田家的室內花卉植物苗圃出現在電話號碼查詢簿上，阿爾瑪每隔一段時間會驗證這花圃依舊在同個地址，但是從來沒屈從自己的好奇心打電話給一命。她花了很多心力從失敗的愛情裡復元，害怕如果聽一下他的聲音，又將再度在過去同樣的執著愛火中遇難。從那時開始所流逝的歲月中，她的感覺已經沉睡；她克服了對一命的迷戀，把對他有過的性慾轉移到畫筆上，但她從不曾與納坦尼爾有過同樣感覺。這情形在她公公的第二次喪禮時有了變化，當時她在廣大人群中辨識出一命那張她不可能弄錯的臉孔，他維持得像她記得的那位年輕人一樣。一命由三位女人陪同跟著隊伍，儘管很多年沒看到她們，阿爾瑪還是模糊認出其中兩位，另有一位女子非常醒目，因為她不像其他的來賓穿著死板的一身黑。那支小隊伍維持著些許距離，但是儀式結束後人們開始散去時，阿爾瑪掙脫納坦尼爾的手臂，跟隨他們到汽車排列的大街上。她喊著一命的名字讓他們停下來，四個人都回了頭。

「貝拉斯科夫人。」一命問候她，正式地彎下腰。

「一命。」她重複著，癱瘓了。

「這是我的母親，福田秀子，我姊姊惠美・安德森，以及我的妻子，黛菲恩。」

三個女人彎腰問候。阿爾瑪感受到胃部突然一陣痙攣，空氣堵塞在胸口，一邊毫不掩飾打量著黛菲恩。黛菲恩出於禮貌，眼睛看著地面而沒注意到。她年輕、漂亮、清新，沒有時髦的濃妝，穿著灰珍珠色衣服，仿賈桂琳・甘迺迪風格的一套短裙禮服和一頂小圓帽，梳著和第一夫人同樣的髮型。她的穿著相當美國風，顯得和亞洲臉孔不協調。

恢復呼吸時，阿爾瑪終於結巴地說：「感謝大家前來。」

「伊薩克・貝拉斯科先生是我們的贊助者，我們將永遠感激他。因為他，我們才能回到加州，是他負擔苗圃的經費，協助我們脫離困境。」惠美感動地說。

那些事阿爾瑪已經知道，因為納坦尼爾和一命都告訴過她，但是那個家庭的肅穆莊重再次讓她確信公公是個特殊的人。假使戰爭沒有奪去她父親的話，她愛公公還是更勝過愛自己的父親。伊薩克和巴如完全相反，他善良、寬容，隨時願意施捨。由於自己非常震驚，直到那時候她都還沒像貝拉斯科家所有人那樣完全感受到失去公公的傷痛；痛苦在這一刻才正面朝她襲擊過來。她淚濕了雙眼，不過她吞下幾天前力圖掙脫而出的淚水和嗚咽。她注意到黛菲恩像自己幾分鐘前緊緊盯看那樣觀察她。她覺得在那個女人的清澈雙眼看到聰慧好奇的表情，彷彿清楚知道自己在一命的過去扮演的角色。她覺得自己被揭穿，覺得自己有點荒謬。

「貝拉斯科夫人，請接受我們最誠懇的慰問。」一命說，重新拉起母親的手臂準備繼續前行。

她喃喃地說：「阿爾瑪。我還是阿爾瑪。」

他說：「再見，阿爾瑪。」

她等待一命和她連絡等了兩星期；她焦慮地查看信件，每次電話鈴響都嚇一跳，為一命的沉默想像著千種藉口，偏偏排除唯一有道理的那個藉口：他結婚了。她拒絕想起黛菲恩，矮小、消瘦、細緻，比她年輕又漂亮，那質詢的眼神和戴著手套挽著一命手臂的那隻手。某個星期六，她開車到馬丁尼茲，包著頭巾，戴著一副大太陽眼鏡。她三次經過福田家的店面前卻不敢下車。第二個星期一，她無法再忍受渴望的折磨，撥了電話到她在電話簿看了那麼多次早已背下來的號碼。

「福田室內花卉植物，能為您做什麼服務嗎？」

那是女人的聲音，阿爾瑪毫不懷疑那是黛菲恩的聲音，儘管最後一次她們在一起的唯一一場合對方一個字都沒說。阿爾瑪掛掉話筒。她再撥了好幾次，祈求是一命接電話，但是一直出現黛菲恩熱切的聲音，她又掛了電話。其中一通電話中，兩個女人在線上等了近乎一分鐘，直到黛菲恩輕柔地問：「貝拉斯科夫人，我能為您做什麼服務嗎？」阿爾瑪嚇住，大力掛上電話並發誓永遠不再和一命連絡。三天後郵局給她送來一只信封，上面是一命用黑色墨水寫的毛筆字跡。她把自己關在房間裡，信封壓在胸前，因苦惱和希望而顫抖。

信中，一命再度為悼念伊薩克向她致意，向她表明這麼多年後再次見到她的激動，儘管他一直知道她工作上的成就和投入的慈善事業，也經常在報紙上看到她的照片。他告訴她，惠美是助產士，和博伊德結婚，有一個小孩叫查爾斯，秀子去了日本兩次，在那裡學了插花藝術。在最後一段他說，自己娶了木村黛菲恩為妻，她和他一樣也是第二代日裔美國人。黛菲恩的家人住進托帕茲時，她一歲，但是一命不記得曾經在那裡看過她，他們許久之後才相識。她是教員，為了經營花圃而離開學校，花圃在她的領導下生意興隆；他們很快會在舊金山開一間店。他的道別沒有指出相見的可能性或希望收到回信，沒有對他們共有過去的任何指涉。那是封通知性質且正式的書信，沒有他們短暫熱戀時期她曾收過信件中的詩意語氣或富有哲思的題外話，甚至連一個他有時放在信件裡的圖畫也沒有。阿爾瑪閱信時唯一的安慰是他沒提到她打的那幾通電話，毫無疑問黛菲恩都已經告訴過他。她把那封信解讀為信內原本的意思：道別，和一命不希望再聯繫的無言提醒。

對阿爾瑪而言，接下來七年的生活沒有重要里程碑。她那些有趣又頻繁的旅行，如納坦尼爾所說，最後在她記憶中混合成一趟馬可波羅式的冒險，對於妻子不在家，他從來沒表露出一絲怨氣。他們如同從未分開的雙胞胎，對彼此感到無比自在。他們可以猜測彼此的思維、提前感受到對方的情緒或願望、結束對方起頭的句子。他們的感情不容質疑，不值得去提，就跟他們的特殊友情一樣理所當然。他們共同分擔社會責任，共享對藝術和音樂的喜好、高雅餐廳的精緻食物、慢慢累積的葡萄酒收藏、和賴瑞共度家庭假期的歡樂。

小男孩非常溫馴、深情，有時候他的父母親自忖這小孩是否完全正常。莉莉安不容許有人批評孫子，年輕夫婦避開她的耳朵，私下開玩笑說將來賴瑞會給他們一起駭人的驚奇，會加入教派或殺人；他不可能像隻滿足的海豚那樣一輩子連一起震驚事蹟都沒有。賴瑞一到了可以感受世界的年紀，他們便在年度難忘的旅行中帶他去看這個世界。他們去了巨龜群島、亞馬遜河、好幾個非洲狩獵遠征，後來賴瑞也和自己的孩子造訪那些地方。童年那些最神奇的時刻中，他有一次用手餵食肯亞保育區裡一頭長頸鹿，鹿的長舌頭粗糙泛藍，甜美雙眼有著像歌劇演員的睫毛，身上有剛收割草料的濃郁味道。

納坦尼爾和阿爾瑪在海崖區的大房子裡有各自的空間，他們無憂無慮地像住在豪華旅館裡，因為莉莉安負責讓家這部機器保持潤滑狀態。這個好女人繼續插手管他們的生活、定時問他們是否彼此愛戀，但是那種祖母特性並沒有打擾他們，反而讓他們覺得溫馨。要是阿爾瑪在舊金山，這對夫妻承諾晚上會一起度過片刻，喝一杯小酒或訴說一天的瑣事。他們倆歡慶彼此成就，從來不過問對方絕對必要以外的問題，彷彿他們猜到彼此關係的脆弱平衡可能因為一個不恰當的吐露而毀於一瞬間。他們心甘情願接受各自可以擁有自己的祕密世界和沒有義務告知的私密時間。省略沒說並不是謊言。

由於他們之間的交歡時刻少到可以視為不存在，阿爾瑪想像丈夫有其他女人，因為無性生活是荒謬的，但是納坦尼爾遵守約定會低調，並避免讓她難堪。至於她，旅行中會容許自己偶爾不忠，旅行中總是有些機會，只要暗示，通常會得到回應；但是那些宣洩給她的快樂少於預期，並且讓她感到驚慌失措。她正值擁有活躍性生活的年紀，她想，那東西如同運動和均衡飲食，對生活品質和健康相當重要，她不應該容許自己的身體枯萎。以那種觀點，性事最後變成功課，而不是感官的禮物。對她而言，性愛需要時間和信任，她沒辦法和一個不再見面的陌生人在一個虛情假意的夜晚輕易交歡。在性革命時期，加州人人交換伴侶，半個世界的人和另一半的人上床的性愛放任年代，她依舊想著一命。她不只一次自忖那難道是用來掩飾自己性冷感的藉口，但是當終於和一命重逢，她不再問自己那個問題，也不再投入陌生人懷裡尋求慰藉。

妳曾對我解釋，靈感出自平靜，創造力源自行動。繪畫是行動。阿爾瑪，因此我那麼喜歡妳最近的設計，看起來毫不費力，儘管我知道內心需要多麼平靜才能像妳那樣控制畫筆。我特別喜歡妳那些讓葉子高雅掉落的秋季樹木。我也渴望在這人生的秋季裡那樣脫離我的樹葉，簡單、高雅。我們為何眷戀不管怎樣都會失去的東西呢？我想我是指青春，那是我們對話中經常出現的話題。

星期四我將用海鹽和海藻幫妳準備泡澡水，那是有人從日本寄給我的。

一

一九七八年九月十二日

塞謬爾

一九六七年春天，阿爾瑪和塞謬爾在巴黎碰面。對阿爾瑪而言，那是一趟京都兩個月遠行的倒數第二階段。她在京都一位書法老師的嚴格指導下練習水墨畫，以黑曜石墨汁在白紙上作畫，老師要求她重複同一筆劃一千次，直到臻至輕重力道的完美組合；到那時她才可以畫下一筆。她去了日本好幾次。那個國家讓她驚艷，尤其是京都和山上幾個村莊，她在那裡到處找得到一命的足跡。水墨畫以垂直畫筆勾勒的自由流暢筆畫，允許她以強烈原創力極為精簡地表達自己；沒有任何繁複細節，只有最基本的東西，一種薇拉・諾依曼已在鳥兒、蝴蝶、花朵和抽象繪畫上發展出來的風格。那時薇拉有個國際規模產業，賣出好幾百萬件成品，雇用好幾百位藝術家，有藝術畫廊掛著她的名字，世界各地有兩萬家商店提供她在流行服飾、裝飾品和家用物品的風格路線；但是那種大量生產不是阿爾瑪的目標。她仍然忠於自己選擇的獨特性。練習兩個月黑色筆畫後，她正準備回到舊金山實驗色彩。

對她哥哥塞謬爾而言，那是戰後他第一次回到巴黎。阿爾瑪的沉重行囊中有一個皮箱，裡面裝著自己的畫作圖卷和用來啟發想法的幾百份書畫底片。塞謬爾的行李少之又少。他從以色列過來，身穿迷彩褲、皮革大衣和軍中皮靴，背著一個裝著兩套內衣的輕便背包。四十五歲，他依然是士兵，頂著剃亮的光頭，皮膚被太陽曬得像鞋底一樣粗硬。對兩兄妹來說，那次碰面將是對過往的朝聖之旅。兩人都有書寫才能，隨著時間推移以及密切書信來往，他們漸漸耕耘起友誼。阿爾瑪擁有年輕時期全心投入書寫日記的訓練。塞謬爾生性寡言又有疑心病，透過書寫卻可以能言善道、和藹可親。

他們在巴黎租用一輛汽車，阿爾瑪還沒忘記五〇年代和阿姨姨丈走過的路，在她的指引下，塞謬爾載她前往自己第一次死去的小鎮。從五〇年代那時起，歐洲已經從灰燼中站起來，她費勁地辨識地點，那地方以前混雜著廢墟、亂石和破舊房子，現在已經重建，被葡萄園和薰衣草田包圍，在一年最亮麗的季節發光。甚至連墓園也是一片盎然。那兒有大理石雕製的墓碑和天使、鐵十字架和鐵欄杆、陰涼的樹木、麻雀、鴿子與寂靜。管理員是個友善的年輕女子，帶領他們走過墳墓間的狹窄小徑，尋找許多年前貝拉斯科夫婦放置的紀念碑。紀念碑完整如初：塞謬爾．孟德爾，一九二二年至一九四四年，大不列顛帝國皇家空軍飛官。下面還有一塊也是銅製的較小紀念碑寫著：為法國和自由死於戰役。塞謬爾脫下貝雷帽，抓著頭，感覺很好玩。

他注意到：「這塊金屬片像是剛剛拋過光。」

「我爺爺會清理這塊碑，他負責維護士兵的墳墓。第二塊碑是他放的。您知道嗎？我爺爺曾經待過反抗軍的軍隊。」

「不會吧！他叫什麼名字？」

「克洛泰爾．馬蒂諾。」

塞謬爾說：「我很遺憾當時沒認識他。」

「您也在反抗軍軍隊裡？」

「是的，有一段時間。」

「那麼您得來我們家小酌一杯，我爺爺見到您會很高興，先生，您是……」

「塞謬爾．孟德爾。」

年輕女子猶豫了一下子，靠近再讀一次碑上的名字，感到奇怪地轉過頭來。

塞謬爾說：「沒錯，是我。如您所見，我並沒有完全死去。」

他們四人最後坐在附近一間屋子的廚房裡，喝法國保樂茴香酒，吃夾有風乾紅椒香腸的法國麵包。克洛泰爾．馬蒂諾長得矮小厚實，笑聲響亮，身上有蒜頭味，他緊緊擁抱他們，很開心能回答塞謬爾的詢問，以 mon frère（我的兄弟）稱呼他，一次又一次幫他斟滿酒杯。塞謬爾可以確認，對方不是停戰後被製造出來的那種英雄。他曾聽說過那架掉落在自己鎮上的英國飛機，聽說過其中一個機組人員被救出，認識把那個人藏起來的其中兩人，也知道其他救援工作人員的名字。他聽著塞謬爾的故事，一邊擦乾眼睛、用綁在脖子上拿來擦拭額頭汗水和手上油脂的同一條手帕擤鼻子。「我爺爺向來是個愛哭鬼。」孫女以解釋的口吻說。

塞謬爾向主人述說他在猶太反抗軍的名字是尚萬強，有好幾個月的時間因從飛機掉落頭部遭受創傷而心理錯亂，但是慢慢地開始恢復某些記憶。他記得一間大房子的模糊影像和穿著黑色圍裙、戴著白色帽子的女傭們，但是不記得任一個家人。他想，如果戰爭結束後還能走路的話，他會去波蘭尋根，因為他演算加法、減法、詛咒和做夢時，說得就是那個國家的語言；那個國家的某個地方應該有烙印在他心裡的那間房子。

「我得等到戰爭結束才能查證自己的名字和家人的下落。一九四四年已經約略可見德國人就要戰敗，馬蒂諾先生，您記得嗎？情勢開始在東方戰線有預期不到的大轉變，那裡是英國人和美國人最不看好的地方。他們以為紅軍由沒紀律、營養不良和軍備差勁的農民隊組成，沒有能力對抗希特勒。」

「我記得很清楚，我的兄弟。」馬蒂諾說：「史達林格勒戰役後，無敵希特勒的神話開始崩裂，我們終於能抱持些許希望。我們得承認，一九四三年打破德國人軍心和背脊的是俄國人。」

塞謬爾補充說：「史達林格勒的戰敗迫使他們撤退到柏林。」

「後來盟軍一九四四年六月在諾曼第登陸，兩個月後法國被解放了。唉！真是難忘的一天！」

「我卻成了俘虜。我的小隊被納粹黨衛軍大批殺害，我那些活命的同志才一投降，後頸上就被打一槍處決了。我意外逃走，尋找食物維生。更正確地說，是在附近農場徘徊看有什麼東西可以弄到手。我們甚至吃貓和狗，只要是找得到的東西都吃。」

他告訴馬蒂諾，那幾個月對他來說是戰爭裡最糟糕的日子。孤獨、迷失方向、飢餓，和反抗軍沒有聯繫。他晚上活動，靠著長蟲的泥土和偷來的食物糊口，直到九月底被逮捕。接下來四個月他被強迫勞動，首先在莫諾威辛，後來在奧斯威辛—比克瑙集中營，那裡已經死了一百二十萬男人、女人和小孩。一月，在俄國人即將採取挺進前，納粹收到指令得毀滅那裡發生事蹟的證據。他們在一次大雪行進中撤離被逮捕的人，這些人沒有糧食、沒有禦寒物，往德國方向走。因為過度虛弱而留在後面的人會被處決，但是在快速逃躲俄國人之際，黨衛軍沒能毀滅一切，留下了七千名戰俘活命。他是其中一個。

「我不相信俄國人來的目的是解放我們。」塞謬爾解釋，「烏克蘭戰線在近處經過，打開集中營大門。我們這些還能動的人拖著身子走出來。沒有任何人阻擋我們，沒有任何人協助我們，沒有任何人給我們一丁點麵包。我們到處被趕。」

「我知道，我的兄弟。我很羞愧地告訴你，法國這裡沒人幫助猶太人。但是您要想那是最可怕的日子，我們大家都挨餓，在那種情況下會失去人性。」

塞謬爾說：「連巴勒斯坦的猶太建國運動者也不想要集中營的倖存者，我們是戰爭留下無法再利用的垃圾。」

他向馬蒂諾解釋，猶太建國運動者尋找年輕、強壯、健康的年輕人；強悍的戰士可以對抗阿拉伯人，頑強的勞工可以耕種那塊荒蕪的土地。但是他少數還記得的前段人生中的事是飛行，那有助於他移民。他變成士兵、飛官、間諜。一九四八年以色列政府草創期間，他擔任以色列總理戴維·本—古里安的護衛，一年後成為摩薩德中最早期的一名探員。

兩兄妹在小鎮一間民宿過夜，隔天回到巴黎搭飛機前往華沙。他們在波蘭白費苦心尋找父母親的足跡，只在猶太局一份特雷布林卡滅絕營受難者清單中找到父母的名字。他們一起遊走奧斯威辛的遺跡，塞謬爾在那裡試著和過去重歸於好，但那卻變成一段前往他更沉痛惡夢的旅程，那旅程只讓他再次確認人類是地球上最殘忍的野獸。

他對妹妹說：「德國人不是一個變態的種族，阿爾瑪。他們是正常人，像妳，像我，但是任何有狂熱、有權力和有罪不罰的人都可能變成野獸，例如奧斯威辛的黨衛軍。」

「塞謬爾，你相信如果有機會，你也會變成野獸嗎？」

「不是我相信，阿爾瑪，而是我知道。我一輩子都是軍人。我打過仗。我拷問過戰俘，很多的戰俘。但是我猜妳並不想知道那些細節。」

納坦尼爾

終將得了結納坦尼爾的神祕疾病提早了好幾年一步步覬覦他，沒有任何人知道，甚至他自己也不知道。最初症狀被誤認為流行感冒，因為那個冬天流行感冒大舉襲擊舊金山，兩週後那些症狀都消失不見了。症狀好幾年後才再度出現，那時留下異常疲憊的後遺症；有幾天他拖著腳丫子走路，肩膀蜷縮，彷彿背上扛了一個沙包。他繼續每日同樣的工作時數，但是他的時間效能不佳，書桌上積累著文件，文件看起來像是晚上自行擴展衍生，他會弄錯事情，找不到他細心研讀而且往常閉著眼睛可以解決案件的線索，會突然不記得才過目的內容。他一輩子都有失眠問題，發燒和出汗症狀讓這問題更嚴重。

「我們兩個都有更年期的熱潮紅。」他笑著對阿爾瑪說，但是她並不覺得好笑。

他不再運動，帆船拋錨停在海邊任由海鷗在裡面築巢。他吞嚥費力，體重開始減輕，沒有食慾。阿爾瑪為他準備加了蛋白粉的奶昔，他吃力地喝下，接著為了不讓她驚嚇而無聲地吐出來。跟伊薩克一九一四年買下的家具同樣那麼老的家庭醫師，把那些症狀逐次看作貧血、腸胃感染、頭痛和沮喪，但是當他皮膚長瘡，這醫師請他轉診癌症專科。

阿爾瑪飽受驚嚇，了解自己多麼愛納坦尼爾又多麼需要他，打算與疾病和命運戰鬥，與眾神和魔鬼搏鬥。她為了專心照顧他而幾乎放棄一切。她不再畫畫，解雇了工作坊的員工，一個月只去那裡一次監督打掃工作。那偌大的工作室由窗戶上暗色玻璃滲透進來的模糊光線照射，沉浸在大教堂的寧靜裡。終止工作的安排在一天內完成，工作坊滯留在時間裡，像是一種電影拍攝技巧，準備好下一刻重新開始，長桌鋪上畫布保護著，一捆捆布料像瘦長的衛兵排排站，其他已經畫好的布料掛在畫框上，牆壁留有圖案和色彩樣本，瓶瓶罐罐、滾輪、畫筆和刷子隨處可見，風扇如鬼魂般的低吟聲恆久傳遞著顏料和松節油刺鼻的味道。她停止那些年來給她靈感和自由的旅行。阿爾瑪並不害怕，她脫胎換骨，以奇怪的清新心情再生，準備好面對冒險，敞開心胸面對每個日子給她的考驗，沒有計畫也沒有畏懼。那個嶄新的游牧族阿爾瑪是那麼真實，讓她有時候在路過的旅館鏡子裡看見自己時都覺得訝異，因為她並不期待看到自己在舊金山的同樣臉孔。她也不再和一命見面。

伊薩克喪禮後的七年，也就是納坦尼爾的病症完全展露前的十四年，他們在蘭花學會年展上好幾千人的參觀者中巧遇。一命先看到她，走近向她問好。他一個人。展覽場上有兩株他花圃裡的蘭花，兩人聊著蘭花，隨後到一家附近餐廳午餐。他們開始天南地北地聊：阿爾瑪聊著自己最近的旅行，她的新款設計和兒子賴瑞；一命聊著自己的植物和兒女，米琪兩歲，還有彼得，一個八個月大的嬰兒。他們沒提到納坦尼爾，也沒提到黛菲恩。

午餐沒有任何停頓地延續三小時之久，他們要把一切事情告訴對方，他們躊躇小心地說著，沒有掉入過往，像在易斷裂的冰上滑冰，彼此研讀，注意對方的改變，試著猜測意圖，意識到毫未受損的炙熱吸引力。兩人已經年滿三十七歲；她看起來年紀較大，五官更顯突出，比以前瘦，臉更削長、更有自信，但是一命沒變，有著和以前那位平和青少年同樣的外表，有著同樣低沉的聲音和細緻的舉止，有著能以不凡氣魄入侵到她最後一個細胞的同樣能力。阿爾瑪可以看到海崖區溫室裡的八歲小男孩，消失前把一隻貓交給她的十歲男孩，蟑螂汽車旅館永不疲憊的情人，她公公喪禮上一身黑色穿著的男人，每一個一命都一樣，像是在玻璃紙上重疊的影像。一命是不變的，是永恆的。對一命的愛和渴望燒燙她的皮膚，她想伸長雙手穿越桌子去碰他，想靠近，想把鼻子陷在他的脖子，想證實他聞起來是否仍是泥土和青草的味道，想告訴他，沒有他的日子自己活得像夢遊者，沒有任何東西也沒有任何人可以填補他不在時的可怖空虛，想告訴他，她會捨棄一切換取再次赤裸躺在他懷裡的機會，除了他，什麼都不重要。一命陪阿爾瑪走到車旁。他們緩慢步行，拐彎抹角來延遲分開的時刻。

他們搭乘電梯到停車場三樓，阿爾瑪拿出鑰匙，表示要載他去取車，他的車停在不過一個街區的距離外，他接受了。車內隱密的昏暗中，他們接吻，重新認識彼此。

再來的幾年，他們得在一個和自己其他生活隔離的空間裡維持愛情，他們深刻地活在那段愛情裡，不容許和納坦尼爾和黛菲恩沾上邊。兩人在一起時不存在其他東西，在剛剛滿足彼此的旅館道別時，他們明白在下次約會前不會再聯繫，除非透過信件。阿爾瑪珍藏著那些信件，儘管一命在信中維持個人種族特有的保留口吻，與兩人在一起時他細膩的愛情印證和激情熱力成為對比。多愁善感使他深感羞愧，他表達自己的方式是在漂亮的木箱中為她準備一場野宴，寄送她喜歡的梔子花，那香氣她喜歡，不過絕不會用來當香水。他以茶道為她泡茶，為她寫詩、作畫。有時候私底下他叫她「我的小女人」，但是書寫時不會寫上去。阿爾瑪不需要向她丈夫解釋，因為他們各過各的生活，她從來沒過問一命，既然和太太住在一起又黏在一起工作，怎樣才不會讓黛菲恩知道。她知道一命疼愛妻子，是個好父親，也是家裡的男主人，在日本人圈內有特殊地位，大家把他當老師，打電話請他給誤入歧途的人建議、讓敵人和好、有爭吵時當公正的裁判員。他是那份滾燙愛情的男人，創造情色、笑聲、歡鬧和床被單間遊戲的男人，也是迫切、狼吞虎嚥和歡樂的男人，擁抱和擁抱之間暫時停歇時呢喃低語內心話的男人，永不停止親吻、有最狂亂親密行為的男人，那個男人，只為了她而存在。

他們在蘭花展碰面後開始書信往返，納坦尼爾生病時信件更加密集。在一段對他們而言無盡的時間裡，那些信件取代了暗地幽會。阿爾瑪在信裡是個因分開而悲傷的女人，直截了當但苦悶；一命的信像是平靜清澈的流水，但是字裡行間跳動著共有的熱情。對阿爾瑪而言，那些信件顯露出一命內在的精巧風景，他的情緒、夢想、渴望和理想；透過那些書信，她能夠比透過打情罵俏更了解他、更愛他、更渴望他。書信變得對她不可或缺，以致於當她守寡自由了，當他們可以講電話、經常見面甚至一起旅行，仍然繼續通信。一命恪守毀掉書信的約定，但是阿爾瑪留下他寫的信，好經常拿出來閱讀。

我知道妳正在受苦，無法幫妳讓我難過。我寫信給妳的此刻，我知道妳正痛苦地和丈夫的病情討價還價。妳無法控制這件事，阿爾瑪，妳只能非常勇敢地陪伴他。

我們的分離如此沉痛。我們習慣我們神聖的星期四、私下的晚餐、公園裡的散步、週末的短暫冒險。為什麼我覺得世界褪了色？聲音對我遠遠傳來，像是罩著弱音器，餐點味道像是肥皂。我們好幾個月沒見面了！為了要感受妳的味道，我買了妳用的古龍水。我寫詩自我安慰，有一天我會拿給妳，因為是寫給妳的。

妳還指責我不浪漫呢！

幾年的靈修對我沒什麼用處，因為我沒能擺脫慾望。我期待妳的信和電話中妳的聲音，我想像妳正跑著過來……有時候，愛情令人痛苦。

一

一九八四年七月十八日

納坦尼爾和阿爾瑪使用曾是莉莉安和伊薩克的那兩間房間，房間有一個門互通，因為老是開著，已經無法關上。他們再度共享失眠時光，像新婚那段時間，在沙發上或床上緊緊靠在一起，她閱讀，一隻手捧著書，另一隻手撫摸著納坦尼爾，同時他閉著雙眼休息，胸口咕嘟咕嘟呼吸。其中一次長夜，他們發覺彼此為了不干擾對方而默默哭泣。先是阿爾瑪感覺到丈夫的臉頰潮濕，他也馬上注意到她那麼不尋常的淚水，他挺身坐起來確認是否是真的淚水。他不記得看過她掉眼淚，甚至在最苦澀的時刻也沒看過。

她低語：「你正在死去，是嗎？」

「是的，阿爾瑪，但是不要為我哭泣。」

「我不是只為你哭泣，也為我自己。還為了我們，為了所有我沒告訴你的一切，為了省略沒說的話和謊言，為了背叛和我向你偷來的時間。」

「妳在說什麼，拜託！阿爾瑪，妳並沒有因為愛一命而背叛我。有些省略沒說的話語和謊言是必要的，像是有些事實最好不要說出來。」

「你知道一命的事？從什麼時候開始？」她很驚訝。

「向來都知道。人心是偉大的，可以愛不只一人。」

「跟我談談你吧，納坦。為了不需要對你表白我的祕密，我從來沒調查過你的祕密，我想像應該很多。」

「阿爾瑪，我們多麼相愛呀！一個男人應該要和最好的女性朋友結婚。我比任何人都了解妳。妳沒對我說的話，我可以猜測；但是妳並不了解我。妳有權知道真正的我是什麼樣的人。」

於是他向阿爾瑪談起雷尼．貝爾。在那個無眠長夜剩下的時間裡，他們急迫地把一切告訴對方，因為他們知道在一起的時間所剩不多。

自從有記憶以來，納坦尼爾向來對同性別的人有一種混合著吸引、害怕和渴望的感覺，首先是學校的同學，之後是其他男人，最後是雷尼，他八年的伴侶。他抵抗著那感覺，在心的跳動和理智的嚴峻聲音中被撕裂。在學校，那時他還無法分辨自己感受到的是什麼，其他小孩非常清楚他與眾不同，以拳打、嘲笑和排擠懲罰他。那些年，他被欺壓者俘虜，是生命中最糟糕的歲月。

當結束學校課業，他在年輕時期的顧慮與無法控制的熱情間被撕裂，察覺到他並不像自己想像的是個例外；他到處遇到以邀請或哀求眼光直接看著他眼睛的男人。哈佛一個學生引領他的第一次。他發現同性戀和被接受的現實同步並存。他認識了很多種類的人。在大學：老師、學者、學生、一個猶太拉比和一個足球員；在街上：水手、工人、政府官員、政治人物、商人和罪犯。那是個有包容性、多伴侶的世界，因為得面對社會決斷性的觀感、道德和法律而保持低調的世界。旅館、俱樂部或教堂裡不容忍同性戀者，酒吧裡不對他們供酒，大家可以把他們趕出公共場所，他們被控訴有亂序行為，無論有理或無理；同性戀酒吧和俱樂部由黑手黨掌控。他手臂下夾著律師文憑回到舊金山，遇到最初正在醞釀的同性戀文化徵兆，那文化好幾年後才公開表露。七〇年代的社會運動開始時，其中一個是同性戀解放運動，那時納坦尼爾已經和阿爾瑪結婚，兒子賴瑞十歲。

「我和妳結婚不是為了掩飾我的同志傾向，是為了友誼和愛。」那晚他告訴阿爾瑪。

那是精神分裂的歲月：一邊是無可挑剔又成功的公眾生活，一邊是不法又躲藏的生活。一九七六年，他在男人專用的一間土耳其澡堂認識雷尼，那是最適合縱慾，最不適合開始一段他們之間那種愛情的地方。

納坦尼爾快要滿五十歲，雷尼小他六歲。雷尼像羅馬雕像的男神一樣漂亮，無禮、急躁、罪孽深重，和納坦尼爾的個性完全相反。外表的吸引是即時的。他們關在一間小房間裡，迷失在歡愉中直到清晨，他們像拳擊手互相攻擊，在兩個軀體的扭曲和狂想裡一起發出聲音。他們約定隔天在旅館約會，各自抵達那裡。雷尼帶來大麻和古柯鹼，但是納坦尼爾要求不要吸食；他想以完全清醒的意識去經歷那次經驗。一個星期後，他們已經知道慾火只是雄偉愛情的開始，毫不抵抗地臣服於全心相愛的號令。他們在市中心租了一間小公寓，在裡面放置最少的家具和最好的音響，約定那裡只有他們可以踏足。

納坦尼爾結束了三十五年來的尋覓，但是外表上他的生活沒有任何改變：他依舊是中產階級的楷模；沒人可以懷疑他，也沒人注意到他的上班時數和投入運動的時間大幅減少。至於雷尼，則是在情人的影響下改變了。他第一次擺平自己亂七八糟的生活，膽敢凝望剛發現的幸福，以替代過去吵雜和瘋狂的活動。如果他沒和納坦尼爾在一起，就是想著他。他沒再回到澡堂或同志俱樂部；他的朋友群很少能誘惑他參加派對，他沒有興趣再認識任何人，因為他有納坦尼爾就夠了，納坦尼爾是太陽，是他生命的核心。他以清教徒的熱忱在那份寧靜的愛情中安頓下來。他接納納坦尼爾最鍾愛的音樂、食物和飲料，還有他的喀什米爾汗衫、他的駱駝毛大衣，他的刮鬍乳液。納坦尼爾在自己辦公室裡安裝了一線私人電話，那個號碼只有雷尼使用，他們就這樣保持聯繫；他們駕著帆船出遊，一起踏青，在沒有任何人認識他們的不同城市裡碰面。

一開始，納坦尼爾那沒人理解的疾病並沒有破壞和雷尼的關係；症狀又多又零散，來來去去，毫無緣由或表面關聯。後來，當納坦尼爾逐漸衰弱，縮小變成原來自己的幽魂，當他得接受自己的侷限並尋求幫助，他們的娛樂結束了。他失去生命的鬥志，覺得周遭一切變得蒼白黯淡，他放任自己像個老人懷念過去，對一些做過的事情和很多沒能做的事情後悔。他知道自己的生命迅速變短，因此感到害怕。雷尼不讓他掉進沮喪情緒，以偽裝的好心情和堅定的愛支持他，那份愛在那段考驗時間裡不斷成長再成長。他們聚在小公寓裡彼此慰藉。納坦尼爾缺乏力氣也沒慾望，但是雷尼沒要求交歡，他如果發燒顫抖，自己可以安撫他，可以用幼兒小湯匙餵他優格，躺在他身邊聽音樂，用乳液揉擦他的粗皮，在廁所扶著他，這些親密時刻讓雷尼感到心滿意足。最後，納坦尼爾已經無法走出家門，阿爾瑪和雷尼一樣，用不斷續的溫柔擔任起護士角色，但是她只是朋友和妻子，雷尼才是他的偉大愛情。在那說內心話的夜晚，阿爾瑪這樣看待這件事。

清晨，當納坦尼爾終於可以睡覺，她在電話簿尋找雷尼．貝爾的號碼，她打電話過去懇求對方前來幫她。她告訴他，他們一起更能承受那垂死的苦悶。雷尼不到四十分鐘就抵達了。仍穿著睡衣和睡袍的阿爾瑪幫他開門。他面對一個被失眠、疲憊和折磨毀壞的女人；她看到一個英俊的男人，淋浴後頭髮潮濕，一雙世界上最湛藍的眼睛泛紅。

他情緒激動結巴地說：「夫人，我是雷尼．貝爾。」

她回應：「請叫我阿爾瑪。雷尼，這是你的家。」

他伸出手，但是還沒握住她，兩人就顫抖著擁抱住對方。

雷尼開始在牙醫診所工作結束後，每天去海崖區的房子拜訪。他們告訴賴瑞和朵麗絲、傭人、來訪的朋友和認識的人，雷尼是護理師。沒有任何人提問。阿爾瑪叫來一位木工，把寢室卡住的門修理好，讓他們單獨相處。當他丈夫看到雷尼出現而眼神亮了起來，她覺得非常欣慰。傍晚時分，三個人會喝茶配著英國小麵包，有時候，如果納坦尼爾精神不錯，他們會玩牌。那時有個診斷出爐，所有診斷中最可怕的那個：愛滋。這疾病兩年前才有了名字，但是大家已經知道那是死刑；有些人走得早，有些人走得晚；一切是時間問題。阿爾瑪不想查清楚為什麼是納坦尼爾而不是雷尼，但是如果問了，也沒有人可以給她一個肯定的答案。個案繁增速度之快，大家已經在談世界性瘟疫和上帝對同性戀的齷齪懲罰。「愛滋」被低聲地說出，家庭或群體無法承認它的存在，因為那等同於公開不可原諒的墮落。檯面上的解釋，甚至是給家人的解釋是，納坦尼爾得了癌症。由於傳統科學不能再做什麼，雷尼前往墨西哥尋找神祕藥方，但也於事無補。阿爾瑪訴諸所有能從另類醫學取得的保證，從中國城的針灸、藥草和藥膏，到卡利斯托加溫泉的神奇泥漿浴。她終於能了解莉莉安為了治癒伊薩克用的雜亂方法，很遺憾自己早把薩姆堤男爵的小雕像丟到垃圾堆了。

九個月後，納坦尼爾的軀體萎縮成一身骷髏，空氣幾乎不能穿透肺部阻塞的迷宮，他感到一種難以滿足的口渴，皮膚上長瘡，他沒有聲音，腦子游移在可怕的迷亂中。那時，三人單獨在家的一個慵懶週日，阿爾瑪和雷尼在緊閉的昏暗房間裡手牽手，要求納坦尼爾別再掙扎，安心地走。他們無法繼續目睹那種苦難。迴光返照的奇蹟瞬間，納坦尼爾睜開因疼痛而朦朧的眼睛，動了動嘴唇說出無聲的字詞：謝謝。他們把那個動作解讀為實際上的意思，一個命令。在靜脈點滴的塑膠罐裡注射一劑過量嗎啡之前，雷尼親吻了他的嘴。阿爾瑪跪在床的另一邊，慢慢低語提醒丈夫，她和雷尼有多麼愛他，他給了他們兩人以及其他很多人非常多東西，大家會永遠記得他，沒有任何事物可以把他們分開。

阿爾瑪和雷尼在雲雀之家喝著芒果茶共享回憶，他們自忖為何讓三十年時光流逝，卻從沒試過重新聯繫。雷尼闔上納坦尼爾的雙眼，為了以最好的方式呈現給賴瑞和朵麗絲而幫助阿爾瑪整理身軀，並移除可能洩密的痕跡後，他向阿爾瑪道別，走了。好幾個月以來，他們一起分擔受苦而極為親密，一起面對渺茫不定的希望，在死神前來帶走納坦尼爾之前，他們許久沒看過白天的光線，僅只待在聞起來有薄荷醇和死亡的臥室裡。他們共同度過無眠夜晚，喝著加水威士忌，或抽大麻來舒緩苦悶，那些夜晚裡，他們向對方傾訴自己的人生，把渴望和祕密都挖了出來，徹底了解了彼此。在緩慢的死亡痛苦面前容不下任何種類的意圖，他們宛如獨處般坦懷相待，傾吐祕密。儘管那樣，或許正因為那樣，他們坦然且孤注一擲地彼此關懷，那是一種終將經不起日常必然耗損而需要分離的關懷。

阿爾瑪說：「我們有一份奇怪的友誼。」

「納坦尼爾非常感激我們兩個和他在一起，甚至有一次還要求我在妳守寡後和妳結婚。他不想讓妳孤苦無依。」

「好棒的想法！雷尼，你怎麼沒跟我提議呢？我們應該會是不錯的一對。我們應該會彼此陪伴、互相力挺，像納坦尼爾和我那樣。」

「我是同性戀，阿爾瑪。」

「納坦尼爾也是。我們應該會有一段沒有床事的空白婚姻；你有你的情愛生活，我有我的一命。那很好呀，既然我們無法公開我們的愛。」

「還來得及。阿爾瑪．貝拉斯科，妳要和我結婚嗎？」

「但是你不是告訴我很快你就要死了？我不想二度守寡。」

他們開懷大笑起來，這樣的大笑讓他們提起精神去食堂看菜單有沒有什麼誘人的東西。雷尼彎起手臂讓阿爾瑪勾住，他們走出去，通過玻璃走廊走向主建築，那間巧克力大亨的老舊豪宅。他們覺得老了但開心，自忖為什麼大家談論這麼多悲傷與病痛，而不是幸福。

阿爾瑪問：「該拿這種沒特殊原因卻降臨在我們身上的幸福、不需要理由就存在的快樂怎麼辦？」他們以短促又搖晃的步伐前進，互相攙扶。他們怕冷，因為秋天就要結束，他們被頑固記憶、愛情記憶的洪流沖昏了頭，被共享的幸福襲擊。阿爾瑪指給雷尼看公園裡幾片粉色薄紗的轉瞬微光，但是天黑了，或許那不是艾蜜麗在宣告不幸，而是一座海市蜃樓，雲雀之家眾多幻影裡的其中一個。

日本情人

星期五，伊琳娜在開始一天工作之前早早到了雲雀之家去探望阿爾瑪。阿爾瑪已經不需要她幫忙穿衣，但是感謝女孩來她的公寓，和她分享那天的第一杯茶。

「和我孫子結婚吧，伊琳娜，那是幫我們貝拉斯科全家人一個忙。」阿爾瑪對她重複說。伊琳娜早應該向她澄清自己無法克服過去的恐懼，但是無法提起那些事卻不羞愧而死。怎麼能告訴祖母，當自己準備和她孫子交歡，通常窩藏在記憶裡的怪物便會探出蜥蜴般的頭。賽斯了解她還沒準備好說出來，便不再給她一起去看心理醫師的壓力；目前只要他能成為她的密友就夠了。他們可以等待。伊琳娜對他提出一個嚇死人的治療方法：一起看她繼父拍攝的影片，那些影片依舊流傳在外，並且會繼續讓她痛苦到生命結束，但是賽斯擔心那些扭曲的怪物一旦脫韁將無法控制。他的治療方法是慢慢來，用愛與幽默，就這樣，他們慢慢以一種前進兩步後退一步的舞步往前走；他們已經睡在同一張床上，有時候醒來時擁抱在一起。

那個早上伊琳娜在公寓裡沒看到阿爾瑪人影，也沒看到她祕密出遊用的旅行袋和絲質睡衣。頭一遭，一命的獨照也不在了。她知道阿爾瑪的汽車不會在停車場，所以沒大驚小怪，因為阿爾瑪已經可以站穩雙腳，伊琳娜猜一命正在等她。她不是一個人。

星期六，伊琳娜在雲雀之家沒排班，她睡到九點鐘，自從和賽斯住在一起又不再幫狗洗澡以來，那是周末可以擁有的奢華。他端來一大杯拿鐵讓她清醒，並在床上她身邊坐下來，計畫那天要做什麼。他剛從健身房回來，才沖過澡，頭髮溼答答，因為運動還有點亢奮。沒想到那一天他無法和伊琳娜有計畫，那是道別的一天。這時電話響了，賴瑞打來告訴兒子，祖母的車在一條鄉間道路打滑，從斜坡掉下十五公尺深。

他說：「她人在馬林總醫院的加護病房。」

賽斯受到驚嚇問道：「嚴重嗎？」

「嚴重。她的車子全毀。我不知道我母親在那種地方做什麼。」

「爸，那時她一個人嗎？」

「是的。」

在醫院他們看到阿爾瑪雖然靜脈裡滴著藥物，卻有意識且神智清楚，根據醫生的說法，那些藥物早把一隻驢子擊倒了。意外撞擊時，她沒有任何防護。對一輛較沉重的車，或許傷害會小一點，但是那輛檸檬綠小小微型都會車解體了，被安全帶綁緊在座椅上的她被壓碎了。當貝拉斯科其他家屬在等候室裡悲痛難過，賴瑞向賽斯說明極端的唯一方法：把阿爾瑪從頭到尾剖開，把移位的器官擺回對的地方，讓她維持剖開幾天，直到消腫可以縫合。之後可以考慮對破碎的骨頭做手術。那對一個年輕人風險很大，對像阿爾瑪一個超過八十歲的人風險更大；在醫院照料她的外科醫師不敢嘗試。和雷尼一起趕到的凱瑟琳認為，那樣的大型手術既殘酷又無用；唯一能做的是讓阿爾瑪盡可能舒適，靜候不會花太久時間就到來的末日。伊琳娜丟下那個家庭，讓他們和凱西討論把阿爾瑪轉到舊金山的看法，畢竟那裡有較多的資源。她無聲地走進阿爾瑪的房間。

「會痛嗎？」她低聲問阿爾瑪，「要我打電話給一命嗎？」

阿爾瑪正在接收氧氣，但是自行呼吸，她對伊琳娜做了一個輕微的動作要她靠近。伊琳娜不想去想那個被一條被單蓋住的受傷軀體，全神貫注在她那張完好且看起來更美的臉上。

阿爾瑪結巴地說：「克絲汀。」

伊琳娜訝異地問她：「要我去找克絲汀嗎？」

「還有，叫他們別碰我。」精疲力盡闔眼之前，阿爾瑪清楚地補上一句。

賽斯打電話給克絲汀的哥哥，那個下午他帶妹妹來醫院。女人在阿爾瑪病房裡唯一一張椅子上坐下，從容等候指示，像到疼痛診所和凱瑟琳一起工作前的幾個月，她在工作室耐心等候指示那樣。某一刻，隨著窗戶最後幾道光線，阿爾瑪從藥物引發的嗜睡中醒來。她的視線在身邊親友身上游移打轉，努力辨識他們：她的家人、伊琳娜、雷尼、凱西，當眼神停留在克絲汀身上時，她顯得精神抖擻。女人走近床邊，拉起阿爾瑪沒接點滴的另一隻手，開始從手指到手肘給她濕潤的吻，難過地問她是不是生病，會不會好起來，並且重複說自己很愛她。賴瑞試圖支開她，但是阿爾瑪虛弱地指示，請大家讓她們獨處。

第一天和第二天守夜陪床工作由賴瑞、朵麗絲和賽斯輪值，但是第三個晚上，伊琳娜了解那一家人的體力瀕臨極限，於是毛遂自薦陪伴阿爾瑪。自從克絲汀來訪後，阿爾瑪都還沒說話，一直在睡覺，像疲憊的小狗氣喘吁吁，慢慢掙脫生命。伊琳娜想，活著不簡單，死也不簡單。醫生確信病患並不感到疼痛，因為她連脊髓都注射了鎮靜劑。

某個時間，樓層的噪音慢慢消失了。病房裡籠罩著一股祥和的昏暗，但是走廊總是由強烈燈光和護理站的電腦藍光照亮。空氣的低喃，床上女人努力的呼吸，和偶爾從門另一邊傳過來的幾個腳步聲和低調講話聲，是唯一傳達到伊琳娜耳朵的聲音。他們給了她一條毯子和一個抱枕讓她盡量舒服，但是天氣熱，不可能在椅子上睡覺。她坐在地板上，靠在牆上，想著阿爾瑪。三天前她還是一個全速出去和情人見面的熱情女人，現在卻在臨終病床上垂危。

阿爾瑪再次迷失在藥物引發的幻覺恍惚前有一次短暫甦醒，她請伊琳娜幫忙畫上口紅，因為一命要來找她。伊琳娜感到一股可怕的悲痛，一股對那神奇老人如浪潮的愛，一種孫女、女兒、妹妹、朋友的情誼，眼淚從她臉頰掉落下來，弄濕了頸項和上衣。她渴望阿爾瑪馬上就走掉，結束折磨，也渴望她永遠不要走，渴望神的業力把失序的器官和破碎的骨頭安頓好，渴望她甦醒，兩人可以一起回雲雀之家，像以前那樣繼續她們的生活。自己會花更多時間在她身上，更常陪她，從她的藏匿處挖出祕密來，為她抱來一隻和阿喵一樣的貓，想辦法讓她每個早晨都有新鮮的梔子花，但不告訴她是誰寄來的。

伊琳娜不在的親友成群結隊來陪伴難過的她：她土黃顏色的外祖父母、雅克．迪凡和他的黃玉金龜子、在雲雀之家工作三年來那裡過世的老人，扭著尾巴和發出滿足咕嚕聲的阿喵，甚至她的母親拉德米拉也來了，她已經原諒母親，也好幾年沒有她的任何消息。那時她想要有賽斯在身邊，把那群班底中他不認識的人介紹給他，並抓著他的手好好休息。她縮在自己的角落裡，在思念和悲傷中睡著。她沒聽到定時進來掌控阿爾瑪狀況、調整點滴和針頭、量體溫血壓和給病患鎮靜劑的護士。

在晚上最黑暗的時刻，細微時間中最神祕的時刻，這個世界和靈魂世界間的薄紗經常被掀起，阿爾瑪等候的訪者終於到來。他走進來，沒發出聲響，穿著塑膠涼鞋，如此輕盈，要不是阿爾瑪低沉的呻吟，伊琳娜感覺到他走近時根本不會醒過來。一命！他緊靠床側，對她傾身過去，只能看到他剪影的伊琳娜，在任何地方、任何時刻都可以認出是他，因為自己也在等他。一命就像她端看銀框那張獨照時所想像的，中等身高、肩膀厚實，直硬又灰白的頭髮，螢幕光線照射下的微綠色皮膚，尊貴又安詳的臉孔。一命！她覺得阿爾瑪睜開眼睛，重複那名字，但是她不確定，並且了解在那個道別時刻他們應該獨處。為了不打擾他們，她謹慎地起身溜到病房外，關上身後的門。她在走廊等候，為了讓發麻的雙腿恢復感覺而踱步，她喝下電梯附近飲水機的兩杯水，然後回到阿爾瑪門口自己的哨兵崗位。

凌晨四點，輪班護士來了，她是一個聞起來有麵包香氣的高大女黑人，遇見伊琳娜封鎖入口。

「拜託，讓他們再多獨處一會兒。」伊琳娜哀求年輕女子，並開始慌亂地對她談起在那最後階段前來陪伴阿爾瑪的情人。外人不能打斷他們。

「這時候沒有訪客。」護士滿臉怪異的回答，一把拉開伊琳娜打開房門。一命已經走了，病房的空氣充滿他已不在的氛圍。

阿爾瑪跟他走了。

家人在海崖區豪宅裡私下為阿爾瑪守靈好幾個小時，那是她住了幾乎一輩子的地方。她簡單的松木材質棺木放在宴客廳裡，家人在傳統節慶才會使用的堅固銀質燈檯上燃點的十八根長蠟燭燈火熒熒。雖然貝拉斯科家人不是恪守教規的人，還是按照猶太拉比的指示遵循喪禮儀式。阿爾瑪說過不只一次，她要從床舖出去直接到墓園，不要猶太教教堂任何儀式。治喪義工委員會兩個虔誠女人為她淨身，幫她穿上沒有口袋的儉樸白色麻料壽衣，象徵著死亡的平等和放棄一切的物質財物。

伊琳娜像一抹看不見的影子，站在賽斯後面參加喪禮，他看起來像是因傷痛被嚇呆，不敢相信不朽的奶奶突然離世。為了讓靈魂有時間脫離和道別，家裡一直有人和她在一起，直到帶她到墓園的時刻。沒有花朵，因為會被認為輕浮，但是伊琳娜攜帶一朵梔子花到墓園，猶太拉比在那裡領唱一段簡短祈禱文：Dayan Ha'met 祝福是真正的審判。他們把棺木放入土中，緊鄰納坦尼爾的墓。當家人走近用手中泥土覆蓋棺木時，伊琳娜讓梔子花落在朋友的棺木上。那個晚上開始息瓦哀悼期，那是七天的哀悼和隱退時刻。賴瑞和朵麗絲出乎意料地要求伊琳娜留下來和他們一起安慰賽斯。伊琳娜像其他家人一樣，在胸前穿上一塊撕裂的布料，象徵哀悼。

經過每天下午接待前來哀悼的訪客隊伍後的第七天，貝拉斯科家人恢復平常的步調，每個人回到自己的生活。下葬後滿一個月，他們將以阿爾瑪的名義點燃一根蠟燭，一年後會有個簡單儀式，把一塊刻著她名字的墓碑放在墳墓上。那時，大部分認識她的人將鮮少想到她；阿爾瑪將活在她畫過的布料上，活在孫子賽斯執著的記憶中，以及伊琳娜和永遠無法理解她去了哪裡的克絲汀的心裡。息瓦期間，伊琳娜和賽斯焦躁地等待福田一命現身，但是七天過去了，還是沒看到他。

一週的哀悼期結束後，伊琳娜做的第一件事情是到雲雀之家收拾阿爾瑪的東西。沃伊特允許她消失幾天，但是很快就得回到工作崗位。公寓就像被阿爾瑪丟下時的樣子，因為露碧妲決定在家屬退租公寓前不打掃。以實用精神為那個窄小空間買下來的鮮少家具沒什麼裝飾意味，全要送給失物商店，那張桃橘色單人沙發除外，小貓最後幾年是在那張沙發上度過的，伊琳娜決定送給凱西，因為女醫生一直很喜歡那張沙發。她把衣服裝入幾個行李箱：寬鬆的長褲，麻質頭巾，駱馬毛料的長背心，絲質圍巾；她自忖誰將繼承那一切，希望自己像阿爾瑪又高又壯可以穿她的衣服，希望像她那樣畫出紅色的嘴唇、灑上佛手柑和橘橙味道的男性古龍水。她把剩下的東西放到箱子裡，貝拉斯科家的司機晚一點會過來拿走。那裡有簡述阿爾瑪一生的相簿、文件、幾本書、托帕茲的悲傷圖畫以及其他不多的東西。

她注意到阿爾瑪已經以自己特有的嚴謹態度為離去做好準備，已捨棄膚淺的東西，只留下不可或缺之物，也已經依序放好她的物品以及她的回憶。息瓦那個星期，伊琳娜有時間為她哭泣，但是終結阿爾瑪在雲雀之家的身影時，伊琳娜再次向她道別，就像再次葬了她。她心情難過，在箱子和行李間坐下，打開阿爾瑪出遊時總會攜帶的旅行袋，旅行袋是警察從毀損的微型都會車裡取出來，而她從醫院帶回來的。裡面有阿爾瑪精緻的睡衣、乳液、面霜、兩套衣服和銀框內一命的獨照。玻璃裂開了。她小心翼翼拿掉碎片，抽出相片，也和那個謎樣的情人道別。那時一封信掉落膝蓋上，那是阿爾瑪藏放在相片後面的信。

就在那時，有人推開虛掩的房門並靦腆地探頭進來。是克絲汀。伊琳娜站起來，女人以向來打招呼時的熱情抱住她。

她問：「阿爾瑪在哪裡？」

「在天上。」那是伊琳娜唯一想得到的答案。

「她什麼時候回來？」

「不會回來了，克絲汀。」

「永遠不會嗎？」

「不會。」

一片悲傷或擔憂的陰影快速飄過克絲汀無邪的臉孔。她拿下眼鏡，用汗衫的衣角擦拭眼鏡，又戴上，再把臉靠近伊琳娜，想要更清楚看她。

「妳保證她不會回來了？」

「我保證。但是妳在這裡有許多朋友，克絲汀，我們大家都非常愛你。」

那個女人做了一個要人等一下的暗示，在走廊上走遠，以她的平板足搖晃前往疼痛診所所在的巧克力大亨房子。十五分鐘後她背著背包回來，因為匆促所以氣喘吁吁，她過大的心臟不太能承受那樣的急促。她關上公寓的門，上鎖，神祕地拉上窗簾，手指放在唇上對伊琳娜做了一個不要說話的動作。最後把背包遞給她，雙手放在背後，保持一個帶著默契的微笑，在腳跟上搖搖晃晃。「給妳的。」她對伊琳娜說。

伊琳娜打開背包，看見橡皮筋綑綁的包裹，立刻知道那是阿爾瑪定期收到，也是她和賽斯努力尋找的信件，一命的信。信沒有像他們擔心的永遠遺失在一家銀行的保險櫃裡，而是在世界上最安全的地方，克絲汀的背包裡。伊琳娜了解阿爾瑪料想到自己垂危，把保存信件的責任交給克絲汀，並指點她該交給誰。為什麼是自己？為什麼不是她兒子或孫子，而是她？她解讀為那是阿爾瑪身後的留言，是告訴她她多麼愛她、多麼信任她的方式。她覺得胸口有東西破裂了，發出黏土罐破碎的聲音，她感激的心成長、變寬，像海裡透光的海葵跳動著。面對友誼的證驗，她覺得自己像在無邪歲月時受到尊重；她過往的鬼魂開始退步，繼父拍攝影片的驚人力量慢慢縮減實際上的大小：那不過是給沒有身分也沒有靈魂的無能無名氏的腐肉。

「我的天，克絲汀。妳看看，我竟然有超過一半的人生一直害怕不存在的東西。」

「給妳的。」克絲汀重複，指著從她背包傾倒出來的東西。

那天下午，賽斯返回自己公寓時，伊琳娜雙手圍住他的頸項，以一種嶄新的喜悅親吻他，那在那幾天哀悼期看起來不太恰當。

她宣布：「我有個驚喜給你，賽斯。」

「我也是。不過先給我妳的驚喜。」

伊琳娜耐不住了，隨即引領他到廚房的花崗岩桌子，背包裡的包裹放在那裡。

「這是阿爾瑪的信。我正在等你一起拆。」

包裹標示著一到十一。除了第一個是六封信和數封圖畫信函，其餘每個包裹裡有十只信封。他們在沙發坐下，瞧一眼信件女主人留下那些信件的順序。那有一百一十四封信函，某些簡短，其他長一點，有些比其他更有情報性，僅只署名「一」。第一個信封袋的信件是鉛筆寫在筆記簿紙頁上的兒童字跡，寄自塔倫提諾和托帕茲，審查後原意盡失。圖畫中已經隱約可見在雲雀之家陪伴阿爾瑪的那幅畫裡穩重筆畫的精湛風格。閱讀那些信件需要好幾天，但是他們簡要瀏覽時，看到其他信件標著的是始於一九六九年各種不同階段的日期；四十年不定期的信件內含一個常數：愛的訊息。

「我還在一命獨照後面找到一封日期是二〇一〇年一月的信。但是所有這些都是寄到貝拉斯科海崖區房子的舊信件。最後三年她在雲雀之家收到的那些信在哪裡？」

「我想就是這些，伊琳娜。」

「我不懂你的意思。」

「我奶奶一輩子都收藏著她在海崖區收到一命寫來的信，因為她一直住在那裡。後來，她搬到雲雀之家，每隔一段時間開始把那些信寄給自己，放在妳我看到的黃色信封裡一封封寄。她收信、閱信，再像剛寫好的信那樣珍藏著。」

「賽斯，她怎麼會做這種事？阿爾瑪神智清楚，從來看不出老態。」

「那就是特殊的地方，伊琳娜。她做這件事情完全意識清楚，有實用意味，目的是讓她生命裡偉大的愛情維持鮮明。那個老人看起來像是用防護材質做的，內心深處卻是個無可救藥的浪漫女人。我確信每星期的梔子花也是她寄給自己的，而且她的出遊不是和情人在一起。她是一個人到雷斯岬海岸的小屋去重新體驗過往的相會，去夢想那些相聚，因為她無法和一命共享了。」

「為什麼不行呢？她是和一命在那裡相聚後回來路上發生意外的。一命到醫院向她道別，我看見他親吻阿爾瑪，我知道他們相愛，賽斯。」

「伊琳娜，妳不可能看到他。我還覺得奇怪，消息都上了報，那個男人怎會不知道我祖母過世。如果他像我們認為的那麼愛她，應該出現在葬禮或在息瓦期間向我們致哀悼之意。今天我決定去找他，想要認識他並解除對我祖母的一些疑惑。事情很簡單，我只要出現在福田家的苗圃就夠了。」

「苗圃還在？」

「還在。由福田彼得經營，他是一命的兒子。告訴他我的姓氏時，他熱心地招呼我，因為他知道貝拉斯科家族，他去叫他母親黛菲恩。那位女士人很親切也很漂亮，有那種似乎不會老的亞洲臉孔。」

「她是一命的妻子。阿爾瑪曾告訴過我們，她是在你曾祖父的喪禮認識她的。」

「她不是一命的妻子了，伊琳娜，是他的遺孀。一命三年前因心肌梗塞過世了。」

「賽斯，那不可能！」她喊叫。

「他去世的時間大約是我奶奶搬到雲雀之家居住的時候。或許這兩件事有關係。我想那封二〇一〇年的信，阿爾瑪收到的最後那封，是他的道別信。」

「我在醫院親眼看到一命！」

「妳看到妳渴望看到的東西，伊琳娜。」

「不，賽斯。我確定是他。事情是這樣的：阿爾瑪這麼愛著一命，終於等到一命來接她。」

阿爾瑪，宇宙是多麼繁茂又魯莽喧鬧！唯一的常數是一切都會改變。那是只有我們心靜才能感受到的奧祕。我正在經歷一個非常有意思的階段。我的靈魂驚訝觀看著我身體內的變化，但那不是從一個有距離的點觀看，而是從內心。在這過程中，我的靈魂和我的身體在一起。昨天妳告訴我，妳懷念年輕時那種不死的夢想。我並不懷念。我正在享受身為成熟男人的現實，這麼說不過是為了不要說我是老男人。如果我三天後死去，我要為這幾天再加添些什麼東西呢？什麼都不要！我會把自己全部掏空，除了愛。

我們曾經說過好幾次，相愛是我們的命運，我們在前幾輩子相愛，在未來幾輩子也會繼續相遇。又或許不存在過去也不存在未來，一切都是瞬間發生在這宇宙無盡空間裡。那種狀況下，我們就是不斷地在一起，永永遠遠。

活著真是神奇。我們依舊只有十七歲，我的阿爾瑪。

一

二〇一〇年一月八日

國家圖書館出版品預行編目資料

阿爾瑪與日本情人 / 伊莎貝・阿言德（Isabel Allende）著；張雯媛譯. -- 初版. --
臺北市：商周出版：家庭傳媒城邦分公司發行, 2016.11
面；　公分. --（新小說；9）
譯自：El amante japonés

ISBN 978-986-477-128-8(平裝)

885.8257　　　　105019132

阿爾瑪與日本情人

El Amante Japonés

作　　者 / 伊莎貝・阿言德 Isabel Allende
譯　　者 / 張雯媛
企劃選書 / 余筱嵐
責任編輯 / 余筱嵐

版　　權 / 林心紅
行銷業務 / 林秀津、王瑜
副總編輯 / 程鳳儀
總 經 理 / 彭之琬
發 行 人 / 何飛鵬
法律顧問 / 台英國際商務法律事務所 羅明通律師
出　　版 / 商周出版
台北市104民生東路二段141號9樓
電話：(02) 25007008　傳眞：(02)25007759
E-mail：bwp.service@cite.com.tw
Blog：http://bwp25007008.pixnet.net/blog
發　　行 / 英屬蓋曼群島商家庭傳媒股份有限公司城邦分公司
台北市中山區民生東路二段141號2樓
書虫客服服務專線：(02)25007718；(02)25007719
服務時間：週一至週五上午 09:30-12:00；下午 13:30-17:00
24 小時傳眞專線：(02)25001990；(02)25001991
劃撥帳號：19863813；戶名：書虫股份有限公司
讀者服務信箱：service@readingclub.com.tw
城邦讀書花園：www.cite.com.tw
香港發行所 / 城邦(香港)出版集團有限公司
香港灣仔駱克道193號東超商業中心1樓
E-mail：hkcite@biznetvigator.com
電話：(852) 25086231 傳眞：(852) 25789337
馬新發行所 / 城邦(馬新)出版集團【Cite (M) Sdn. Bhd.】
41, Jalan Radin Anum, Bandar Baru Sri Petaling,
57000 Kuala Lumpur, Malaysia.
Tel: (603) 90578822　Fax: (603) 90576622
Email: cite@cite.com.my

封面設計 / 陳文德
排　　版 / 極翔企業有限公司
印　　刷 / 韋懋印刷事業有限公司
經 銷 商 / 聯合發行股份有限公司
電話：(02) 2917-8022　Fax: (02) 2911-0053
地址：新北市231新店區寶橋路235巷6弄6號2樓

■2016年11月3日初版　　　　Printed in Taiwan
定價399元

Original title: **El Amante Japónes**
© Isabel Allende, 2015
Complex Chinese translation copyright © 2016 by Business Weekly Publications, a division of Cité Publishing Ltd.
This edition arranged with AGENCIA LITERARIA CARMEN BALCELLS, S.A.
All rights reserved.

城邦讀書花園
www.cite.com.tw

版權所有，翻印必究 ISBN 978-986-477-128-8

廣　告　回　函
北區郵政管理登記證
北臺字第000791號
郵資已付，免貼郵票

104　台北市民生東路二段141號2樓

英屬蓋曼群島商家庭傳媒股份有限公司城邦分公司　收

請沿虛線對摺，謝謝！

書號：BCL709	書名：阿爾瑪與日本情人	編碼：

請於此處用膠水黏貼

讀者回函卡

不定期好禮相贈！
立即加入：商周出版
Facebook 粉絲團

感謝您購買我們出版的書籍！請費心填寫此回函卡，我們將不定期寄上城邦集團最新的出版訊息。

姓名：________________ 性別：☐男 ☐女

生日：西元________年________月________日

地址：________________

聯絡電話：________________ 傳真：________________

E-mail ：

學歷：☐ 1. 小學 ☐ 2. 國中 ☐ 3. 高中 ☐ 4. 大學 ☐ 5. 研究所以上

職業：☐ 1. 學生 ☐ 2. 軍公教 ☐ 3. 服務 ☐ 4. 金融 ☐ 5. 製造 ☐ 6. 資訊
☐ 7. 傳播 ☐ 8. 自由業 ☐ 9. 農漁牧 ☐ 10. 家管 ☐ 11. 退休
☐ 12. 其他________________

您從何種方式得知本書消息？

☐ 1. 書店 ☐ 2. 網路 ☐ 3. 報紙 ☐ 4. 雜誌 ☐ 5. 廣播 ☐ 6. 電視
☐ 7. 親友推薦 ☐ 8. 其他________________

您通常以何種方式購書？

☐ 1. 書店 ☐ 2. 網路 ☐ 3. 傳真訂購 ☐ 4. 郵局劃撥 ☐ 5. 其他______

您喜歡閱讀那些類別的書籍？

☐ 1. 財經商業 ☐ 2. 自然科學 ☐ 3. 歷史 ☐ 4. 法律 ☐ 5. 文學
☐ 6. 休閒旅遊 ☐ 7. 小說 ☐ 8. 人物傳記 ☐ 9. 生活、勵志 ☐ 10. 其他

對我們的建議：________________

【為提供訂購、行銷、客戶管理或其他合於營業登記項目或章程所定業務之目的，城邦出版人集團（即英屬蓋曼群島商家庭傳媒（股）公司城邦分公司、城邦文化事業（股）公司），於本集團之營運期間及地區內，將以電郵、傳真、電話、簡訊、郵寄或其他公告方式利用您提供之資料（資料類別：C001、C002、C003、C011 等）。利用對象除本集團外，亦可能包括相關服務的協力機構。如您有依個資法第三條或其他需服務之處，得致電本公司客服中心電話 02-25007718 請求協助。相關資料如為非必要項目，不提供亦不影響您的權益。】

1.C001 辨識個人者：如消費者之姓名、地址、電話、電子郵件等資訊。
2.C002 辨識財務者：如信用卡或轉帳帳戶資訊。
3.C003 政府資料中之辨識者：如身分證字號或護照號碼（外國人）。
4.C011 個人描述：如性別、國籍、出生年月日。

請於此處用膠水黏貼